親鸞

（二）

吉川英治

1万年堂出版

吉川英治記念館を訪ねて

多摩川にかかる奥多摩橋

記念館の門。表札は東山魁夷画伯の筆

吉川英治は、どんな所で原稿を書いていたのだろうか。昭和十九年から二十八年まで暮らしていた邸宅が、青梅市柚木町に、今も記念館として残されている。

東京駅から電車で約一時間半。ＪＲ青梅線の二俣尾駅で降りる。無人駅だった。のどかな道を歩くと、朱色の大きな橋が現れる。橋から下を見ると、目もくらむような高さだ。緑豊かな山の麓、奥多摩の大自然の中に、吉川英治記念館があった。

吉川英治の書斎が再現されている

書斎の机の上には、愛用の万年筆や筆、地図とルーペなどが置かれている。なぜ、地図が？ 現地を取材することが少なかった吉川英治は、ルーペで地図を確認しながら構想を練っていたという。

▲母屋は江戸末期から明治始めにかけて建てられた建物。吉川英治が、養蚕農家から買い取り、趣向を凝らして改修を施した

▶母屋から廊下でつながった洋館風の建物が書斎（中央）

母屋の庭園を登った所に展示館が建てられている。『宮本武蔵』『新書太閤記』『三国志』『新・平家物語』『私本太平記』といった人気小説の原稿やゲラ、挿絵、初版本、書画などが展示されている。

二俣尾駅から記念館へ向かう道に咲いていたコスモス（平成27年９月30日撮影）

吉川英治記念館　春季開館　3月～5月　秋季開館　9月～11月

（詳細については下記にお問い合わせください）

開館時間	春・秋季ともに10時～17時（入館は16時30分迄） 月曜日休館（祝日の場合は開館し、翌日休館）
入館料	大人500円／学生400円／小学生300円 団体（20名以上）、障害者手帳・療育手帳持参者は各100円割引
交通	JR青梅線二俣尾駅より徒歩15分 JR青梅線青梅駅より都営バス「吉野」行きにて「柚木」バス停下車すぐ
住所	〒198-0064　東京都青梅市柚木町1-101-1
電話	0428-76-1575
サイト	http://corp.kodansha.co.jp/yoshikawa/

※平成27年10月現在

吉川英治

親鸞

第二巻

目次

去来篇（つづき）

女人篇

目次

解説　親鸞聖人を学ぶ

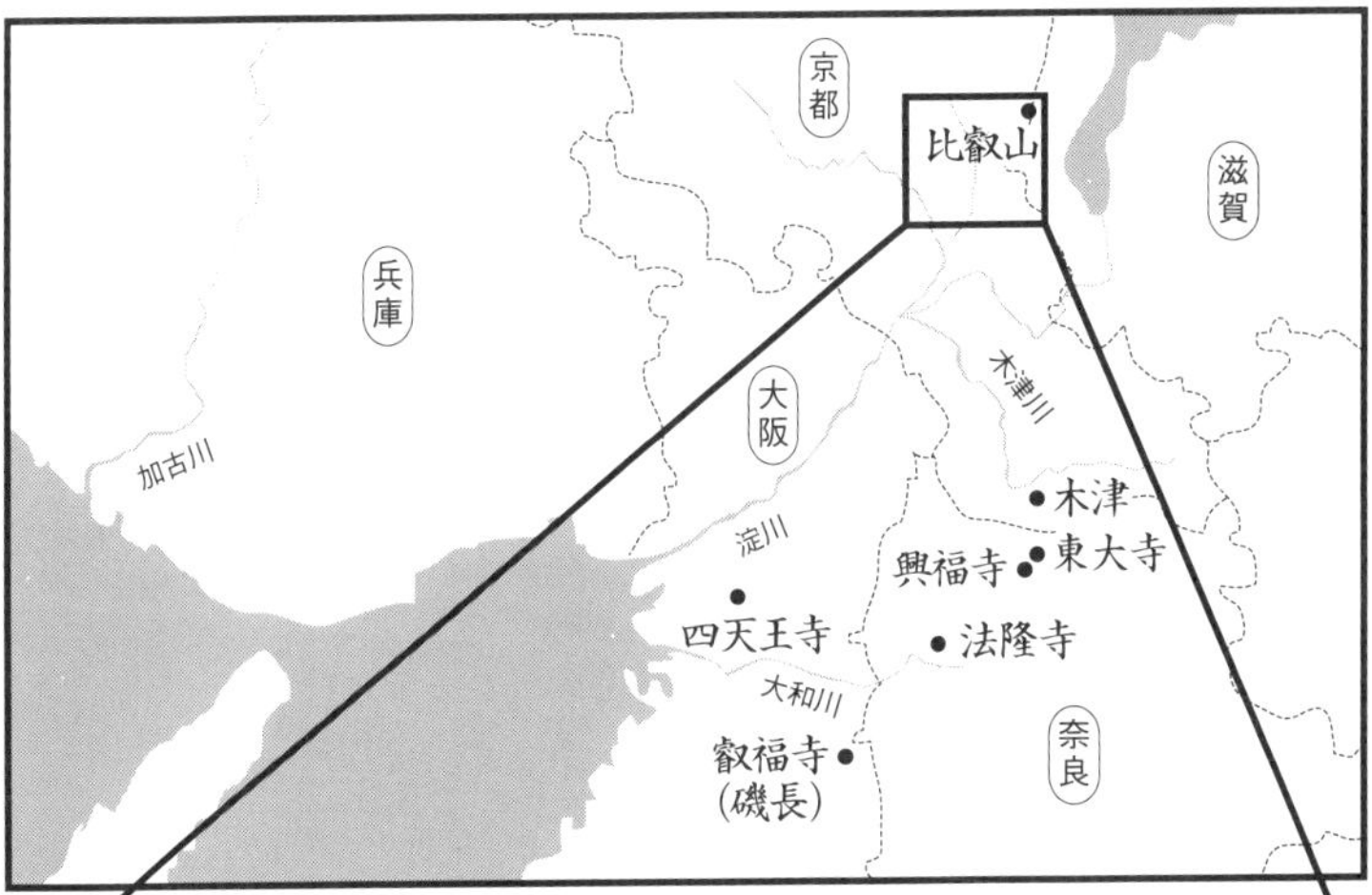
京都
比叡山
滋賀
兵庫
大阪
木津川
加古川
木津
淀川
興福寺
東大寺
四天王寺
法隆寺
大和川
叡福寺
(磯長)
奈良

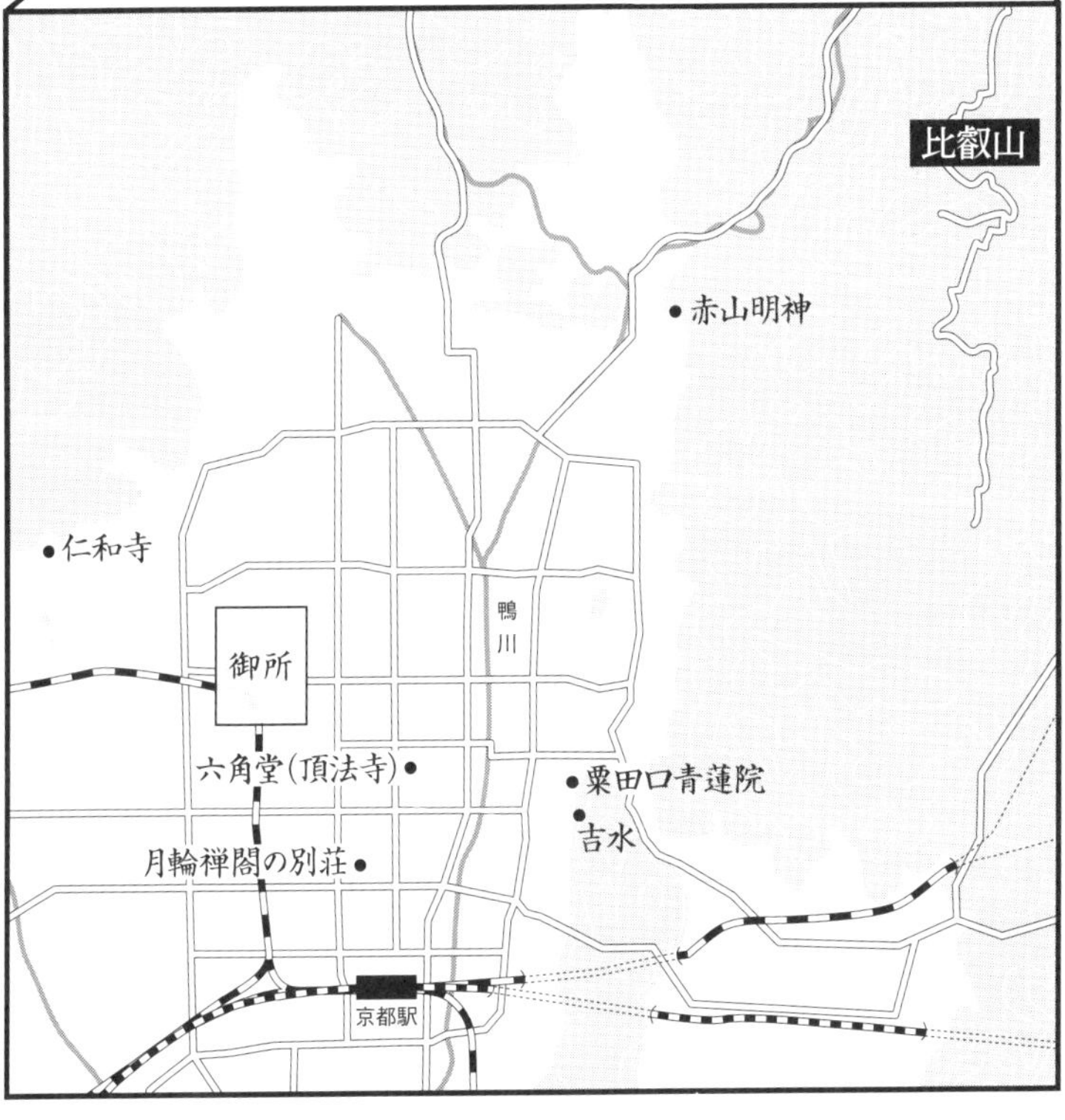
比叡山
赤山明神
仁和寺
鴨川
御所
六角堂(頂法寺)
粟田口青蓮院
吉水
月輪禅閤の別荘
京都駅

主要登場人物

範宴《はんえん》　親鸞の最初の法名《ほうみょう》。幼名《ようみょう》は十八公麿《まつまろ》。

藤原範綱《ふじわらののりつな》　範宴《はんえん》の伯父。範宴《はんえん》の父・有範《ありのり》の死後、範宴《はんえん》の養父となる。出家して観真《かんしん》。

朝麿《あさまろ》　範宴《はんえん》の弟。出家して尋有《じんゆう》となる。

梢《こずえ》　朝麿《あさまろ》の恋人。

慈円《じえん》　天台座主《ざす》。藤原忠通《ふじわらのただみち》の第三子。範宴《はんえん》の最初の師。

九条兼実《くじょうかねざね》　元摂政《せっしょう》・関白《かんぱく》。慈円《じえん》の兄。引退後は月輪禅閤《つきのわぜんこう》と呼ばれる。

玉日姫《たまひひめ》　兼実《かねざね》の娘。

万野《までの》　玉日姫《たまひひめ》の侍女。

性善坊《しょうぜんぼう》　元は藤原有範《ふじわらのありのり》の家来。範宴《はんえん》とともに出家し、その弟子となる。

聖覚《しょうかく》　元比叡山《ひえいざん》の僧。山を下り、法然《ほうねん》の弟子となる。

覚明《かくみょう》　木曾義仲《きそよしなか》の参謀を務めた。俗名は海野道広《うんのみちひろ》。

木幡民部《こばたみんぶ》　聖光院《しょうこういん》の坊官。

覚運《かくうん》　法隆寺《ほうりゅうじ》の僧都《そうず》。
峰阿弥《みねあみ》　盲目の琵琶《びわ》法師。「加古川《かこがわ》の教信沙弥《きょうしんしゃみ》」として知られる。
藤原基通《ふじわらのもとみち》　兼実《かねざね》の引退後に関白《かんぱく》となる。
弁海《べんかい》　山伏。元平家《へいけ》一門の子。幼少時代に範宴《はんえん》と同じ学舎《まなびや》で学び、それ以来、範宴《はんえん》をつけねらう。のちの播磨公弁円《はりまのきみべんねん》。
天城四郎《あまぎのしろう》　盗賊の頭領。
蜘蛛太《くもた》　四郎《しろう》の部下。
法然《ほうねん》　浄土宗の祖。のちに範宴《はんえん》の師匠となる。

年譜

承安三年（一一七三）範宴《はんえん》（親鸞）生誕
治承五年（一一八一）範宴《はんえん》、出家
元暦一年（一一八四）木曾義仲《きそよしなか》、入京。翌年に敗死
元暦二年（一一八五）平家《へいけ》滅亡。鎌倉幕府が開かれる
建久二年（一一九一）範宴《はんえん》、聖徳太子廟《しょうとくたいしびょう》に参籠《さんろう》。聖覚《しょうかく》と出会う
建仁一年（一二〇一）範宴《はんえん》、比叡山《ひえいざん》を下りる。六角堂《ろっかくどう》で百日の祈願
四条の橋で聖覚《しょうかく》と再会。法然《ほうねん》と出会う

親鸞

第二巻

去来篇（つづき）

柿色の集団

一

「はてな？」性善坊《しょうぜんぼう》は、雑閙《ざっとう》する駅路《うまやじ》の辻《つじ》に立って、うろうろと、見まわしていた。

木津川《きづがわ》を渡って直《す》ぐの木津《きづ》の宿《しゅく》であった。

源氏《げんじ》の府庁から布《し》かれた大きな高札が立っている。

その官文《かんぶん》の前にも、範宴《はんえん》は見えなかった。

汚い木賃宿《きちんやど》だの、馬飼の馬小屋だの、その前に立って罵《ののし》っている侍だの、川魚を桶にならべて売る女だの、雑多な旅人の群れだのが、秋の蠅《はえ》と一緒になって騒いでいる。

「この、阿呆《あほう》っ、高い所にのぼりたけれや、鴉《からす》になれっ」と、柿売りの男が、屋根の上にあがって遊んでいる子どもを、引きずり下ろして、往来の真ン中で、尻を、どやしつけていると、その子の女親が、裸足《はだし》で駈《か》けてきて、

「人の子を、何で、打《ぶ》ちくさるのじゃ」と柿売りの男を、横から突く。

「てめえの家の餓鬼《がき》か。この悪戯《わるさ》のために、雨漏《あまも》りがして、どうもならぬゆえ、懲《こ》らしめてくれたのが、何とした」

「雨が漏るのは、古家のせいじゃ、自分の子を、打《ぶ》て」

「打《ぶ》ったが、悪いか」と、またなぐる。子どもは泣《な》き喚《わめ》く。

「女と思うて、馬鹿にしくさるか」と、子どもの母親は、柿売りに、むしゃぶりついた。

親同士の喧嘩《けんか》になって、見物は蠅《はえ》のようにたかってくるし、駅路《うまやじ》の馬はいななくし、犬は吠《ほ》えたてる。性善坊《しょうぜんぼう》は、探しあぐねて、

「お師様あ」と呼んでみたが、そこらの家の中に、休んでいる様子もない。

木津《きづ》の渡船《わたし》で、すこし、うるさいことがあったので、宿《しゅく》の辻《つじ》で待ちあわしているようにと、自分は、一足後から駈《か》けつけてきたのであったが——。

ここに見えないとすると、もう奈良も近いので、あるいは、先へ気ままに歩いて、奈良の口で待っているおつもりか？

「そうかも知れない」性善坊《しょうぜんぼう》は、先の道へ、眼をあげながら、急ぎ足になった。

その足もとが、鶏《とり》に蹴つまずいた。埃《ほこり》をあげて、鶏《とり》が、けたたましく、往来を横に飛ぶ。

宿場を出ると、やがて、相楽《さがら》の並木からふくろ坂にかかった。その埃の白い草むらに、西、河内生駒路《かわちいこまじ》、東、伊賀上野道《いがうえのみち》。

道しるべの石碑《いしぶみ》が立っていた。

さっきからその石碑《いしぶみ》のそばに、黙然《もくねん》と、笈《おい》ずるを下《お》ろし、腰かけている山伏がある。

「……喉《のど》が渇《かわ》いた」つぶやいて、辺りを見まわした。清水が欲しいらしいのであるが、水がないので、あきらめて、またむしゃむしゃと柏《かしわ》の葉でくるんだ飯《いい》を食べている。

その前を、性善坊《しょうぜんぼう》が、急ぎ足に通ったので、山伏はふと顔を上げたが、はっと突き上げられたように立ち上がって、

「おいっ、おいっ」杖《つえ》をつかんで、呼びとめた。

二

つい、行き過ぎると、山伏はふたたび、

「坊主、耳がないのか」性善坊《しょうぜんぼう》は聞きとめて、

「何?」思わずむっとした顔いろをして振りかえった。

傲岸《ごうがん》な態度をもって、自分へ、手をあげている山伏は、陽に焦《や》けて色の黒い、二十七、八の男だった。

雨露に汚れた柿いろの篠懸《すずかけ》を着て、金剛杖《こんごうじょう》を立て、額《ひたい》に、例の兜巾《ときん》とよぶものを当てていた。

「なにか御用か」性善坊《しょうぜんぼう》がいうと、

「おお、用があればこそ、呼んだのだ」

「急ぎの折ゆえ、宗法のことならゆるされい」

「宗旨の議論をやろうというのじゃない。まあ、戻りたまえ」はなはだ迷惑に思ったが、由来、修験者《しゅげんじゃ》と僧侶とは、同じ仏法というものの上に立ちながら、その姿がひどく相違しているように、気風もちがうし、礼儀もちがうし、経典《きょうてん》の解釈も、修行の法も、まるで別ものになっているので、ことごとに反目して、僧は、修験者《しゅげんじゃ》を邪道視し、修験者《しゅげんじゃ》は僧を、仏陀《ぶつだ》を飯のためにする人間とみ、常に、仲がよくないのであった。

ことに、山伏の一派は、山法師のそれよりも、兇暴《きょうぼう》なのが多かった。また、社会《よのなか》から姿をくらます者にとって、都合のよい集団でもあったので、腰には、戒刀《かいとう》とよび、また降《ごう》魔《ま》のつるぎとよぶ鋭利な一刀を横たえて、何ぞというと、それに物をいわそうとするような風《ふう》もあるのである。

（からまれては、うるさい……）性善坊《しょうぜんぼう》は、そう考えたので、面持《おもも》ちを直して、

「では、御用のこと仰せられい」と、素直に彼の方へ、足をもどして行った。

山伏は、いい分が通ったことに優越感をもったらしく、

「うむ」とうなずいた。

そして、近づいた性善坊《しょうぜんぼう》へ向《む》って、横柄《おうへい》に、

「貴様、一人か」と訊《き》いた。

「何のことじゃ、それは」

「わからぬ奴、一人旅かと、訊《たず》ねるのだ」

「連れがおる。その連れを見失うたので、急いで行くところじゃ。御用は、それだけか」

「待て待て。それだけのことで、呼びとめはせぬ。……では連れというのは、範宴《はんえん》少納言であろうが」

「どうして知っているのか」

「知らいでか。貴様も、うとい男だ。この朱王房《しゅおうぼう》の顔を忘れたか。俺は、叡山《えいざん》の土牢《つちろう》から逃亡した成田兵衛《なりたのひょうえ》の子――寿童丸《じゅどうまる》が成れの果て――今では修験者《しゅげんじゃ》の播磨房弁海《はりまぼうべんかい》」

「あっ？　――」思わず跳びさがって、

「寿童《じゅどう》めかッ」と性善坊《しょうぜんぼう》は見直した。

山伏の弁海《べんかい》は、赤い口をあけて、げたげた笑った。

「奇遇、奇遇。……だが、ここに範宴《はんえん》のいないのは残念だ。範宴《はんえん》はどこにいるか」

三

弁海《べんかい》と名は変《かわ》っても、腕白者はやはり腕白者、寿童丸《じゅどうまる》といったころの面影が、今でも、彼の姿のどこかにはある。

「おい、範宴《はんえん》は、どこにいる？　……」と、重ねて訊《き》く。

性善坊《しょうぜんぼう》は、この男の眼に合うと何かしら、むかむかとしてならなかった。呪詛《じゅそ》の火みたいに粘《ねば》りこい眼である、また、いつでも、人を挑《いど》むような眼であった。

それに釣り込まれて、くわっと激したがる自分の血を、性善坊《しょうぜんぼう》はおそれるのであった。

「存じませぬ」穏やかに顔を振ると、弁海《べんかい》は、ずかと一歩前へ迫ってきて、

「知らぬはずはあるまい。汝《うぬ》の師《し》ではないか」

「でも、今日は、わたくし一人ですから」

「嘘《うそ》をつけ。たった今、連れがあるので先を急いでゆくところだとその口でいったじゃないか。範宴《はんえん》は、俺の生涯の敵《かたき》だ、久しぶりで、会ってやろう。案内せい」と、強迫する。

性善坊《しょうぜんぼう》は、唇の隅に、哀れむような微笑をたたえた。

「寿童殿《じゅどう》——いや弁海《べんかい》どの」

「なんじゃ」

「どうして、そのもとは、範宴様《はんえん》に、さような恨みをふくんでいるのか」

「今では、理由よりも、ただ生涯のうちに、あいつを、俺の足もとに跪《ひざま》ずかせてやれば、それでよい。それが、望みだ」

「ああ、お気の毒千万《せんばん》です。人を呪《のろ》う者は、終生呪いの苦患《くげん》から救われぬと申します」

「貴様も、いつの間にやら、坊主くさい文句を覚えたな。まあなんでもいい範宴《はんえん》のいる所へ、案内しろ」

「まず、断ります」

「なんだと」

「師の御房《ごぼう》は、そのもとのような閑人《ひまじん》と、争っている間《ま》はありません。一念ご修行の最中です。不肖《ふしょう》ながら、私は、身をもって、邪魔者を防ぐ楯《たて》となる者です。用があるなら、私に、仰《お》っしゃってください」

「生意気な」と弁海《べんかい》は、唾《つば》を横に吐いて、

「俺に、会わせんというのか」

「そうです」

「そんなに、弁海《べんかい》が怖いか。……いや怖かろう、あいつは、日野《ひの》の学舎《まなびや》にいても、叡山《えいざん》にいても、師に取り入るのが巧く、長上に諂《へつら》っては、出世したやつだ。俺に会うと、その偽面を剝《は》がれるので嫌《いや》なのだろう、――しかし、俺は生涯に、きっと、範宴《はんえん》の小賢《こざか》しい仮面《めん》を剝《は》ぎ、あいつの上に出て、あいつを、大地に両手をつかせて見せると心に誓っている」

「その意気で、おん身も、勉強なされたがよい。孤雲《こうん》どのは、お達者かの」

「そんなことは、問わいでもよいさ……範宴《はんえん》を出せ、いる所を教えろ、これ以上、口をきかせると、面倒だから、このほうでものをいわすぞ」

じりっと、左に腰をひねると、腰の戒刀《かいとう》が、鞘《さや》を脱して、性善坊《しょうぜんぼう》の胸いたへ、その白い光が真っすぐに伸びてきた。

四

二十歳《はたち》のころまでは太刀を帯びて侍奉公したこともある性善坊《しょうぜんぼう》なので、刃《やいば》を突きつけられたからといって、にわかに顔色を失うほどの臆病者ではなかった。

「貴様は、身をもって、範宴《はんえん》の楯《たて》になるといったな」

「はい」

「くだらぬ強がりはよせ。それよりは、俺に、範宴《はんえん》を会わせろ。……嫌《いや》か、嫌《いや》ならば、抜いた刀だ、ただは鞘《さや》にかえらぬが、覚悟か」

「……………」

「覚悟か、やい」ふた声目がかかると、弁海《べんかい》の手は、刃《やいば》をさっとふりかぶって、睨《ね》めつけた。


風を割って、白い光が、相手のすがたを斜めにかけて走ったと思うと、小さい埃《ほこり》が上がって、性善坊《しょうぜんぼう》のすがたは、彼方《かなた》の草むらへ跳んでいた。

「弁海《べんかい》、さほど、自分の愚鈍が口惜しいならば、心を砥《と》にかけて、勉学をし直してこい。そうして、一人前の人間になれたら、師の御房《ごぼう》に会わせてやろうし、第一、そのほうも、救われるというものだ」そこから性善坊《しょうぜんぼう》がいうと、

「なにをっ」柿色の篠懸《すずかけ》を躍らして、

「野郎、うごくな」と弁海《べんかい》は、眼をいからせて、躍りかかってきた。

「あっ――」よろめくように、性善坊《しょうぜんぼう》は逃げだした。

「待てっ」うしろから迫る怒号を耳にしながら、彼は、坂の上まで、息もつかずに出た。

そこまで登るともう広やかなる耕地の彼方《かなた》に、奈良の丘や、東大寺《とうだいじ》の塔の先や、紅葉《もみじ》した旧都の秋が、遥かに望まれてきたのであったが、ふと思うことには、万一このまま奈良の町へ入って、範宴《はんえん》が、そこに自分を待ってでもいたらはなはだまずいものになろうという

懸念であった。

いったい、弁海《べんかい》と師の房《ぼう》とは、どういう宿縁なのか。師の房《ぼう》は、彼を憎んだことも、墜《おと》し入れたこともないのに、幼少から今日まで弁海《べんかい》が範宴《はんえん》を憎悪することはまるで仇敵《きゅうてき》のようである。

日野《ひの》の学舎《まなびや》で、自分より小さい者に、学問や素行においても、絶えずおくれていたことが、幼少の魂に沁《し》みて、口惜しくて、忘れられないのか。

糺《ただす》の原《はら》で、他人《ひと》を、野火に墜《おと》し入《い》れようとした悪戯《わるさ》が、かえって、自分を焼く火となって手痛い目に会ったので、その遺恨が、今もって、消えないのか。

いや、なかなかそんなことではあるまい。要するに、成田兵衛《なりたのひょうえ》という者の家庭は知らないが、家庭の罪に違いない。全盛の世には、思いあがらせて育て、没落する時には、ねじけ者に作ってしまったものだろう。そして、すべての逆境が、みな自分の罪とは思えず、他人《ひと》のせいのように考える人間が、いつとはなく、今日の弁海《べんかい》になってきたのではあるまいか。

(こんな、ねじけ者に、範宴《はんえん》様を会わせて、怪我《けが》でもおさせ申したらつまらぬことだ。逃げるに如《し》くはない)性善坊《しょうぜんぼう》は、道を横に反《そ》らして、眼をつぶって、どこまでも逃げた。

青春譜

一

どこで行きちがったのか、範宴《はんえん》は性善坊《しょうぜんぼう》とはぐれて、奈良の杉林のあたりに、ただ一人でたたずんでいた。

そして町の方から来る人影を黄昏《たそが》れのころまで克明に待ちつつ見まもっていたが、性《しょう》善坊《ぜんぼう》らしい者は見えなかった。

もうここまで来れば、行く先の法隆寺《ほうりゅうじ》は近いし、先にそこへさえ行っていれば、後から彼の来ることはわかっているが、

「どうしたのか」と性善坊《しょうぜんぼう》の身も案じられ、またせっかくの連れを捨てて、先へ行く気も出なかった。

幾百年も経たような杉の梢《こずえ》が、亭々《ていてい》と、宵の空をおおっていた。空は月の冴えに、黄昏《たそが》れのころよりは澄明《ちょうめい》な浅黄《あさぎ》いろに澄んでいて、樹蔭《こかげ》の暗い所と、月光で昼間のような所

とが、くっきりと、縞《しま》や斑《まだら》になっていた。

ほう、ほう、と鹿の啼《な》く声がする――。それに気づいて眸《ひとみ》をこらして見ると、牝鹿《めじか》や牡《お》鹿《じか》が、月の夜を戯れつつさまよっているのだった。範宴《はんえん》の腰をかけた杉の根のまわりにも、一、二疋《ひき》寝そべっていて、彼が手を伸べると、人馴《ひとな》れた眸《ひとみ》を向けて、体をそばへ摺《す》り寄《よ》せてくる。

「おう」範宴《はんえん》は鹿の背を撫でながら膝へ抱きよせた。若い牝鹿《めじか》の毛なみはつやつやとして、肌は温かだった。

「鹿は、餌《え》に飢えているらしいが。……はて、何もやる物がない」と、範宴《はんえん》はつぶやいて、「飢えているといえば、わしにも何か飢えが感じられる。食ではない。眠りでも、安逸でもない。……この飢えた気持《きもち》は、母の肌を恋うような血しおの淋《さび》しさだ。たまたま、山を下りて、俗界の灯を見、世間の享楽をのぞいたので、若い血が、うずきたがるのだろう」

彼は牝鹿《めじか》の体温をおそれるように、膝から突《つ》き退《の》けようとした。けれど、鹿は動こうともしなかった。

思春期の若い鹿たちは、牝鹿《めじか》の声にあやつられて、追いつ追われつ夜を忘れているのだった。範宴《はんえん》は、立ちあがって、もいちど、猿沢《さるさわ》の池《いけ》の方へ戻ってみた。

ここにはまた、町の男女が、月見にあるいていた。恋をささやきながら肩を並べて行く男女は、しょんぼりと、さまよっている範宴《はんえん》のすがたを振向いて、気の毒そうな眼を投げた。

彼らは今が幸福にちがいない。だが、やがて生活を蝕《むしば》んでくる毒を呷《あお》っているに等しい。清浄身《しょうじょうしん》の沙門《しゃもん》からみれば、むしろ、あわれなのはああした儚《はかな》い夢の中に生きがいを焦心《あせ》っている多くの男や女たちではあるまいか。

範宴《はんえん》は、そう考えて、むしろあわれと見て過ぎたが、しかし、なんとはなく自身の中に、自身をさびしがらせるものがあることは否《いな》めなかった。ただ、彼の理念と、修行とが、石のようにそれを冷たく抑えていて、うすく笑っておられるに過ぎないのである。

ばたばたと誰か駈《か》けてくる跫音《あしおと》がして、

「お師さま！」と、呼んだ。

さがしあぐねていた性善坊《しょうぜんぼう》の声なのであった。

二

範宴《はんえん》は性善坊《しょうぜんぼう》をさがし、性善坊《しょうぜんぼう》は範宴《はんえん》をさがして、半日を徒労に暮《くら》したが、それでもここで会えたことはまだ僥倖《ぎょうこう》のように思えて、

「どうなさったかと思いました」と性善坊《しょうぜんぼう》は、師の無事を見て、欣《よろこ》ぶのだった。

「そちこそ、木津《きづ》で行きちがったにしても、余りに晩《おそ》かったではないか」範宴《はんえん》にいわれて、性善坊《しょうぜんぼう》は返辞に窮した。途中で、山伏の弁海《べんかい》に会い、執念深く追いかけられて、それを撒《ま》くためにさんざん道を迂回《うかい》した事情を告げればいいことであるが、ああいう呪魔《じゅま》みたいな人間が師の房《ぼう》の影身につきまとっていることを、話したがいいか、話さないほうがいいかといえば、むろん聞いて愉快になるわけのものではなし、知らさずにおけるものなら、いわないに限ると、独りで決め込んでいたので、

「いえ、私もちと、どうかしておりました。木津《きづ》の宿《しゅく》で、師の房《ぼう》に似たお方が、河内路《かわちじ》へ曲がったと聞いたので、方角ちがいをしてしまったので」そんなふうに、あいまいに紛《まぎ》らして、さて、疲れてもいるが、月明《つきあかり》を幸いに、これから二里とはない法隆寺《ほうりゅうじ》のこと、夜をかけて、歩いてしまおうではないかとなった。

それから月の白い道を、露に濡《ぬ》れて、法隆寺《ほうりゅうじ》の門に辿《たど》りついたのは、夜も更《ふ》けたころで、境内の西園院《さいおんいん》の戸をたたき、そこに、何もかもそのままに一睡《いっすい》して、明《あく》る日、改めて、覚《かく》運僧都《うんそうず》に対面した。

僧都《そうず》には、あらかじめ、叡山《えいざん》から書状を出しておいたことだし、慈円《じえん》僧正からも口添えがあったことなので、

「幾年でも、おるがよい」と覚運《かくうん》は、快く、留学をゆるしたうえで、

「しかし、わしもまだ、一介の学僧にすぎんのじゃから、果たして、範宴《はんえん》どのの求められるほどの蘊蓄《うんちく》がこちらにあるかないかは知らぬ」と謙遜《けんそん》した。

しかし、当代の碩学《せきがく》のうちで、華厳《けごん》の真髄《しんずい》を体得している人といえば、この人の右に出ずるものはないということは、世の定評であり、慈円《じえん》僧正も常にいわれているところである。範宴《はんえん》はなんとしても、この人の持っているすべてを自分に授け賜わらなければならないと思って、

「鈍物《どんぶつ》の性《さが》にござりますが、一心仏学によって生涯し、また、生きがいを見出したいと念じまする者、何とぞ、お鞭《むち》を加えて、御垂示《ごすいじ》をねがいまする」と、大床の板の間《ま》にひれ伏して、門に入るの礼を執《と》った。

ふつうの学生《がくしょう》たちとまじって、範宴《はんえん》は、朝は暗い内から夜まで、勤行《ごんぎょう》に、労役《ろうえき》に、勉学に、ほとんど寝る間もなく、肉体と精神をつかった。

「あれは、九歳《ここのつ》で入壇して大戒《だいかい》を受けた叡山《えいざん》の範宴《はんえん》少納言だそうだ」と、学寮の同窓たちは、うすうす彼の生い立ちを知って、あまりな労働は課さなかったが、範宴《はんえん》は自分からすすんで、薪《まき》も割り、水も汲《く》んで、ここ一年の余は、性善坊《しょうぜんぼう》とも、まったく、べつべつに起居していた。

冬の朝など――まだ霜の白い地をふんで炊事場《すいじば》から三町もある法輪寺川《ほうりんじがわ》へ、荷担《にない》に水桶

を吊《つ》って水を汲《く》みにゆく範宴《はんえん》のすがたが、よく河原に見えた。

するとある朝のこと、

「もしや、あなたは、範宴《はんえん》様ではございませんか」若い旅の娘が、そばへ来て訊《たず》ねた。

三

「はい、私はおたずねの範宴《はんえん》ですが……」答えながら、彼は、自分の前に立った娘に対して、どこかで見たような記憶をよび起《おこ》したが、どこでとも、思《おも》い当《あた》らなかった。

（ああよかった）というように娘は安堵《あんど》の色を見せ、同時にすこし羞恥《はじら》いもしている容子《ようす》。

年ごろは十七、八であろうか。しかし年よりはやや早熟《ませ》た眸《ひとみ》と、純な処女《おとめ》とも受けとれない肌や髪のにおいを持っている。それだけに、男には蠱惑《こわく》で、面《おも》ざしだの姿だの、総体から見て、美人ということには、誰に見せても抗議はあるまいと思われるほどである。

「あの……実は……私は京都の粟田口《あわたぐち》の者でございますが」

「はあ」範宴《はんえん》は、水桶を下ろして、行きずりの旅の娘が、どうして、自分の名を知っているのかと、不審な顔をしていた。

「一昨年《おととし》の秋でございましたか、鍛冶《かじ》ケ池《いけ》のそばをお通りになった時、よそながら、お姿を見ておりました」

「ははあ……私をご存じですか」

「後で、あれが、肉親のお兄上様だと、朝麿《あさまろ》様からうかがいましたので」

「え、弟から？」

「私は、あの時、朝麿《あさまろ》様と一緒にいた梢《こずえ》という者でございますの。……父は、粟田口宗次《あわたぐちむねつぐ》といって、あの近くで、刀鍛冶《かたなかじ》を生業《なりわい》にしています」

「……そうですか」と、驚きの眼をみはりながら、範宴《はんえん》は、なにか弟の身にかかわることで、安からぬ予感がしきりと胸にさわいでくるのだった。

「梢《こずえ》どのと仰《お》っしゃるか。——どこかで見たようなと思ったが」

「私も、一昨日《おととい》から、法隆寺《ほうりゅうじ》のまわりを歩いて、幾人《いくたり》も、同じお年ごろの学僧様が多いので、お探しするのに困りました。……というて、寺内へおたずねするのも悪いと思うて」

「なんぞ、この範宴《はんえん》に、御用があっておいでなされたのか」

「え……」梢《こずえ》は、足もとへ眼を落《おと》して、河原の冬草を、足の先でまさぐりながら、

「ご相談があるんですの」

「私に」

「あの……実は……」うす紅い血のいろが、耳の根から頰へのぼって、梢《こずえ》は、もじもじし

ていた。

「相談とは？」

「弟御さまと、私のことで」範宴《はんえん》は、どきっと、心臓に小石でも打《ぶ》つけられたような動悸《どうき》をうけた。

「弟が、どうかしましたか」

「あの……みんな私が悪いんでございます……」範宴《はんえん》の足もとへ、泣きくずれて、梢《こずえ》は次のようなことを、断《き》れ断《ぎ》れに訴えた。

朝麿《あさまろ》と梢《こずえ》とは、ちょうど、同じ年の今年が十九であるが、二年ほど前から、恋に墜《お》ちて、ゆく末を語らっていたが、それが、世間にも知れ、男女《ふたり》の家庭にも知れ、ついにきびしい監視の下《もと》に隔てられてしまったので、若い二人は、諜《しめ》しあわせて、無断で家を脱け出してきたというのである。

「あの弟が」と範宴《はんえん》は、霜を踏んだまま、凍《こお》ったように、唇の色を失って、梢《こずえ》のいうのを聞いていた。

四

なお仔細に事情を訊《き》くと、弟の朝麿《あさまろ》は、梢《こずえ》と逃げてくる旅の途中風邪《かぜ》をこじらせて、食物もすすまぬようになり、この附近の木賃旅籠《きちんはたご》に寝こんでしまって、持《も》ち合《あわ》せの小遣《こづか》いは失《な》くなるし、途方にくれているところだというのである。

「では……弟はわしに会いたいというて、おもとを使いによこしたわけか」

「ええ……」梢《こずえ》は、打《う》ち悄《しお》れたまま、

「いっそ、二人して死んでしまおうかと、何度も、刃物を手に取ってみましたが、やはり、死ぬこともできません」と、肩をふるわせて泣き入るのであった。

無考えな若い男女《ふたり》も、途方に暮れたことであろうが、より以上に困惑したのは範宴《はんえん》であった。

まず第一に思いやられるのは、髪をおろして、せっかく、老後の安住を得た養父《ちち》の気持《きもち》だった。次には、生来、腺病質《せんびょうしつ》でかぼそい体の弟が、旅先で、金もなく、落着くあてもなく、これも定めて悶《もだ》えているだろう容子《ようす》が眼に見える心地がする。病のほども、案じられる。

「どこですか、その旅籠《はたご》は」

「ここから近い、小泉《こいずみ》の宿《しゅく》端《はず》れでございます。経本を商《ひさ》ぐ家の隣で、軒端に、きちんと板札が、打ってあります」

「見らるる通り、わしは今、朝のお勤めをしている途中、これから勤行《ごんぎょう》の座にすわり、寮《りょう》の日課をすまさねば、自分の体にはなれぬのじゃ。……それを了《お》えてから訪ねてゆくほどに、おもとは、弟の看護《みとり》をして下さるように」

「では、来て下さいますか」梢《こずえ》は、ほっとした顔いろでいった。兄は、きっと怒るであろうと弟からいわれていたものとみえ、範宴《はんえん》の返辞を聞くと、迷路に一つの灯を見たように彼女はよろこんだ。

「参ります。何でまた、捨てておかれよう。きっと行くほどに、弟にも、心をつよく持てといってください」

「はい。……それだけでも、きっと、元気がつくでしょう」

「では……」と範宴《はんえん》は、学寮の朝の忙しさが思いだされて、急に、水桶を担《にな》いだした。すべらぬように藁《わら》で縛ってある足の裏は、冷たいとも痛いとも感覚は失せているが、血がにじみ出していた。

真っ黒な天井《てんじょう》の下に、三つの大きな土泥竈《どべっつい》が並んでいた。その炊事場には、薪《まき》を割る者だの、襷《たすき》がけで野菜を刻んでいるものだのが朝の一刻《いっとき》を、法師に似げない荒っぽい言葉や唄をうたい交わして働いていた。

範宴《はんえん》が、水桶を担《にな》って入ってきたのを見ると、泥竈《へっつい》のまえに、金火箸《かなひばし》を持っていた学頭が、

五

「範宴《はんえん》っ、何をしとった？」と、焼けた金火箸《かなひばし》を下げて、彼の方へ歩いてきた。

「どこまで、水を汲《く》みに行ったのだ？」学頭は、睨《にら》みつけていった。

「はい」範宴《はんえん》が、詫《わ》びると、

「はいじゃない」と金火箸《かなひばし》で、胸を突いて――

「貴公、この法隆寺《ほうりゅうじ》へ、遊びにきたのか、修行にきたのか」

「…………」

「怠惰の性《しょう》を、懲《こ》らしてやる」学頭は、金火箸《かなひばし》をふりかぶって彼の肩を打ちすえた。

範宴《はんえん》は炊事場の濡《ぬ》れている土に膝も手もついて、

「わるうございました」

「不埒《ふらち》なっ」庖丁《ほうちょう》を持ったり、たすきを掛けたりした同僚たちが、がやがやと寄ってきて、

「俺たちが、働いているのに、怪《け》しからん奴」と、一緒になって罵詈《ばり》する学僧もあるし、

「荒仕事に馴《な》れないから、無理もないよ」と庇《かば》う者《もの》もあった。

だが、庇《かば》う者《もの》のことばに対して学頭はよけいに呶鳴《どな》った。

「こんなことがなんで荒仕事か、僧院に住む以上、当《あた》りまえな勤めだ。叡山《えいざん》あたりでは、

中間僧《ちゅうげんそう》や、堂衆《どうしゅう》をこきつかって、据膳《すえぜん》下げ膳で朝夕《ちょうせき》すんでいるか知らんが、当寺の学《がく》生寮《しょうりょう》では、そんな惰弱な生活はゆるさん。──また、貴族の子でも誰の子でも、身分などに、仮借もせんのだ。それが覚運僧都《かくうんそうず》の仰せでもあり、法隆寺《ほうりゅうじ》の掟《おきて》でもあるのだぞ。よいかっ」

「はい」

「おぼえておけ」法衣《ころも》の上は何ともなかったが、打たれた肩の皮膚がやぶれたのであろう。土についている手の甲へ、袖《そで》の奥から紅い血が蚯蚓《みみず》のように走ってきた。

血を見て、学頭は、口をつぐんだ。範宴《はんえん》は桶の水を、大瓶《おおがめ》にあけて、また、川の方へ水を汲《く》みに行った。

もう、梢《こずえ》のすがたは見えなかった。白い枯野《かれの》の朝靄《あさもや》から、鴉《からす》が立ってゆく。

「かるい容態ならよいが……」弟の病気が、しきりと、胸に不安を告げていた。──仏陀《ぶっだ》の加護を祈りながら、範宴《はんえん》は、同じ大地を、何度も踏みしめて通った。

半日の日課がすんで、やっと、自分の体になると、範宴《はんえん》は、性善坊《しょうぜんぼう》にも告げず、法隆《ほうりゅう》寺《じ》から一人で町の方へ出て行った。

小泉の宿《しゅく》には、この附近の寺院を相手に商《あきな》いしている家々や、河内《かわち》がよいの荷駄の馬方や、樵夫《きこり》や、野武士などかなり聚合《しゅうごう》して軒をならべていた。

「あ……。ここか」範宴《はんえん》は、立ちどまって、薄暗い一軒のあばら屋をのぞきこんだ。大きな古笠が軒に掛けてあって、

「きちん」と書いてある。

何か、煮物をしていると見えて家の中は、榾火《ほたび》の煙がいっぱいだった。ぎゃあぎゃあと、嬰児《あかご》の泣く声やら、亭主のどなる声やらして、どうして、それ以外の旅人を泊《と》める席があるだろうかと疑われるような狭さであった。

六

とにかく、此宿《ここ》には違いないので、範宴《はんえん》が門口に寄って尋ねると、

「ああ、病人の旅のもんならば、裏の離れにおるだあ。この露地から、裏へ廻《まわ》らっしゃい」木賃《きちん》の亭主が、煙っている家の中で呶鳴《どな》る。

「少々、その者に、会いとう存じますから、それでは、裏へ入らせていただきます」と範《はん》宴《えん》は、一応断って、教えられた裏の方へ廻《まわ》ってみた。

百姓もするのであろう、木賃旅籠《きちんはたご》の裏には、牛なども繋《つな》いであるし、農具だの、筵《むしろ》だのが散らかっている。

亭主のいう離れとはどこかと見まわしていると、飼蚕小屋《しさんごや》でも繕《つくろ》わしたのであろう、ひ

どい板小屋を二間《ふたま》に仕切って、その一方に、誰やら寝ている者がある。

（こんな所に寝ているのか）弟の境遇は、その板小屋を見ただけでわかった。旅の空に病んでいる気持《きもち》、恋のために世間から追いつめられて、その恋をすら楽しめずに死を考えている気持《きもち》――。まざまざと、眼に見せられて、彼は、胸が痛くなった。

驚かせてはならないと、しのび足に、板屋の口へ寄って、異臭のする薄暗い中を覗《のぞ》きながら、

「朝麿《あさまろ》」と、呼んでみた。

すると、そこに見えた薄い蒲団《ふとん》を刎《は》ねのけて、寝ていた者は、むっくりと、起き上がった。

「あ……これは」と範宴《はんえん》は、あわてて頭を下げて謝った。蒲団《ふとん》のうえに坐《すわ》りこんで、こっちを見つめているのは、似ても似つかない男なのである。

年ごろ二十四、五歳の、色浅ぐろい苦み走った人物であった。鷹《たか》のように精悍《せいかん》な眼をして、起きるとたんに右の手には、枕元にあった革巻《かわまき》の野太刀を膝へよせていた。野武士の着るような獣皮の袖無しを着、飲みからしの酒壺《さかつぼ》が、隅の方に押しやってある。

「失礼いたしました。人違いをして、お寝《やす》みのところを」と詫《わ》び入《い》ると、男は、

「なんだ、坊主か」と、口のうちでつぶやいて――

「誰をたずねてきたのだ」

「身寄りの者が、この木賃《きちん》にわずろうていると聞きましたので」

「それじゃ、若い女を連れている小伜《こせがれ》だろう」

「はい」

「隣だよ」無造作に、顎《あご》で板壁を指して、男はまた、蒲団《ふとん》をかぶって、ごろりと横になってしまう。

「ありがとうございました」すぐ足を移して、隣を見ると、そこには、破れた紙ぶすまが閉めてある。

「ごめん……」と今度は念を入れて、範宴《はんえん》は小声におとずれた。

七

けさ、法輪寺川のほとりで会った梢《こずえ》が、声をきくとすぐそこを開けて、

「お兄さんが見えましたよ」と、病人の枕へ、顔をよせて告げた。

「えっ……兄君が」待ちかねていたのであろう。朝麿《あさまろ》は聞くや否《いな》や、あわてて褥《しとね》の外へ這《は》いだした。

「朝麿《あさまろ》、そのままにしていなさい、寒い風に、あたらぬように」

るのを覚えた。

「兄君っ……」涙でいっぱいになった弟の眼を見ると、範宴《はんえん》も、熱いものが瞼《まぶた》を突いてく

「め……めんぼく次第もございません……。こ、こんなところで」

「まあよい。さ……梢《こずえ》どの、衾《ふすま》のうちへ、病人を」寝るようにすすめたが、朝麿《あさまろ》は、兄のまえにひれ伏したまま、ただ泣《な》き濡《ぬ》れているのであった。範宴《はんえん》は、手をとって、

「何年《いつ》であったか、おもとと、鍛冶《かじ》ケ池《いけ》のそばで会った時に、わしは、およそのことを察していた。今日のことがなければよいがと案じていました」

「すみませぬ」

「今さら、どういうたとて、及ばぬことだ。——それよりは、体が大切、また後々《のちのち》の思案が大事。とにかく、衾《ふすま》のうえにいるがよい、ゆるりと話そう」無理に、蒲団《ふとん》の中へもどして、弟にも梢《こずえ》にも、元気がつくように努めて微笑をもちながら先行きの覚悟のほどを聞いてみると、もちろん、恋し合ってここまで来た若い二人は、死ぬまでも、別れる気もちはないというし、またふたたび、親たちのいる都へ帰る気もないという。

そして絶えず、死への誘惑に迷っている影が、朝麿《あさまろ》にも、梢《こずえ》にも、見えるのだった。

範宴《はんえん》は、そのあぶない瀬戸ぎわにある二人の心を見ぬいて当惑した。沙門《しゃもん》の身でなければ、当座の思案だけでもあるのであったが、きびしい山門のうちへ二人を連れてゆくわけ

にはゆかないし、このまま、この風の洩《も》れる汚い板屋に寝かせておけば、弟の病勢がつのるのは眼にみえているし、その病気と、心の病気とは、何時《いつ》、死を甘い夢のように追って、敢《あえ》ない悔いを後に嚙《か》むことに立ちいたるかもわからない。

すると、外に、その時跫音《あしおと》がしてきた。ここの木賃《きちん》の亭主であった。無遠慮に入口を開けて、

「沙門《しゃもん》さん、おめえは、法隆寺《ほうりゅうじ》で勉強している学生《がくしょう》かい？」と訊《き》くのであった。範宴《はんえん》は、自分の顔を見て問われたので、

「さようでございます」と答えると、亭主は、

「そして、この病人の兄弟ということだが、ほんとかね」

「はい」

「じゃあ、木賃《きちん》の代だの、薬代だの、病人の借財は、もちろん、おぬしが払ってくれるだろうな」答えぬうちに、亭主は、ふところから書きつけたものを出して、範宴《はんえん》の前へ置くのであった。

八

もとより金などは持ちあわせていないけれど、弟の借財があるというならば、性善坊《しょうぜんぼう》

に相談したうえで、どうにでもしなければなるまいと、四、五日の猶予を頼むと、亭主は首を振って、

「ふざけては困る」頑然《がんぜん》と、怒った。

「そう幾日も幾日も、病人などを置いておかれるか。毎晩、ほかの泊り客もあるのに、それを断っていては、おいらの嬶《かか》や餓鬼《がき》が干ぼしになるわい」

「迷惑でございましょう」

「大迷惑じゃ。とうに、追ん出したいのは山々だったが、薬代のたてかえもあるで、法《ほう》隆寺《りゅうじ》に身寄りがいるという言い訳をあてにして、おぬしの来るのを待っていたのじゃ、持ち物なり、衣類なり、抵当《かた》において、すぐ連れて行ってくれい」

「ごもっともです。けれど、永いご猶予はおねがいしませせぬゆえ――」

「………」

「両、三日でも」

「ばかをぬかせ。病人なればこそ、きょうまででも、こらえていたのじゃ」

「私は、僧門の身、この病人と女子《おなご》を、山門へ連れもどるわけには参りませせぬ」

「――だから、知らぬというのか、借りをふみ倒す気か」

「決して」

「ならば、その法衣《ころも》を脱いで出せ、女の帯を貰《もら》おう、いや、そんなことじゃまだ足りんわ、そうだ、よい数珠《じゅず》を持っておるな、水晶じゃろう、それもよこせ」

するとーーいつのまにやら彼の後ろから入ってきて、のっそりと突っ立っていた隣の野武士ていの若い男が、左手に提《ゆんで》げている革巻《かわまき》の刀の鞘《さや》で、わめいている亭主の横顔を、がつんと撲《なぐ》った。

「あっ、痛っ」顔を抑えて振りかえった亭主は、そこに立っている野武士の顔を仰いで、

「おぬしは、隣に泊《とま》っているお客じゃないか」

「さよう」

「なにをさらすのじゃ、なんでわしを、撲《なぐ》ったか」

「やかましい」野武士ていの男は、逞《たくま》しい腕を亭主の襟がみへ伸ばしたかと思うと、蝗《いなご》でも抓《つま》んで捨てるように、

「おととい来い」吊《つ》り上《あ》げて、その弱腰を蹴とばした。

「わっ」亭主は、外へもんどり打って、霜解けのぬかるみへ突っ込んだ泥の手で、

「おれを。……畜生っ、おれをよくも」むしゃぶりついてくる手を払って、野武士ていの男は、その鷹《たか》のように底光りのする眼でつよく睨《にら》みつけた。

「さっきから隣でだまって聞いていれば、慈悲も情けもない云《い》い草《ぐさ》、もういっぺん吐《ほ》ざい

てみろ」

「貸しを取るのが、なぜわるい。おれたちに、飢え死にしろというのかい」

「だまれ、誰が、汝《うぬ》らの貸しを倒すといったか。さもしい奴だ、それっ、俺が立て替えておいてやるから持ってゆけ。その代《かわ》りに、病人のほうも、俺のほうも、客らしく鄭重《ていちょう》にあつかわないと承知せぬぞ。……何をふるえているのだ、手を出せ」と野武士ていの男は、ふところから金入れを出して、まだ疑っている亭主の目先へ、金をつきつけた。

九

金を見ると木賃《きちん》の亭主は、平蜘蛛《ひらぐも》のように謝《あやま》り入って、それからは手のひらを返すように、頼みもしない薪《まき》を持ってきたり、粥《かゆ》を煮ようの、薬はあるかのと、うるさいほど、親切の安売りをする。

「……現金な奴だ」野武士ていの男は苦笑しながら梢《こずえ》にむかって、

「お女房。ご病人のようすはどうだな、すこしはいいか」

「いつも、ありがとうございまする、おかげ様で、きょうあたりは……」梢《こずえ》は、範宴《はんえん》にむかって、

「お兄さま。この隣のお方には、毎日何くれとなくお世話になっております。お礼を申し

あげて下さいませ」といった。

範宴《はんえん》はそういわれぬうちから、なんと礼をいったらよいかと、胸のうちでいっぱいに感謝しているのだった。

世には奇特な人もある、弱肉強食の巷《ちまた》とばかり世間を見るのは偏見であって、こういう隣人があればこそ、修羅火宅《しゅらかたく》のなかにも楽土がある。あえぐことのみ多い生活のうちにも清泉《せいせん》に息づく思いができるというものであろう。

かかる人こそ、仏心を意識しないで仏心を権化《ごんげ》している奇特人《きとくじん》というべきである。何を職業としている者かありがたい存在といわねばならぬ。

範宴《はんえん》は、両手をつかえて、真ごころから礼を述べ、立て替えてくれた金子《きんす》は、沙門《しゃもん》の身ゆえ、すぐには調達はできないが、両三日うちには必ず持ってきて返済するというと、男は磊落《らいらく》に笑って、

「そんな義理がたいことには及ばないさ。奈良の茶屋町で、一晩遊べば、あれくらいな金はすぐにけし飛んでしまう。お坊さんへ、喜捨《きしゃ》いたしますよ。ははははは」

「それでは余り恐れいります。失礼ですが、ご尊名は」

「名まえかい。――名をいうほどな人間でもないが、これでも、先祖は伊豆の一族。今では浪人をしているので、生国《しょうごく》の名をとって、天城四郎《あまぎのしろう》とよんでいる田舎《いなか》武士だよ」

「では、旅先のお体でございますか。さすればなおのこと、路銀のうちを私どもの難儀のためにお割《さ》きくだされては、ご不自由でございましょうに」

「なんの、長者ほどはないが、路銀ぐらいに、不自由はしない。くれぐれも、心配しなさるな。そう案じてくれては、せっかくのこっちの好意がかえって無になる。……ああ思わず邪魔をした。どれ、自分の塒《ねぐら》に入ろうか」そういうと、男は隣の間《ま》に入って、ふたたび顔を見せもしない。

やがて、黄昏《たそが》れの寒鴉《かんあ》の声を聞きながら、範宴《はんえん》も、法隆寺《ほうりゅうじ》へ帰って行った。そして、山門の外から本堂の御扉《みとびら》を拝して、弟のために、祈念をこらした。

その夜――凍りつく筆毛《ふでげ》を走らせて、彼は、粟田口《あわたぐち》の草庵にいる養父《ちち》の範綱《のりつな》――今ではその俗名を捨てて観真《かんしん》とよぶ養父《ちち》へ宛てて、書くにも辛い手紙を書き、あくる朝、駅使《うまやづかい》にたのんで京へ出しておいた。

怪盗

一

食物だの、衣服だの、また心づいた薬などの手に入るたびに、性善坊《しょうぜんぼう》は、範宴《はんえん》の旨をうけて、町の木賃《きちん》へ運んで行った。

「きょうは、たいへんお元気でございました。あのご容子《ようす》ならば、もう明日《あす》あたりは、お床を上げられましょう」きょうも、町から戻ってきた性善坊《しょうぜんぼう》が、彼の部屋へ来て告げた。

範宴《はんえん》の眉は、幾分か、明るくなって、

「——そうか。それではまず、弟の病気のほうは、一安心だが……」

「後が、もう一苦労でございますな」

「あの女子《おなご》との問題はどうしたものか。……もう養父上《ちちうえ》から、誰か迎えの者が来るころだが」

「観真《かんしん》様にも、さだめし、御心痛でございましょうに」

「それをいうてくれるな、わしたち兄弟は、生みの母君もともに、今の養父《ちち》にひきとられて、乱世の中を、また貧困の中を、どれほど、ご苦労ばかりおかけ申してきたことか。……思うても胸がいとうなる」

「ぜひないことでございまする……」

「やや世の中がしずまって、養父《ちち》も、頭《つむり》を落《おと》し、せめて老後の月日をわずらいなく自適していらっしゃると思えばまたもこうしたことが起きてくる。……朝麿《あさまろ》の罪ばかりは責められぬ、この範宴《はんえん》とても、いつ、養父《ちち》にご安心をおさせ申したか。わしも、もっと励まねばならぬ。弟は病身じゃ、せめてわしだけでも、養父上《ちちうえ》の長いご苦労に酬《むく》わねばならぬ。それが、亡き母君への唯一のお手向《たむ》けではあるまいか」性善坊《しょうぜんぼう》は、胸がいっぱいになって、何もいえなくなった。範宴《はんえん》の肉体に赫々《かっかく》と燃えている火のような希望も頼もしく思いながらも、目前の当惑には、つい弱いが嘆息が出てしまうのであった。

「範宴《はんえん》どの。――都から早文《はやぶみ》が着いておるぞ。寮の執務所まで、取りにおいでなさい」

庭先で、誰かいった。

さては――と範宴《はんえん》はすぐ書面を取ってきて、封を切った。待ちわびていた養父《ちち》からの返事である。返書が来たところをみると、若い二人を迎える使いはよこさないものとみえる。養父《ちち》はどう考えているのだろうか、どう処置をせよと仰《お》っしゃるのだろうか。

読みくだしてゆくうちに、彼は養父《ちち》の筆のあとに、養父《ちち》の顔つきだの心だのがなまなまと眼にみえた。親子の恩愛というものが、惻々《そくそく》と胸をうってくる。

しかし養父《ちち》が書中にいっている要点は、その慈愛とは反対に次のような厳格な意見であった。

（女子《おなご》の親とも相談したが、言語にたえた不所存者《ふしょぞんもの》である。家を捨てて出た以上、かまいつけることはないと決めた。おもとも、不埒《ふらち》な駈落ち者《かけおちもの》などに関《かま》っておらずに、専心勉学をされたがよい。当人たちが困ろうと、飢えようと自業自得《じごうじとく》であり、むしろ生きた学問となろう。親のことばより実際の社会《よのなか》から少し学ばせたほうが慈悲というものだ。迎えの使いなどは断じて出さぬ）というのである。

二

手紙の一字一字が養父《ちち》の顔つきであり声であるように範宴《はんえん》には感じられた。慈愛をかくして峻烈《しゅんれつ》に不肖《ふしょう》の子を叱りながらもどこやらに惻々《そくそく》と悩んでいる厳父のこころが傷《いた》ましい強さで、（かまいつけるな）といってある。

しかし、手紙の養父《ちち》のことばを、そのままに解して、自分までが厳格な態度をとったら、弟は、どこへ行くのだろうと思った。おそらく、死を選ぶほかに彼の道はないのではないかと考えた。

性善坊《しょうぜんぼう》が案じるのもそれだった。恋というものは熱病のようなものである。健康な人間が、自分の健康な気もちを標準にして荒療治をしようとすると、若気な男女は、春をいそぐ花のように、夢を追って身を散らしてしまうことをなんの惜しみともしないものである。その弱い木を揺りうごかして、傍《はた》から花の散るのを急がすような心ない処置をとっては、なんにもならない。——ましてや人間の苦患《くげん》に対しては絶対な慈悲をもって接しなければならない。仏の御弟子《みでし》である以上はなおさらのことである。

「どうしたらよいか」範宴《はんえん》は、その夜、眠らずに考えた。

しかし、よい解決は見つからなかった。それは、範宴《はんえん》自身が、仏の御弟子《みでし》であり、きびしい山門の学生《がくしょう》であるから、おのずから法城の道徳だの、行動の自由にしばられて考えるからであった。ふと、彼は、

(もし、ここに、兄弟《ふたり》の母がまだ生きておいでになったら、どうなさるだろうか)と考えた。

するとすぐ、範宴《はんえん》も、決心がついたのであった。

(——自分が母にかわればよい)ということであった。

何といっても、朝麿《あさまろ》も自分も、幼少に母を亡《うしな》っているので、母のあまい愛に飢えている

ことは事実である。――何ものよりも高い養父《ちち》の御恩は御恩としても、男性の親にはない母性の肌や、あまえたいものや、おろかなほど優しい愛撫だのに――飢えていたことは事実であろう。

自分にすらそれを時折は感じるのであるから、あの病身な、気の弱い弟は、なおさらであるにちがいない。

そういう永年のさびしさが、青春の処女《おとめ》と、燃えついたのは、人間の生理や心理からいえば、当然である。けれど、人間の作った社会の道徳から、見る時には、ゆるしがたい不良児の行為として、肉親からも社会からも追われるのが当然であって、誰をうらむこともない。

もしも今なお世に在《いま》すものとすれば、こんな時こそ、母性は身をもっても、この不良の児《こ》を救うにちがいない。あらゆるものを敵としても、母は、敢然《かんぜん》と子のために戦うにちがいないのだ。

範宴《はんえん》は、朝になってから、もいちど胸のうちでつぶやいた。

「――そうだ、わしは、母になって、母がいてなさるように、弟の苦境を考え、弟と共に考えてやればよい！」

三

いつものように、学生《がくしょう》たちへ、華厳法相《けごんほっそう》の講義をすまして、法隆寺《ほうりゅうじ》の覚運《かくうん》が、橋廊下をもどってくると、

「僧都《そうず》さま」と、いう声が足もとで聞《きこ》えた。

覚運《かくうん》は、橋廊下から地上へ、そこに、手をついている範宴《はんえん》のすがたへ、じろりと眼を落《おと》して、

「――何じゃ」

「おねがいがございまして」と、範宴《はんえん》は顔を上げた。

そして、覚運《かくうん》が眸《め》でうなずいたのを見て、十日ほどの暇《いとま》をいただいて京都へ行ってきたいという願いを申し出ると、覚運《かくうん》は、

「観真《かんしん》どのでもご病気か」と、たずねた。

「いえ、弟のことについて」範宴《はんえん》は、そういう俗事に囚《とら》われていることを、僧都《そうず》から叱咤《しった》されはしないかと、おそれながらいうと、

「行ってくるがよい」と案外な許しであった。

それればかりでなく、覚運《かくうん》はまたこういった。

「おん身が、ここへ参られてからはや一年の余にもなる。わしの持っている華厳《けごん》の真髄は、すでに、あらましおん身に講じもし、また、おん身はそれを味得せられたと思う。このうえの学問は一に自己の発明にある。ちょうど、よい機《おり》でもある。都へ上《のぼ》られたならば、慈円《えん》僧正にもそう申されて、次の修行の道を計られたがよかろう」

そういわれると、範宴《はんえん》はなお去り難い気もちがして、なおもう一年もとどまって研学したいといったが、僧都《そうず》は、

「いやこれ以上、法隆寺《ほうりゅうじ》に留学する必要はない」といった。

計らぬ時に、覚運《かくうん》との別れも来たのである。範宴《はんえん》は、あつく礼をのべて引《ひ》き退《さ》がった。性善坊《しょうぜんぼう》にも告げ、学寮の人々にもそのよしを告げて、翌《あく》る日、山門を出た。同寮の学生《がくしょう》たちは、

「おさらば」

「元気でやり給《たま》え」

「ご精進《しょうじん》を祈るぞ」などと、口では祝福して、見送ったが、心のうちでは、

（ここの烈《はげ》しい苦学に参ってしまって、とうとう、僧都《そうず》にお暇《いとま》をねがい出たのだろう）と、わらっていた。

範宴《はんえん》は、一年余の学窓にわかれて、山門を数歩出ると、

（まだなにか残してきたような気がしてならぬ）と、振りかえった。そして、（これでいいのか）と自分の研鑽《けんさん》を疑った。なんとなく、自信がなかった。そして、朝夕に艱苦《かんく》を汲《く》んだ法輪寺川ともわかれて、小泉《こいずみ》の宿場町にはいると、すぐ、頭のうちは弟のことでいっぱいになっていた。

四

朝麿《あさまろ》は、見ちがえるほど恢復《かいふく》して、病床《とこ》を離れていた。

兄と、性善坊《しょうぜんぼう》とが、旅装《たびよそお》いをして、ふいに訪ねてきたので、彼は梢《こずえ》とともに、驚きの眼をみはって、

「どこへお旅立ちですか」と、もう淋《さび》しげな顔をした。性善坊《しょうぜんぼう》が、

「いや、お師様には、もはや華厳《けごん》をご卒業あそばしたので、南都にとどまることはないと、法隆寺《ほうりゅうじ》の僧都《そうず》様からゆるしが出たために、お別れを告げてきたのです」と話すと、朝麿《あさまろ》は、

「では、叡山《えいざん》へ、お帰りですか」と、なお心細げにいうのであった。

「されば……帰ろうと思う」範宴《はんえん》はそういって、

「ついては、おもとも京都へ共に帰らぬか」

「…………」

「わしが一緒に行ってあげよう。そして、ともどもに、養父上《ちちうえ》へお詫《わ》びをするが子の道ではないか」

「兄上。ご心配をかけて、なんともおそれ入りまする。けれど、今さら養父《ちち》の家へは帰れません」

「なぜ」

「……お察しくださいまし……どの顔をさげて」

「そのために、兄がついて行くではないか。何事も、まかせておきなさい」

そばで聞いていた梢《こずえ》は、不安な顔をして、朝麿《あさまろ》がそこを立つと、寝小屋の裏へ連れて行って、

「あなたは、帰る気ですか」と男を責めていた。

「——わたしは嫌《いや》です、死んだって嫌《いや》ですよ。あなたの兄様は、きっと、お父さんのいいつけをうけて、私たちを、うまく京都へ連れ帰ってこいといわれているに違いありません」女には、いわれるし、兄には叛《そむ》けない気がして、朝麿《あさまろ》は、板ばさみになって当惑そうに俯《う》つ向《む》いていた。

すると、性善坊《しょうぜんぼう》が様子を見にきて、

「梢《こずえ》どの、それは、あなたの邪推です。お師様には、決して、お二人の心を無視して、

ただ生木《なまき》を裂《さ》くようなことをなさろうというのではなく、あなたの父上にも、朝麿《あさまろ》様の養父君《ちぎみ》にも、子としての道へもどって、罪は詫《わ》び、希望《のぞみ》は、おすがり申そうというお考えなのです」諄々《じゅんじゅん》と、説いてきかせると、梢《こずえ》もやっと得心《とくしん》したので、にわかに、京へ立つことになった。

ところで、このあいだ宿の借財をたて替えてくれた親切な相客の浪人にも一言《ひとこと》、礼をのべて行きたいがと、隣の寝小屋をさしのぞくと、誰も人気《ひとけ》はない。亭主にきくと、

「はい、今朝ほどはやく、お立ちになりました。皆さまへ、よろしくといい残して――」

「や。もうお立ちになったのか。……今日は、改めてお礼を申しあげようと思うていたのに……。済まぬことであった」

範宴《はんえん》は、胸に借物《かりもの》でも残されたように、自分の怠りが悔いられた。

五

若い男女《ふたり》は、先にあゆみ、範宴《はんえん》と性善坊《しょうぜんぼう》とは、ずっと離れてあるいた。

冬の日ではあるが、陽がぽかぽかと枯れ草に蒸《む》れて、山蔭《やまかげ》は、暖かだった。

「――幸福にさせたい」範宴《はんえん》は、先にゆく、弟と弟の愛人のうしろ姿を見て、心から、いっぱいに思った。

「のう、性善坊《しょうぜんぼう》」

「はい」

「粟田口《あわたぐち》の養父上《ちちうえ》にお会いしたらそちも共に、おすがり申してくれ」

「はい」

「万一、どうしても、お聞き入れがなかったら青蓮院《しょうれんいん》の師の君におすがりしてもと、わしは思う……。あの幸福そうなすがたを見い、あの二人は、世間も何もわすれている、ただ青春をたのしんでいる姿じゃ」

黄昏《たそが》れになった。

女連れでもあるし、夜になるとめっきり寒いので、泊《とま》りを求めたが、狛田《こまた》の部落を先刻《さっき》すぎたので富野《との》の荘《しょう》までたどらなければ、家らしいものはない。

だが、そこも今のぼっている丘を一つ越えれば、もう西の麓《ふもと》には、木賃《きちん》もあろうし、農家もあろうと思われる。丘の上に立つと、

「おお……」と、範宴《はんえん》は笠《かさ》をあげた。

河内平《かわちだいら》のあちこちの野で、野焼きをしている火がひろい闇の中に美しく見えたからである。

平野の闇を焼いてゆく野火のひかりはなんとなく彼の若い心にも燃え移ってくるような

気がした。

範宴《はんえん》は自分の行く末を照らす法《のり》の火《ひ》のようにそれを見ていた。彼の頬の隈《くま》が、赤くなすられていた。黙然《もくねん》と、火に対して、祈禱《いのり》と誓いをむすんでいた。すると――

「いや、弟御様は」と、性善坊《しょうぜんぼう》があわてだした。

「先へ行ったのであろう」

「そうかも知れません」足を早めかけると、どこかで、ひいっッ――という少女の悲鳴がきこえた。

耳のせいではなかった。たしかに、梢《こずえ》の声なのである。そこはもう下りにかかった勾配《こうばい》で、真っ暗な道が、のぞきおろしに、雑木ばやしの崖へとなだれこんでいた。

「――誰か来てえッ……」ふた声めが、帛《きぬ》を裂くように、二人の耳を打った。

それにしても、朝麿《あさまろ》の声はしないし、いったい、どうしたというのだろうか?

「あっ、お師さま」先へ駈《か》けだした性善坊《しょうぜんぼう》は、何ものかにつまずいたらしく、坂道に、もんどり打っていた。範宴《はんえん》も、駈《か》けつづいて、

「どうしたのじゃ」

「朝麿《あさまろ》様が、そこに」

「えっ、弟が」びっくりして、地上をすかしてみると、たしかに人らしいものが、顔を横

にして、仆《たお》れていた。

六

その時から、原のあなたで、女の泣きさけぶ声がして、範宴《はんえん》と性善坊《しょうぜんぼう》の耳のそばを糸のように流れた。

「やあっ、あの声は梢《こずえ》ではないか」ここには、朝麿《あさまろ》が、なに者かにふいに棒かなんぞでうちたたかれたように気を失っているし、あなたには、けたたましく救いを呼ぶ梢《こずえ》の声がきこえるし、事態はただごととは思われない。兄に抱《だ》き起《おこ》されて、気がつくと、朝麿《あさまろ》は、

「梢《こずえ》が――梢《こずえ》が――」と、必死になって、道もない萱原《かやはら》の中へまろび入った。

遠い野火の炎が、雨もよいの、ひくい雲を紅《あか》くなすっていた。

火光に透《す》いて、萱原の中に駈《か》けおどって行く、十名ほどの人影が黒く見える。

「梢《こずえ》――」朝麿《あさまろ》が、さけぶと、なにか罵《ののし》る声が激しく聞《きこ》えて、彼はまたそこで、中の一人の一撃にあってよろめいた。

性善坊《しょうぜんぼう》と範宴《はんえん》は、朝麿《あさまろ》の身を案じながら、すぐその後《あと》に駈《か》けつけていた。まぢかに迫ったとき、二人の瞳があざやかに見た十名ほどの人影は、うたがうまでもなく、人里といわず、山野といわず、野獣のように跳梁《ちょうりょう》する野盗の群《む》れにちがいない。

それはいいが、中に、たしかに、目立って屈強な男が、梢《こずえ》のからだを横向きに抱いていた。範宴《はんえん》は、

「やっ、あなたは、小泉《こいずみ》の宿《しゅく》でお会い申した、天城四郎《あまぎのしろう》殿ではありませんか」いうと四郎《しろう》は、からからと四辺《あたり》へ響くような声で笑った。

「そうだ、この女は小泉《こいずみ》の木賃《きちん》に宿《やど》り合《あ》わせたときから、それと言い交わした約束があるので、もらってゆく、天城四郎《あまぎのしろう》とは偽《いつわ》り、天城四郎《あまぎのしろう》とも、木賊四郎《とくさのしろう》ともいう盗賊だ。異存があるなら、なんなりとそこでほざいて見るがいい」範宴《はんえん》は、この怖ろしい魔人の声を聞くと、世の中のすべてが、暗澹《あんたん》とわからないものになってしまった。つい、今がいままで、世にも奇特《きとく》な人として、胸のうちに、あの時の感謝を忘れなかった、その人物が、仮面を剝《は》いで、そういうのであるだけに、唖然《あぜん》として、しばらくはいいかえすべき言葉もない。

七

「ははあ……。それではあなたは、真面目な職業のお方ではなく、天城の住人で、木賊四《とくさのし》郎《ろう》と呼ぶ野盗の頭《かしら》であったのですか。――けれど、そういわれても、私にはまだ信じられません」範宴《はんえん》がいうと、四郎《しろう》は、

「なにが信じられねえと？」聞《き》き咎《とが》めて、兇悪《きょうあく》な眼で睨《にら》みつけた。

「——されぱです。いつぞや、小泉《こいずみ》の宿《しゅく》で、私や弟の難儀な場合をあぁして救って下された時のありがたいあなたの姿が、今もって、私の瞼《まぶた》から消え去らないのでございます。どうあっても、あなたは善根の隣人に思われて、さような、魔界に棲《す》む人とは、考えても考えられないのでございます」

「馬鹿者！」四郎《しろう》は、歯ぐきを剝《む》きだして、嘲笑《あざわら》いながら、

「あれは悪事をする者の資本《もと》も同じで、悪党の詐術《さじゅつ》というもの。俺という人間は、善根どころか、悪根ばかりこの社会に植え歩いている、魔界の頭領なのだ。またこの先、こんな策《て》に乗らねえように、よく面《つら》をおぼえておけ」範宴《はんえん》の身をかばいながら、杖《つえ》を横に構えていた性善坊《しょうぜんぼう》は、たまりかねて、

「おのれが、人をあざむき世を毒す食わせ者であることはもう分《わか》った。多言をつがえる要はない。ただ、その女子《おなご》をおいて、どこなと立ち去るがいい」

「ふざけたことを申すな。この美貌の女子《おなご》を手に入れるために、俺は、二十日《はつか》あまりの日を費やし、旅籠《はたご》料やら何やらと、沢山《たくさん》な資本《もと》もかけたのだ。これからは、しばらく自分の持ち物として楽しんだうえで港の遊女へ売るなり、陸奥《みちのく》の人買いに値をよく渡すなりして資本《もと》をとらなけれやあならない。なんで貴様などに、返していいものか」

「渡さぬとあれば——」

「どうする気だっ、坊主」

「こうしてやる」性善坊《しょうぜんぼう》が、振り込む杖《つえ》を、天城四郎《あまぎのしろう》は、かろく身をひらいて右手につかみながら、

「汝《うぬ》ら、下手《へた》なまねをすると、地獄へ遍路《へんろ》に行かせるぞよ」

「だまれっ」杖《つえ》を、奪いあいながら、性善坊《しょうぜんぼう》は、全身を瘤《こぶ》のようにして、怒った。

「われらを、ただの僧侶と思うとちがうぞ。これにおわすおん方こそ、六条の三位《さんみ》範綱《のりつな》朝臣《あそん》の御猶子《ごゆうし》少納言範宴《はんえん》様。また、自分とてもむかしは、打物《うちもの》とった武家の果てじゃ」

「はははは。それほど、腕立てがしたいならば、四郎《しろう》の手下にも、ずいぶん、血を見ることの好きなのが大勢いるから、まず、そこいらの男どもと、噛《か》み合《あ》ってみるがいい。――おいっ」と、後は後ろにいる八、九名の手下をかえりみて、

「この二人の坊主を、どこかその辺の木へ、裸にして、縛り付けてしまえ」と、いいつけた。

それまで唖《おし》のように眼を光らしていた男たちは、おおという声とともに、兇悪《きょうあく》な餓狼《がろう》となって、範宴《はんえん》と性善坊《しょうぜんぼう》を輪のなかにつつみ、八方から、躍りかかった。

八

範宴《はんえん》が、止めるのもきかず、衆に向《むか》ってかかったので、性善坊《しょうぜんぼう》は、さんざんに打ちのめされてしまった。

そして、ほとんど半死半生のすがたになった彼を、萱原《かやはら》の枯れ木の幹に賊たちは縛《くく》りつけて、やがて、範宴《はんえん》の身も、朝麿《あさまろ》の身も、同様に、うしろ手に縛《いま》しめて、

「ざまあみろ、いらざる腕立てをしやがって」と、凱歌《がいか》をあげた。

そして、野盗の手下は、当然の労銀を求めるように、性善坊《しょうぜんぼう》のふところから、路銀を奪い取って、

「生命《いのち》だけは、お慈悲に、助けてやる」といった。

性善坊《しょうぜんぼう》は、そんな目にあっても、まだ、賊に向《むか》って罵《ののし》ることばをやめなかった。

「悪魔どもめ！　汝《うぬ》らは、他人の財物をうばい、他人を苦しめて、それで自分が利を得たとか、勝ったとか思うているると大間違いだぞ。そうやって、横手を打っていられるが、それらの罪業《ざいごう》はみな、自分に回《かえ》ってくるものなのだ。おのれの天禄《てんろく》をおのれで奪い、おのれの肉身をおのれで苦患《くげん》へ追いやっているのだ。今にみろ、汝《うぬ》らのまえには、針の山、血の池が待っているだろう」

「あははは」野盗の手下たちは、放下師《ほうかし》の道化ばなしでも聞くように、おもしろがった。

「この坊主め、おれたちに向《むか》って、子どもだましの説法していくさる。地獄があるなら、

見物に行ってみたいくらいなものだ」一人がいうと、また一人が、

「地獄というのは、今のてめえの身の上だ。いい加減な戯言《たわごと》ばかりいって、愚民をだましてきた罪で、坊主はみんな、地獄に落ちるものと相場がきまっているらしい」悪口雑言《あっこうぞうごん》を吐いて、

「お頭《かしら》、行きましょうか」と、天城四郎《あまぎのしろう》をうながした。四郎《しろう》は、梢《こずえ》の手をひいて、

「俺は、この女と一緒に、しばらく、都の方へ行き、半年ほど町屋住《まちずま》いをするつもりだ。てめえたちは、勝手に、どこへでも散らかるがいい」と、いま、性善坊《しょうぜんぼう》のふところから奪った金に、自分の持《も》ち合《あわ》せの金を、手下たちに分配して、すたすたと、先に立ち去ってしまった。

もう反抗する力を失ってしまったのか、梢《こずえ》は、四郎《しろう》の小脇に、片方の腕をかかえ込まれたまま、彼の赴《おもむ》く方へ、羊のように、従《つ》いてゆくのだった。

「あばよ」賊の乾分《こぶん》たちは、そういって、性善坊《しょうぜんぼう》や朝麿《あさまろ》の口惜しげな顔を、揶揄《やゆ》しながら、夜鴉《よがらす》のように、おのおの、思い思いの方角へ、散り失せてしまった。

範宴《はんえん》は、木の幹に、縛られたまま、耳に声をきかず、口に怒りを出さず、胸にはただ仏《ぶっ》陀《だ》の御名《みな》だけをとなえて、じっと、眼をつむっていた。

夜半《よなか》の霜がまっ白に野へ下りて月が一つ、さむ風の空に吹《ふ》き研《と》がれていた。

しゅくっ……と朝麿《あさまろ》の泣く声だけが、ときどき、性善坊《しょうぜんぼう》の耳のそばでした。

九

暁に近くなると、大地は霜の針を植えならべ、樹々の枝には、氷柱《つらら》の剣《つるぎ》が下がり、八寒《はちかん》の地獄もかくやと思うばかり、冷たい風が、手脚の先を凍らせてくる。

肉体の知覚がなくなると、範宴《はんえん》は自分の肉体のうちに、冬の月のような冴えた魂が無想の光にかがやいているのを見いだして、

（ありがたや、自分のような穢身《えしん》のうちにも、弥陀如来《みだにょらい》が棲《す》みてお在《わ》す）と思った。

わが身を、かくまで尊いものに感じたのは、今夜が、初めてであった。天城四郎《あまぎのしろう》が、八寒地獄《かんじごく》の氷柱《つらら》の樹にこうして、自分たちを縛《いま》しめてくれたお蔭《かげ》である。

範宴《はんえん》は、彼をうらむ気にはなれなかった。彼を救うことのできない自分の無力さの方が遥かにうらみといえばうらみであった。

なおのこと、肉親の弟をすら救うてやることのできない自分が口惜《くちお》しい。叡山《えいざん》に苦行《くぎょう》し、南都に学び、あらゆる研鑽《けんさん》にうきみを窶《やつ》していたところで、それが単なる自分の栄達だけにすぎないならば、なんの意義があるのであろう。学問のための学問や栄達のための修行ならば、あえて僧籍に身をおいて、不自然な戒律《かいりつ》だの法規だのにしばら

れずに、黄金を蓄えても同じである。武士となって、野望のつるぎを風雲に賭しても目的はとげられるのだ。けれど仏徒の大願というものは、そんな小我を目的とするものではないはずである。衆生《しゅじょう》の救船《ぐせん》ともなり、人生を遍照《へんじょう》する月ともならなければならない。飄々《ひょうひょう》と、雲水《うんすい》にあそび、悠々と春日をたのしむ隠遁僧《いんとんそう》のような境界《きょうがい》を自分はのぞんでいるのではなかった。この骨肉争闘の世をながめていても立ってもいられない心地がするのだ。身をもって、この悪濁《あくだく》の世にうめいている人々を両の手に、しっかとかかえ入れてやりたいという気持《きもち》にすらなって、そのたくましい広大な自分をつくり上げたいがために、かく学び、かく苦しみ、かく悶《もだ》えているのではないか。

その大願にもえている身にとっては、ひとりの野盗に対して怒る気も出ないかわりに、ひとりの弟をすら救えない自分を、範宴《はんえん》は、慟哭《どうこく》して嘆かずにいられなかった。

けれど、さらに深く考えてみると、弟はおろか、わが身というものさえ、まだ自分で解決もできていなければ、救えてもいないのである。

(なんで、人の身をや)と範宴《はんえん》は、痛切に今思うのだった。

自分をすら解決し得ない自分に、自分以外の人間の解決ができうるはずはない。その根本は、学問も思念も、すべてが、到らないためだというほかはない。こういう悩みをすることすら、僭越《せんえつ》なのかも知れぬ。何よりもまず自身の解決からしとげなければならぬ。

――栄達や功名の小我のためでなく、濁海の救船《ぐせん》となって彼岸《ひがん》の大願へ棹《さお》さすために。

「おや、坊さんが、縛《しば》られてるぜ……」

「やれやれ、追剝《おいはぎ》にでも会ったのか、かわいそうに」夜はいつか明けて、範宴《はんえん》のまわりにも、性善坊《しょうぜんぼう》や朝麿《あさまろ》のそばにも、旅人だの馬子《まご》だのが、取り巻いていた。

十

すると、旅人の群れのうちから、

「おお、おお」一人の老婆が、同情の声をあげて、そこらに立っている往来の者たちに、

「おまえ方は、なんで手をつかねて、見物していなさるのじゃ。人の災難がおもしろいのか」と、叱りつけた。

そして、すぐ自分は、範宴《はんえん》のそばへ寄って、

「この辺は、野伏《のぶせ》りが多いから、悪いやつに遭《あ》いなされたのじゃろう。オオ、オオ、体も氷のように冷《つめ》とうなって、さだめし、お辛いことでござったろうに」老婆の行動に刺戟《しげき》されて、それまで憚《はばか》っていた往来の者が、われもわれもと、寄りたかって、性善坊《しょうぜんぼう》の縄を解いたり、朝麿《あさまろ》をいたわったりして、ある者はまた、

「わしの家は、この丘のすぐ下じゃ。火でも焚《た》いて、粥《かゆ》でも進ぜるほどに、一伴《いっしょ》にござ

れ」と、いいだした。

馬を曳《ひ》いている馬子《まご》はまた、

「駄賃はいらぬほどに、そこまで乗って行かっしゃれ」と、朝麿《あさまろ》へすすめて歩きだした。

「路銀を奪《と》られなすったろう。これはすくないが」と、金をつつんで喜捨《きしゃ》する人々もある。

天城四郎《あまぎのしろう》のことばを聞けば、この社会《よのなか》ほど恐ろしい仮面につつまれているものはないと思えるし、こうして、うるわしい人情の人々にあえば、この世ほど温かい人情の浄土はないと思われもする。

三名は、麓《ふもと》の農家で、充分に体をあたため、飢えをしのぎ、あつく礼をのべて、やがて昨日《きのう》とかわらぬ冬の日の温かい街道へ立ち出でた。

河内《かわち》ざかいの竜田街道《たったかいどう》の岐《わか》れまで来ると、範宴《はんえん》は、足をとめて、

「性善坊《しょうぜんぼう》、わしは、少し思う仔細《しさい》があって、これから磯長《しなが》の里《さと》へまわりたいと思うが
……」

「ほ、石川郷《ごう》の叡福寺《えいふくじ》のある？　……」

「そうじゃ、聖徳太子《しょうとくたいし》と、そのおん母君、お妃《きさき》、三尊の御墳《みつか》がある太子廟《たいしびょう》へ詣《もう》でて、七日ほど、参籠《さんろう》いたしたい」

「さようでございますか。よい思い立ちとぞんじますが、朝麿様《あさまろ》もおつれ遊ばしますか」

「いやいや、ちと、思念いたしたいこともあるゆえ、この身ひとりがこのましい。そちは、朝麿《あさまろ》を伴《ともの》うて、京都のお養父上《ちちうえ》にお目にかかり、かたがた青蓮院《しょうれんいん》の師の君にもおとりなしを願うて、ひとまず弟の身を、家に帰してくれい」

「かしこまりました」

「朝麿《あさまろ》」と、向き直って——

「おもとにも、異存はあるまいの」

「はい……」しかし、朝麿《あさまろ》の心には、どうしても、梢《こずえ》のことが、不安で、悲しく、このまま自分ばかり京都へもどることは心がすまない様子であった。

「たのみますぞ」範宴《はんえん》は、性善坊《しょうぜんぼう》にそういうと、やがてただ一人で河内路《かわちじ》の方へ曲がって行った。

壁文

一

真空のような静寂《しじま》と、骨のしんまで霜になりそうな寒さである。

夜も更《ふ》けると、さらに生物の棲《す》まない世界のような冱寒《ごかん》の気が、耳も鼻も唇もほとんど無知覚にさせてしまう。

どこかで、先一昨日《さきおととい》から、法華経《ほけきょう》をよむ声がもれていた。

それは今夜で、四晩になるが、夜があけても、日が暮れてきても、水のように絶え間がなく、ある時は低く、ある時にはまた高く、やむ時のない誦経《ずきょう》であった。

「誰だろう」と、磯長《しなが》の叡福寺《えいふくじ》の者は、炉のそばでうわさをしていた。

「また、ものずきな雲水《うんすい》だろう」と、笑う者もあるし、

「廟《びょう》のうちで、まさか、火などは焚《た》いていまいな」と火の用心を案じる者もあった。

「いや、火の気はないようだ」と一人がいう。

「そうか、それならよいが……。だが、どんな男か」

「まだ、二十歳《はたち》ぐらいな若い僧さ。三尊《さんぞん》の拝殿から入って、いちばん奥の廟窟《びょうくつ》の床《ゆか》に、ひとりで坐《すわ》りこんだまま、ものも食わずに、参籠《さんろう》しているのだ」——そんな話を、だまって、眼をふさいで聞いている四十ぢかい僧があった。その僧は、この寺の客とみえて、他《ほか》の者から、法師、法師と敬称されて、時々、寺僧のかたまる炉《ろ》ばたにみえて冗談をいったり、飄然《ひょうぜん》として見えなくなったり、また、裏山から木の根瘤《ねこぶ》などを見つけてきて、小刀でなにか彫《ほ》っていたり、仙味のあるような、俗人のような一向つかまえどころのない人間のように見える男だったが、太子廟《たいしびょう》の奥に、この四日ばかり、法華経《ほけきょう》の声がもれるようになってからは、いつも、じっと、さし俯向《うつむ》いて、聞き入っているのであったが、今、寺僧のうわさを聞くと、なにを思いだしたか、ふいと、その部屋を出て、どこかへ、立ち去ってしまった。

今夜も、まっ白に、月が冴えていた。法師は、庫裡《くり》から草履《ぞうり》をはいて、ぴたぴたと、静かな跫音《あしおと》を、そこから離れている太子廟《たいしびょう》の方へ運んで行った。

法華経《ほけきょう》の声は、近づいてくる。

石垣をあがると、廟《びょう》の廻廊《かいろう》に、金剛獅子《こんごうじし》の常明燈《じょうみょうとう》が、あたりを淡く照らしていて、その大屋根を圧《あっ》している敏達帝《びだつてい》の御陵のある冬山のあたりを、千鳥の影がかすめて行った。

廻廊《かいろう》の下をめぐって、法師は、御墳《みつか》のある廟窟《びょうくつ》の方へまわった。もうそこへゆくと、身のしまるような寒烈な気と、神秘な闇がただよっていて、寺僧でも、それは何となく不気味だと常にいっている所である。

風雨に古びたまま、幾百年も手入れもしていない建物に、月の白い光が、扉《と》の朽ちた四方の破れから刃《やいば》のように中へさしこんでいた。

法師が、そっと覗《のぞ》いてみると、なるほど、瑯玕《ろうかん》みたいに白く凍《こご》えきった若者が、孤寂《こじゃく》として、中の床《ゆか》にひとりで端座しているのである。そして、彼の跫音《あしおと》も耳へは入らないらしく朗々と、法華経《ほけきょう》を誦《ず》しつづけていた。

「あ……。やはり範宴《はんえん》少納言であった……」法師はつぶやいて、そっと、跫音《あしおと》をしのばせながら、そのまま、寺の方へ帰って行った。

二

ここに参籠《さんろう》してから六日目の朝が白々と明けた。

二日め、三日めは、飢えと寒気に、肉体の苦痛がはなはだしかったが、きのうあたりからは、身心ともに痺《しび》れて生ける屍《しかばね》のような肉体の殻《から》に、ただ、彼の意念《いねん》の火が――生命の火だけが――赫々《あかあか》と求法《ぐほう》の扉《と》に向《むか》って燃えているのであった。

一椀《いちわん》の食も、一滴の湯も、喉《のど》にとおしていないのである。声はかれ、眸《ひとみ》はかすみ、さしも意志のつよい範宴《はんえん》もその夕がたには、がたっと、瘦せおとろえた細い手を床について、しばらく、意識もなかった様子である。

すぐ御葉山《みはやま》の下の鐘楼《しょうろう》の鐘が、耳もとで鳴るように、いんいんと初更をつげわたると、範宴《はんえん》は、はっとわれに回《かえ》って、思わず大喝《だいかつ》に、

「南無《なむ》っ。聖徳太子《しょうとくたいし》」そして、廟窟《びょうくつ》の石の扉《と》に向い、無我の掌《てのひら》をかたくあわせた。

「――迷える凡愚範宴《ぼんぐはんえん》に、求通《ぐつう》のみちを教えたまえ。この肉身、この形骸《けいがい》を、艱苦《かんく》に打ちくだき給わんもよし。ただ、一道の光と信とを与えたまえ」思念をこらすと、落ちくぼんだ彼のひとみは、あたかも、鞴《ふいご》の窓のように、灼熱《しゃくねつ》の光をおびて、唇《くち》は一文字にかたくむすばれて、太子《たいし》の廟窟《びょうくつ》から求める声があるか、この身ここに朽ち死ぬか、不退の膝を、磐石《ばんじゃく》のようにくみなおした。

彼が、この古廟《こびょう》に詣でて、こうした思念の闘いに坐《ざ》したのは、必ずしも、途中の出来ごころや偶然ではない。範宴《はんえん》は夙《と》くから、聖徳太子《しょうとくたいし》のなしたもうた大業と御生涯とを、景慕していて、折もあらば、太子《たいし》の古廟《こびょう》にこもって、夢になりと、その御面影《おんおもかげ》を現身《げんしん》にえがいてみたいと宿望にしていたのである。

若い太子《たいし》は、日本文化の大祖《おおおや》であると共に、仏教興隆の祖でもあった。日本の仏法とい

うものは、青年にして大智大徳の太子《たいし》の手によって、初めて、皇国日本の民心に、

（汝らの心の光たれ）と点《とも》された聖業であった。

かつては、弘法大師《こうぼうだいし》も、この御廟《ごびょう》に百日の参籠《さんろう》をして、凡愚《ぼんぐ》の闇に光を求めたといいつたえられている。

凡愚《ぼんぐ》のなやみ、妄闇《もうあん》のまよい、それは、誰でも通ってこなければならない道であろう。弘法大師《こうぼうだいし》ですらそうであった。いわんや、自分のごときをや。

範宴《はんえん》は、この生命力のあらんかぎりは——と祈念した。叡山《えいざん》で学んだところの仏学と世間の実相と自身という一個の人間と、すべてが、疑惑であり、渾然《こんぜん》と一になりきれない矛《む》盾《じゅん》に対して、解決の光をみたいと念願するのであった。

しかし、およそ人間の体力に限りがあると共に、精神力というものにも、限度があるのであろう。夜がふけて、深々と、大気の冷澄《れいちょう》がすべて刃《やいば》のように冴えてくると範宴《はんえん》は、ふたたび、ぱたっと、昏倒《こんとう》してしまった。

すると、誰か、

「範宴御房《はんえんごぼう》——」初めは遠くの方で呼ぶように思えていたが、

「範宴《はんえん》どの。少納言どの」いくたびとなく、耳のそばでくりかえされているうちに、はっとわれに回《かえ》った。

紙燭《ししょく》を、そばにおいて、誰やら自分を抱きかかえているのであった。

三

「……お気がつかれたか」と、その人はいう。

範宴《はんえん》は、自分の凍《こご》えている体を、温《あたたか》い両手で抱いてくれている人を、誰であろうかと、半ば、あやしみながら瞳をあげて見た。

「お……」彼は、びっくりして叫んだ。

「あなたは、叡山《えいざん》の竹林房《ちくりんぼう》静厳《じょうごん》の御弟子《みでし》、安居院《あごい》の法印《ほういん》聖覚《しょうかく》どのではありませんか」

「そうです」法印《ほういん》は微笑して、

「去年《こぞ》の秋ごろから、私も、すこし現状の仏法に、疑問をもちだして、ただ一人で、叡山《えいざん》を下《お》りこの磯長《しなが》の叡福寺《えいふくじ》に、ずっと逗留《とうりゅう》していたのです。……でもあなたの、剛気には驚きました。こんな、無理な修行をしては、体をこわしてしまいますぞ」

「ありがとう存じます……。じゃ私は、気を失っていたものとみえます」

「よそながら、私が注意していたからよいが、さもなくて、夜明けまで、こうしていたら、おそらく、凍死してしまったでしょう」

「いっそ死んだほうが、よかったかも知れません」

「なにをいうのです。人一倍、剛気なあなたが、自殺をのぞんでいるのですか。そんな意志のよわいお方とは思わなかった」

「つい、本音を吐いて恥《はずか》しく思います。しかし、いくら思念しても苦行しても、蒙《もう》のひらき得ない凡質が、生《なま》なか大智をもとめてのたうちまわっているのは、自分でもたまらない苦悶ですし、世間にも、無用の人間です。そういう意味で、死んでも、生きていても、同じだと思うのです」範宴《はんえん》の痛切なことばが切れると、聖覚法印《しょうかくほういん》は、うしろへ持ってきている食器を彼のまえに並べて、

「あたたかいうちに、粥《かゆ》でも一口おあがりなさい。それから話しましょう」

「七日《なのか》のおちかいを立てて、参籠《さんろう》したのですから、ご好意は謝しますが、粥《かゆ》は頂戴《ちょうだい》いたしません」

「今夜で、その満七日《なのか》ではありませんか。――もう夜半《よなか》をすぎていますから、八日の暁《あさ》です。冷《さ》めないうちに、召上《めしあ》がってください、そして、力をつけてから、あなたの必死なお気もちもうかがい、私も、話したいと思いますから……」そういわれて、範宴《はんえん》は、初めて、椀《わん》を押しいただいた。うすい温湯《ぬるゆ》のような粥《かゆ》であったが、食物が、胃へながれこむと、全身はにわかに、火のようなほてりを覚えてきた。

叡山の静厳《じょうごん》には、範宴《はんえん》も師事したことがあるので、その高足《こうそく》の聖覚法印《しょうかくほういん》とは、常に見

知っていたし、また、山の大講堂などで智弁をふるう法印《ほういん》の才には、ひそかに、敬慕をもっていた。

この人ならばと、範宴《はんえん》は、ぞんぶんに、自分のなやみも打ち明ける気になれた。聖覚《しょうかく》もやはり彼に似た懐疑者のひとりであって、どうしても、叡山《えいざん》の現状には、安心と決定《けつじょう》ができないために、一時は、ちかごろ支那から帰朝した栄西禅師《えいさいぜんじ》のところへ走ったが、そこでも、求道《ぐどう》の光がつかめないので、あなたこなた、漂泊《ひょうはく》したあげくに、去年の秋から、磯長《しなが》に来て無為の日を送っているのであると話した。

四

「迷える者と、迷える者とが、ここで、ゆくりなくお目にかかるというのも、太子《たいし》のおひきあわせというものでしょう」聖覚法印《しょうかくほういん》は、語りやまないで、語りゆくほど、ことばに熱をおびてきた。

「いったい、今の叡山《えいざん》の人々が、何を信念に安住していられるのか、私にはふしぎでならない。――僧正の位階とか、金襴《きんらん》のほこりとかなら、むしろ、もっと赤裸な俗人になって、金でも、栄誉でも、気がねなく争ったがよいし、学問を競うなら、学者で立つがよいし、職業としてなら、他人《ひと》に、五戒だの精進《しょうじん》堅固などを強《し》いるにも及ぶまい、また、強いる権能もないわけではありませんか」

範宴《はんえん》は、黙然《もくねん》とうなずいた。

「あなたは、どう思う。おもてには、静浄を装って、救世《ぐせ》を口にしながら、山を下りれば、俗人以上に、酒色をぬすみ、事があれば、太刀《たち》薙刀《なぎなた》をふるって、暴力で仏法の権威を認めさせようとする。——平安期のころ、仏徒の腐敗をなげいて、伝教大師《でんぎょうだいし》が、叡山《えいざん》をひらき、あまねく日本の仏界を照らした光は、もう油がきれてしまったのでしょう、現状の叡《えい》山《ざん》は、もはや、われわれ真摯《しんし》な者にとっては、立命の地でもなし、安住の域《いき》でもありません。……で、私は、迷って出たのです、しかし実社会に接して、なまなましい現世の人たちの苦悩を見、逸楽を見、流々転相《るるてんそう》のあわただしさをあまりに見てしまうと、私のような智の浅いものには、魚に河が見えないように、よけいに昏迷《こんめい》してしまうばかりで、ほとんど、何ひとつ、把握《はあく》することができないのであります」

法印《ほういん》の声は、切実であった。

若い範宴《はんえん》は、感激のあまり、思わず彼の手をにぎって、

「聖覚《しょうかく》どの。あなたがいわるることは、いちいち私のいおうとするところと同じです。二人は、ほとんど同じ苦悶をもって同じ迷路へさまよってきたのでした」

「七日七夜《なのかななよ》の参籠《さんろう》で、範宴《はんえん》どのは、何を得られたか」

「何も得ません。飢《う》えと、寒気とだけでした。——ただ、あなたという同じ悩みをもつ人を見出して、こういう苦悶は自分のみではないということを知りました」

「私はそれが唯一のみやげです。あしたは叡福寺《えいふくじ》を立とうと思うが、もう叡山《えいざん》には帰らないつもりです」

「して、これから、どこへさして行かれるか」

「あてはない……」聖覚《しょうかく》はうつ向いて、さびしげに、

「ただ、まことの師をたずねて、まことの道を探して歩く。——それが生涯果てのない道であっても……」二人の若い弥陀《みだ》の弟子たちは、じっと、そばにある紙燭《ししょく》の消えかかる灯を見つめていた。

すると、更《ふ》けた夜気を裂いて、どこかで、かなしげな女のさけび声がながれ、やがて、嗚咽《おえつ》するような声にかわって、しゅくしゅくと、いつまでも、泣きつづけている——

「はて、怪しい声がする」範宴《はんえん》が、面《おもて》をあげると、聖覚法印《しょうかくほういん》も立ちあがって、

「どこでしょう。この霊地に、女の泣き声などがするはずはないが……」と、縁へ顔を出して、白い冬の夜を見まわした。

五

「はての……普請《ふしん》の経堂《きょうどう》の中でする声らしい。……ちょっと見てきましょう」法印《ほういん》は外へ出て、経堂《きょうどう》のほうへ出て行ったが、やがて、しばらくすると戻ってきて、

「世間には、悪い奴が絶えぬ」と義憤の眼を燃やしながら、範宴《はんえん》へいうのであった。

「若い女でも誘拐《かどわ》かしてきたのですか」

「そうです。――行ってみると、野武士ていの男が、経堂《きょうどう》の柱に、ひとりの女を縛りつけ、凄文句《すごもんく》をならべていましたが、どうしても、女が素直な返辞をしないために、腕ずくで従がわせようとしているのでした」

「この附近にも、野盗が横行するとみえますな」

「いや、どこか、他国の者らしいのです。私が、声をかけると、賊は、よほど大胆なやつとみえて、驚きもせず、おれは天城四郎《あまぎのしろう》という大盗だとみずから名乗りました」

「えっ、天城四郎《あまぎのしろう》ですって？」

「ごぞんじですか」

「聞いています。どこの街道へもあらわれる男で、うわべは柔和にみえますが、おそろしい兇暴《きょうぼう》な人間です」

「――と思って、私も、怪我《けが》をしてはつまらないと思い、わざとていねいに、ここは清浄な仏地であるから、ここで悪業をすることだけはやめてくれと頼みますと、天城四郎《あまぎのしろう》はせせら笑って、さほどにいうならば、まず第一に、醜汚《しゅうお》な坊主どもから先に追《お》い退《の》けなければ、仏地を真の清浄界とはいわれまい。坊主が、偽面をかぶって醜汚《しゅうお》な行いをつつんでいるのと、俺たちが素面のままでやりたいと思うことをやるのと、どっちが、人間として正直か――などと理窟《りくつ》をならべるのです。これには、私もちと返答にこまりました」

「そして……どうしました」

「理窟《りくつ》はいうものの、やはり、賊にも本心には怯《ひる》むものがあるとみえ、それを捨《す》て科白《ぜりふ》に、ふたたび、女を引っ張って、どこへともなく立ち去りました」

「では、その女というのは、十九か、二十歳《はたち》ほどの、京都ふうの愛くるしい娘ではありませんでしたか」

「よく見ませんでしたが、天城四郎《あまぎのしろう》は、梢《こずえ》、梢《こずえ》と呼んでいたようです」

「あっ、それでは、やはり……」範宴《はんえん》は、弟の愛人が、まだ弟に思慕をもちつつ、賊の四《し》郎《ろう》に反抗し、彼の強迫と闘っている悲惨なすがたを胸にえがいて、たえられない不愍《ふびん》さを感じた。

「どの方角へ行きましたか」彼は、そういって、立ちかけたが、衰えている肉体は、朽ち

木のようにすぐ膝を折ってよろめいてしまうのであった。法印《ほういん》は、抱きささえて、

「賊を追ってゆくおつもりですか。およしなさい、一人の女を救うために、貴重な体で追いかけても、風のような賊の足に、追いつくものではありません」

「ああ……」涙こそながさないが、範宴《はんえん》は全身の悲しみを投げだして、氷のような大床《おおゆか》へ俯《う》つ伏《ぶ》してしまった。

自分の無力が自分を責めるのであった。弟はあれで救われたといえようか。弟の女は、どうなってゆくのだろうか。裁く力のない者に裁かれた者の不幸さが思いやられる。

「――もうやがて夜が明けましょう。範宴《はんえん》どの、またあすの朝お目にかかります」燈《あか》りだけをそこにおいて、聖覚法印《しょうかくほういん》は、木履《ぼくり》の音をさせて、ことことと立ち去った。

六

遠くで、夜明けの鶏《とり》の声がする――

しかし、顔をあげてみると、まだ外は暗いのであった。
ジ、ジ、ジ……と燈《あか》りの蠟涙《ろうるい》が泣くように消えかかる。
その明滅する燈火《ともしび》の光が、廟《びょう》の古びた壁にゆらゆらうごいた。

「？　……」夜明けまでのもう一刻《いっとき》をと、しずかに瞑想《めいそう》していた範宴《はんえん》は、ふと、太子《たいし》の御《み》

霊廟《たまや》にちかい一方の古壁に何やら無数の蜘蛛《くも》のようにうごめいているものをみいだして眸《ひとみ》を吸いつけられていた。

燈灯《あかし》が消えかかるので、彼はそっと掌《て》で風をかこいながら、そこの壁ぎわまで進んで行った。

見ると、誰が書いたのか、年経た墨のあとが、壁の古びと共に、消えのこっていて、じっと、眼をこらせば、かすかにこう読まれる——

日域《にちいき》は大乗相応《だいじょうそうおう》の地たり
あきらかに聴け
諦《あきら》かに聴け
我が教令を
汝の命根《みょうこん》まさに十余歳なるべし
命終《おわ》りて
速《すみや》かに浄土に入らん
善信、善信、真の菩薩《ぼさつ》

幾たびか口のうちで範宴《はんえん》はくりかえして読んだ。そして、

（誰の筆か？）と考えた。

弘法大師《こうぼうだいし》や、また自分のような一学僧や、そのほかにも、幾多の迷える雲水《うんすい》が、この廟《びょう》に参籠《さんろう》したにちがいない。それらのうちの何者かが、書き残して行った字句にはちがいない。

けれど、範宴《はんえん》のこころに、その数行の文字は、決して偶然なものには思えなかった。七《なの》日七夜《かななよ》、彼が死に身になって向《むか》っていた聖徳太子《しょうとくたいし》の御声《みこえ》でなくてなんであろう。自己の必死な思念に答えてくれた霊示にちがいないと思った。闇夜に一つの光を見たように、範《はん》宴《えん》は、文字へ眸《ひとみ》を焦《や》きつけた。わけても、

汝の命根《みょうこん》まさに十余歳なるべし

とは明らかに自分のことではないか。指をくれば、かぞえ年二十一歳の自分にちょうどその辞句は当てはまる。しかも、

命終《おわ》りて――

とは何の霊示ぞ。迷愚の十余歳は、こよいかぎり死んだ身ぞという太子《たいし》のおことばか。

「――日域《にちいき》は大乗相応《だいじょうそうおう》の地たり……日域《にちいき》は大乗相応《だいじょうそうおう》の地たり。ああ、この日《ひ》の本《もと》に、われを生ましめたもうという御使命の声が胸にこたえる。そうだ……自分はゆうべ、法印《ほういん》へ向《むか》って、死の気もちがあることまで打ち明けた。太子《たいし》は、死せよと仰《お》っしゃるのだ。そして迷愚の殻《から》を脱いだ誕生身《たんじょうしん》に立《た》ち回《かえ》って、わが教令を、この日の本に布《し》けよと自分へ仰《お》

っしゃるのだ」

もう、戸外《そと》には、小禽《ことり》がチチと啼《な》いていた。紙燭《ししょく》の蠟《ろう》がとぼりきれると共に、朝は白々とあけて、御葉山《みはやま》の丘の針葉樹に、若い太陽《ひ》の光がチカチカと耀《かがや》いていた。

春のけはい

一

この世に――この日《ひ》の本《もと》に生《うま》れてきた自分の使命が何であるかを、範宴《はんえん》は自覚した。

同時に、

(自分は二十歳《はたち》にして死んだものである)という観念の下《もと》から新しく生《うま》れかわった。

この二つの信念は、磯長《しなが》の廟《びょう》に籠った賜物《たまもの》であった。聖徳太子《しょうとくたいし》からささやかれた霊示であると彼は感激にみちて思う。けれど、

(では一体、自分は何をもって、その重い使命を果《はた》すか)となると、彼はまた混沌《こんとん》たる迷

いの子になった。

　太子廟《たいしびょう》の壁文《へきぶん》には、

　——日域《にちいき》は大乗相応《だいじょうそうおう》の地、あきらかに聴けわが教令を。

とあった。けれどもそれは暗示であり、提案である、「わが教令を聴け」といわれても、太子《たいし》のふまれた足蹟《そくせき》はあまりに偉大であり、あまりに模糊《もこ》としている。

「——聴く耳がなければ」と範宴《はんえん》は新しくもだえた。

「聴ける耳がほしい」迷える彼は、それからいずこともなく二年のあいだをさまよいあるいた。

　東大寺《とうだいじ》の光円《こうえん》を訪れ、唐招提寺《とうしょうだいじ》をたたき、そのほか、法燈《ほうとう》のあるところといえば、嶮《けわ》しさに怯《ひる》まず、遠きに倦《う》まず、雨や風に打たれても尋ねて行った。

けれど、彼の求める真理の鍵《かぎ》はなかった。太子《たいし》がひろめられた教令のかたちはあっても、いつか、真理のたましいはどこにも失われていた。堂塔伽藍《どうとうがらん》はぬけ殻《がら》であった。ひとり叡《えい》山《ざん》ばかりがそうなのではない。

　求めるものが求められないのみか、さまよえば、さまようほど、彼の迷いは濃くなってゆく。

　二年あまりを、そうして、あてどもなく疲れあるいた彼は、ふいに、青蓮院《しょうれんいん》の門前に

あらわれて、取次《とりつぎ》を乞い、見ちがえるほど瘦せおとろえた姿で、師の慈円《じえん》僧正のまえに坐《すわ》った。慈円《じえん》は、ひと目みて、

「どうしたのじゃ」と驚いていった。

範宴《はんえん》は、あまりに消息を欠いたので、師の房《ぼう》を見舞うつもりで来たのであるが、その師の房《ぼう》から、先に見舞われて、

「べつに、自分は変《かわ》りもございませんが……」と答えた。

彼のつよい精神力は、ほんとに、自分の肉体のおとろえなどは、少しも気にしていなかったのである。

「かわりはないというが、ひどく瘦せたではないか。第一、顔の色つやも悪い。叡山《えいざん》にいたころのおもかげもありはしない」

「そう仰せられてみますと、あるいはそうかもしれませぬ。どうか、一日もはやく生涯の――いや人類永劫《えいごう》の安心と大決定《だいけつじょう》をつかみたいと念願して、すこし修行に肉体をいじめましたから……」

「そうであろう」慈円《じえん》は、傷《いた》ましいものを見るように、彼の尖《とが》った肩や膝ぶしを見まもるのであった。稚子髪《ちごがみ》の時代の十八公麿《まつまろ》が、いつまでも、慈円《じえん》の瞼《まぶた》にはのこっていて、そのころの何も思わない艶《つや》やかな頰と今の範宴《はんえん》とを心のうちで思いくらべているのであった。

「おん身は今、焦心《あせ》っている。火のように身を焦《や》いて真理をさがしているのであろう。それはよいが、体をこわしてはなるまいが」と、慈円《じえん》は愛《いと》し子《ご》を諭《さと》すようにいった。

二

師にお目にかかったら——と幾つもの疑問を宿題にして範宴《はんえん》は胸に蓄《た》めていたが、あまりに、彼が憔悴《しょうすい》しているさまを見たせいか、慈円《じえん》僧正は、彼が、なにを問うても、

「まあ、養生をせい」というのみで、法問に対しては、答えてくれなかった。

実際、そのころの範宴《はんえん》は、食物すらいつも味を知らずに嚙《か》むせいか、すこしも胃に慾《よく》がなく、梅花《うめ》を見れば、ただ白いと見、小禽《ことり》の声を聴けば、ただ何か啼《な》いていると知るだけであった。

それが、青蓮院《しょうれんいん》へ辿《たど》りついて、師のやさしいことばにふれ、ふと安息を感じたせいか、二年余りのつかれが一時に出てきたように、病人のように、日ごとに頰の肉がこけ、眼はくぼんで、眸《ひとみ》の光ばかりがつよくなってきた。

範宴《はんえん》自身が感じているより幾層倍も、慈円《じえん》のほうが、案じているらしくみえた。

「どうじゃ範宴《はんえん》、きょうは、わしに尾《つ》いてこないか」陽が暖かくて、梅花《うめ》の薫《かん》ばしい日であった。庭さきでも歩《ひろ》うように、慈円《じえん》はかろく彼にすすめる。

「どちらへお出ましですか」

「五条まで」

「お供いたしましょう」何気なく、範宴《はんえん》は従《つ》いて行ったのである。

もとより仰山《ぎょうさん》な輿《こし》など好まれる人ではなかった。というて、あまり往来の者に顔をみられたり、礼をされるのもうるさいらしく、慈円《じえん》は、白絖《しろぬめ》の法師頭巾《ずきん》をふかくかぶって、汚い木履《ぼくり》をぽくぽくと鳴らしてゆくのである。

五条とはいわれたが、何しにとは訊《き》かなかったので、範宴《はんえん》は、師の君はいったいどこへゆくのかと疑っていると、やがて、五条の西洞院《にしのとういん》までくると、この界隈では第一の構えに見える宏壮な門のうちへ入って行った。

範宴《はんえん》は、はっと思った。

「ここは、月輪関白《つきのわかんぱく》どのの別荘ではないか」と足をとめて見まわしていると、

「範宴《はんえん》、はようこい」と、慈円《じえん》はふり向いて、中門のまえから手招きをした。

正面の車寄《くるまよせ》には、眩《まば》ゆいような輦《くるま》が横についていた。慈円《じえん》は、そこへはかからずに中門を勝手にあけ、ひろい坪のうちをあるいて東の屋《おく》の廻廊《かいろう》へだまって上がってゆく。

（よろしいのでございますか）範宴《はんえん》は訊《き》こうと思ったが、関白《かんぱく》どのは、師の君の実兄である。なんの他人行儀もいらない間がらであるし、ことには、骨肉であっても、風雅の交わ

りにとどめているおん仲でもあるから、いつもこうなのであろうと思って、彼もまた無言のまま上がって行った。

奥まった寝殿には、催馬楽《さいばら》の笛や笙《しょう》が遠く鳴っていた。時折、女房たちの笑いさざめく声が、いかにも、春の日らしくのどかにもれてくる。

「きょうは、表の侍たちも見えぬの。たれぞ、出てこぬか。客人《まろうど》が見えてあるぞ」慈円《じえん》は、中庭の橋廊下へ向《む か》いながら、手をたたいた。

三

小侍が走ってきて、

「あっ、青蓮院《しょうれんいん》様でいらっしゃいますか」と、平伏した。慈円《じえん》は、もう橋廊下の半ばをこえながら、

「お客人《まろうど》ではあるまいな」

「はい、お内方《うちかた》ばかりでございます」答えつつ、小侍は、腰を屈《かが》めながら慈円《じえん》の前を、つっと抜けて、

「――青蓮院《しょうれんいん》さまがお越し遊ばしました」渡殿《わたどの》の奥へこう告げると、舞曲の楽《がく》が急にやんで、それから、華やかな女たちの笑い声だの、衣《きぬ》ずれの音などが、楚々《そそ》とみだれて、

「おう、青蓮院《しょうれんいん》どのか」月輪兼実《つきのわかねざね》がもうそこに立っている。

兼実《かねざね》は、手に、横笛を持っていた。それをながめて慈円《じえん》が、

「おあそびか、いつも、賑《にぎ》わしいことのう」と、微笑しながら、兼実《かねざね》や、侍たちに、伴《ともな》われてゆく。

漆《うるし》と、箔《はく》と、砂子《すなご》と、うんげん縁《べり》の畳と、すべてが、庶民階級の家には見馴《みな》れないものばかりで、焚《た》きにおう名木《めいぼく》のかおりが、豪奢《ごうしゃ》に鼻をむせさせてくるし、飼い鶯《うぐいす》の啼くねがどこかでしきりとする。

しかし、その十畳ほどなうんげん縁《べり》のたたみの間《ま》には、今はいって来た客と主《あるじ》のほか一人の人かげも見えないのである。ただ、扇だの、鼓《つづみ》だの、絃《げん》だの、胡弓《こきゅう》だの、また笙《しょう》のそばに濃《こ》むらさきの頭巾《ずきん》布《ぎ》れだの、仮面《めん》だのが、秩序なく取《と》り落《おと》してあって、それらの在《あ》りどころに坐《すわ》っていた人々は、風で持ってゆかれてしまったように消えうせていた。

「――なんじゃ、誰も見えんではないか」慈円《じえん》がいぶかると、兼実《かねざね》は、

「はははは――。お身が参られたので、恥《はず》かしがって、みんなかくれたのじゃ」

「なにも、かくれいでもよいに」

「きょうは、姫の誕生日とあって、何がなして遊ぼうぞと、舎人《とねり》の女房たちをかたろうて、管絃のまねごとしたり、猿楽などを道化《どうけ》ていたので、むずかしい僧門のお客と聞いて、あ

わてて皆失《う》せたらしい」

「女房たちは、どうして、僧を嫌うかのう」

「いや、僧が女房たちを、忌《い》むのでござろう。女人は禁戒のはずではないか」

「というて、同じ人ではないか」

「ははは。ただ、けむたい気がするのじゃろ」

「そうけむたがらずに、呼ばれい、呼ばれい、わしも共に笛吹こう」

慈円《じえん》が、笛をふこうというと、唐織《からおり》の布《ぬの》を垂れた一方の几帳《きちょう》が揺れて、そのかげに、裳《もすそ》だけを重ね合って潜《ひそ》んでいた幾人もの女房たちが、こらえきれなくなったように、一人がくすりと洩《も》らすと、それをはずみに、いちどに、

「ホ、ホ、ホ、ホ」

「ホホホ……」と笑いくずれ、さらに、嘻々《きき》としていちだんたかく笑った十三、四歳かと見えるひとりの姫が、几帳《きちょう》の横から、

「ああ、おかしや」と、お腹《なか》を抑えながら、まだ笑いやまないで姿を見せた。

つづいて、侍女《こしもと》だの、乳人《めのと》だのが、後から後からと、幾人もそこから出てきた。

四

「姫、ごあいさつをせぬか、叔父さまに――」

兼実《かねざね》がいうと、まだどっかこうあどけない姫は、笑ってばかりいて、

「後で」と、女房たちの後ろにかくれた。

慈円《じえん》には姪《めい》にあたる姫であって、兼実《かねざね》にとっては、この世にまたとなき一人息女《ひとりむすめ》の玉日《たまひ》姫《ひめ》である。

「玉日《たまひ》――」慈円《じえん》は呼んで、

「あいさつは、あずけておこうほどに、猿楽の真似《まね》を一つ見せい」すると、また、玉日《たまひ》も、女房たちも、何がおかしいのか、いよいよ笑って、返辞をしない。

「せっかく、面白う遊戯していたに、この慈円《じえん》が来たために、やめさせては悪い。舞わねば、わしは帰るほかあるまい」

すると、玉日《たまひ》は、父のそばへ小走りに寄ってきて、その膝に甘えながら、

「叔父さまを、帰しては嫌《いや》です」

「それでは、管絃を始めたがよい」

「叔父さまも、なされば――」

「するともよ」慈円《じえん》は、わざと興めいて、

「わしは、歌を朗詠しよう」

「ほんとに?」姫は、念を押して、女房たちへ向《むか》いながら、

「叔父さまが、朗詠をあそばすと仰《お》っしゃった。そなた達も、聞いていらっしゃい」

「はい、はい、僧正さまのお謡《うた》など、めったにはうかがえませぬから、ちゃんと、聞いておりまするる」


「そのかわりに、姫も、舞うのじゃぞ」

「いや」玉日《たまひ》は、慈円《じえん》のうしろをちらと見た。そこに、青白い顔をして梅の幹のように痩せてはいるが凜《りん》としてひとりの青年がさっきからひかえている、その範宴《はんえん》をながめて、はにかむのであった。慈円《じえん》は気がついて、

「そうそう、姫はまだこのお人を知るまい」

「…………」玉日《たまひ》は、あどけなく、うなずいて見せた。父の兼実《かねざね》が、

「叔父さまの御弟子《みでし》で、範宴《はんえん》少納言という秀才じゃ。そなたがまだ、乳人《めのと》のふところに抱《いだ》かれて青蓮院《しょうれんいん》へ詣《もう》でたころには、たしか、範宴《はんえん》も愛くるしい稚子僧《ちごそう》でいたはずじゃが、どちらも、おぼえてはいまい」

「そんな遠い幼子《おさなご》のころのことなど、覚えているはずはありませんわ」

「だから、恥《はじ》らうことはないのじゃ」

「恥《はじ》らってなどおりません」姫も、いつか、馴《な》れていう。

「じゃあ、舞うて見せい」

「舞うのは嫌《いや》、胡弓《こきゅう》か、箏《こと》なら弾《ひ》いてもよいけれど」

「それもよかろう」

「叔父さま、謡《うた》うんですよ、きっと」

「おう、謡《うた》うとも」慈円《じえん》が、まじめくさって、胸をのばすと、兼実《かねざね》も、女房たちも、笑いをこらえている。

範宴《はんえん》は、ほほ笑みもせず、黙然《もくねん》としたきりで、澄んだ眸《ひとみ》をうごかしもしない。

五

そこへ、侍女《こしもと》が、菓子を運んできて、慈円《じえん》のまえと、範宴《はんえん》のまえにおいた。

慈円《じえん》は、その菓子を一つたべ、白湯《さゆ》にのどをうるおして、

「えへん」と咳《せき》ばらいした。

姫も、女房たちも、おのおの、楽器をもって、待っていたが、いつまでも慈円《じえん》が謡《うた》わないので、

「いやな叔父さま」と、姫はすこしむずかって、

「はやくお謡《うた》いあそばせよ」あどけなく、鈴のような眼をして、玉日姫《たまひひめ》が睨《にら》むまねをする

と、慈円《じえん》はもう素直に歌っていた。

西寺《さいじ》の、西寺《さいじ》の
老い鼠《ねずみ》、若鼠《わかねずみ》
おん裳《も》喰《つ》んず
袈裟《けさ》喰《つ》んず
法師に申せ
いなとよ、師に申せ

歌《うた》い終《おわ》るとすぐ、

「兄上、ちと、話したいことがあるが」と、兼実《かねざね》へいった。

「では、あちらで」と兼実《かねざね》は、慈円《じえん》と共に、そこを立って、別室へ行ってしまった。

姫は、つまらなそうな顔をして、二人の後を追って行ったが、父に何かいわれて、もどってきた。

乳人《めのと》や女房たちは、機嫌をそこねないようにと、

「さあ、お姫《ひい》さま、もう、誰もいませんから、また、猿楽《さるがく》あそびか、鬼ごとあそびいたしましょう」

「でも……」と、玉日《たまひ》は顔を振った。

範宴《はんえん》が、片隅に、ぽつねんと取り残されていた。女房たちのうちから、一人が、側へ寄って、

「お弟子さま。あなたも、お入りなさいませ」

「は」

「鬼ごとを、いたしましょう」

「はい……」範宴《はんえん》は、答えに、窮していた。

「お姫《ひい》さまが、おむずかりになると、困りますから、おめいわくでしょうが」と手を取った。そして、

「お姫《ひい》さま、この御房《ごぼう》が、いちばん先に、鬼になってくださるそうですから、よいでしょう」玉日《たまひ》は、貝のような白い顎《あご》をひいて、にこりとうなずいた。

いうがごとく、迷惑至極《しごく》なことであったが、拒むまもなく、ひとりの女房が、むらさきの布《ぬの》をもって、範宴《はんえん》のうしろに廻《まわ》り、眼かくしをしてしまった。

ばたばたと、衣《きぬ》ずれが、四方にわかれて、みんなどこかへ隠れたらしい。時々、

　東寺《とうじ》の鬼は
　何さがす――

と歌いつつ、手拍子をならした。

範宴《はんえん》は、つま先でさぐりながら、壁や、柱をなでてあるいた。そしてふと、眼かくしをされた自分の現身《げんしん》が、自分の今の心をそのままあらわしているような気がして、かなしい皮肉にうたれていた。

六

くすくすと、そこらで忍びわらいがする。

それを目あてに、範宴《はんえん》は手さぐりをしては、室内をさまよった。

そして、几帳《きちょう》の蔭《かげ》にかくれていた人をとらえて、

「つかまえました」と、目かくしをとった。それは、玉日姫《たまひひめ》であった。姫は、

「あら……」と困った顔をし、範宴《はんえん》は、何かはっとして、捕《とら》えていた手を放した。

「さあ、こんどは、お姫さまが鬼にならなければいけません」と、乳人《めのと》や女房たちは、彼女の顔をむらさきの布《きれ》で縛ろうとすると、

「嫌《いや》っ」と姫は、うぐいすのように、縁へ、逃げてしまった。出あいがしらに小侍《こざむらい》が、

「範宴《はんえん》どの、青蓮院《しょうれんいん》さまが、お帰りでございますぞ」と告げた。範宴《はんえん》はほっとして、

「あ。おもどりですか」人々へ、あいさつをして、帰りかけると、姫は、急に、さびしそうに、範宴《はんえん》のうしろ姿へ、

「また、おいで遊ばせ」といった。振向《ふりむ》いて、範宴《はんえん》は、

「はい、ありがとうございます」

しかし——彼は何か重くるしいものの中から遁《のが》れるような心地であった。こういう豪華な大宮人の生活に触れることは夢のように遠い幼少のころの記憶にかすかにあるだけであって、九歳の時からもう十年以上というもの、いつのまにか、僧門の枯淡《こたん》と寂寞《せきばく》が身に沁《し》みこんで、かかる絢爛《けんらん》の空気は、そこにいるだにもたえない気がするのであった。

慈円《じえん》はもう木履《ぼくり》を穿《は》いて、丁子《ちょうじ》の花のにおう前栽《せんざい》をあるいていた。供をして、外へ出てから、範宴《はんえん》はこういって慈円《じえん》にたずねた。

「お師さまは、叡山《えいざん》にいれば、叡山《えいざん》の人となり、青蓮院《しょうれんいん》にいらっしゃれば、青蓮院《しょうれんいん》の人となり、俗家へいらっしゃれば、俗家の人となる。女房たちや、お子たちの中へまじっても、また、それにうち解《と》けているご様子です。よく、あんな謡《うた》など平気におうたいになれますな」すると、慈円《じえん》はこういった。

「そうなれたは、このごろじゃよ。——つまり、いるところに楽しむという境界《きょうがい》にやっと心がおけてきたのじゃ」

「——いるところに楽しむ。……」

範宴《はんえん》は、口のうちで、おうむ返しにつぶやきながら考えこんだ。慈円《じえん》はまた、

「だが、おもとなどは、そういう逃避を見つけてはいけない。わしなどは、いわゆる和歌《うた》詠《よ》みの風流僧にとどまるのだから、そうした心境《こころ》に、小さい安住を見つけているのじゃ。やはり、おもとの今のもだえのほうが尊い――」

「でも、私は、真っ暗でございます」

「まいちど、叡山《えいざん》へのぼるがよい。そして、あせらず、逃避せず、そして無明《むみょう》をあゆむことじゃ。歩むだけは歩まねば、彼岸《ひがん》にはいたるまいよ」

どこかの築地《ついじ》の紅梅が、風ともなく春のけはいを仄《ほの》かに陽なたの道に香《にお》わせていた。

七

青蓮院《しょうれんいん》の門が見えた。その門を潜《くぐ》る時、慈円《じえん》はまた、ことばをくりかえして、

「もいちど叡山《えいざん》へもどったがよいぞ」と、いった。

「はい」範宴《はんえん》はそう答えるまでに自分でも心を決めていたらしく、

「明日、お暇《いとま》をいたしまする」

「うむ……」慈円《じえん》はうなずいて、木履《ぼくり》の音を房《ぼう》のほうへ運んで行った。すると、房《ぼう》の式台の下にかがまって、手をついている出迎えの若僧があった。

慈円《じえん》は、一瞥《いちべつ》して、ずっと奥へはいってしまったが、つづいて範宴《はんえん》が上がろうとすると、

若僧はふいに彼の法衣《ころも》の袂《たもと》をつかんで、

「兄上」と、呼んだ。

思いがけないことであった。それは性善坊《しょうぜんぼう》と共に、先年、都に帰った弟の朝麿《あさまろ》なのである。

常々、心がかりになっていたことでもあるし、この青蓮院《しょうれんいん》へついてもまっ先にその後の消息をたずねたいと思っていたのでもあるが、まさか、髪を剃《お》ろして、ここにいるとは思わなかったし、師の慈円《じえん》も、そんなことは少しも話に出さなかったので、彼は驚きの眼をみはったまま、

「おお……」とはいいながらも、しばらく、弟の変《かわ》った姿に茫然《ぼうぜん》としていた。

朝麿《あさまろ》はまた、兄の瘦《や》せ尖《とが》った顔に、眼を曇らせながら、

「――ここでお目にかかるも面目《めんぼく》ない気がいたしますが、ご覧のとおり、ただ今では、僧正のお得度《とくど》をうけて、名も、尋有《じんゆう》と改めております。……どうか、その後のことは、ご安心くださいますように」と、さしうつむいていった。

「そうか」範宴《はんえん》は、大きな息をついて、うなずいた。それで何か弟の安住が決まったように心がやすらぐと共に、もういっそう深刻な弟の気もちを察しているのでもあった。

「お養父君《ちちぎみ》も、ご得心ですか?」

「わたくしのすべての罪をおゆるしくださいまして、今では、兄上と共に、仏の一弟子として、修行いたしております」

「それはよかった……さだめしお養父君《ちちぎみ》もご安心なされたであろう。おもとも、発心《ほっしん》いたしたうえは、懸命に、勉められい。精進一途《しょうじんいちず》におのれを研《みが》いているうちには、必ず、仏天のおめぐみがあろう。惑わず、疑わずに……」

範宴《はんえん》は弟にむかって、そう諭《さと》したが、自分でも信念のない声だと思った。しかし、尋有《じんゆう》は素直であった。兄のことばを身に沁《し》み受《う》けて、

「はい、きっと、懸命に修行いたしまする」と、懺悔《ざんげ》のいろをあらわしていうのであった。

あくる朝、範宴《はんえん》は、叡山《えいざん》の道をさして、飄然《ひょうぜん》と門を出た。尋有《じんゆう》の顔が、いつまでも、青蓮院《しょうれんいん》の門のそばに立って見送っていた。

どこかで、やぶ鶯《うぐいす》のささ鳴きが、風のやむたびに聞《き》こえていた。

古いもの新しいもの

一

「範宴《はんえん》が山へもどってきた――」叡山《えいざん》の人々のあいだに、それは大きな衝動であった。

彼らの頭には、範宴《はんえん》という人物が、いつのまにか大きな存在になっていた。自分たちに利害があるないにかかわらず、範宴《はんえん》のうごきがたえず気がかりであった。

それというのも、この山の人々の頭には、十歳にみたない少年僧であった時から、授戒《じゅかい》登壇《とうだん》をゆるされて、その後も、群をぬいて学識を研《みが》いてきた範宴《はんえん》というものが、近ごろになって何となく自分たちの脅威に感じられてきたからであった。

「一乗院が帰山したというが、いつごろじゃ」

「もう、十日ほど前にもなろう、例の性善坊《しょうぜんぼう》は、それよりもずっと前に戻っていたが、範宴《はんえん》のすがたが見えたは、ついこのごろらしい」

「ちょうど、三年ぶりかの」

「そうさ。範宴《はんえん》が下山《おり》たのは、先一昨年《さきおととし》の冬だったから……」

「だいぶ修行もつんだであろう」

「なあに、奈良は女の都だ、若い範宴《はんえん》が何を修行してきたかわかるものか」

「それは、貴僧たちのことだ。範宴《はんえん》がおそろしい信念で勉学しているということは、いつか山へ来た宇治《うじ》の客僧からも聞いたし、麓《ふもと》でもだいぶうわさが高い」一人が口をきわめて範宴《はんえん》の学才とその後の真摯《しんし》な態度を賞《ほ》めたたえると、怠惰な者の常として、かるい嫉妬《しっと》をたたえた顔がちょっと白けてみえた。

「その範宴《はんえん》が、明日《あす》から横川《よかわ》の禿谷《かむろだに》で、講義をひらくということだが——」と、思いだしたようにいうと、

「そうそう、小止観《しょうしかん》と、往生要集《おうじょうようしゅう》を講義するそうだが、まだ二十二、三の若年者が、山の大徳や碩学《せきがく》をまえにおいて、どんなことをしゃべるか、聞きものだて」

「碩学《せきがく》たちも意地がわるい、ぜひにと、懇望しておいて、実は、あげ足をとって、つッ込もうという肚じゃないかな?」

「そうかもしれん。いや、そうなるとおもしろいが」

惰眠《だみん》の耳もとへ鐘をつかれたように、人々は、範宴《はんえん》を嫉妬《しっと》した。

禿谷《かむろだに》には、その翌日、一山の人々が踵《きびす》をついでぞろぞろと群《む》れてきた。講堂は立錐《りっすい》の

余地もなく人で埋《うま》った。若い学僧がむろん大部分であったが、中には、一院の主《あるじ》も、一方の雄僧も見えて、白い眉毛《まゆげ》をしかめていた。

やがて、講壇《こうだん》のむしろに、一人の青年が法衣《ほうえ》をさばいて坐《すわ》った。色の青じろい肩の尖《とが》った姿を、人々はふと見ちがえて、

「ほ……あれが範宴《はんえん》か」と、その変《かわ》りように思わず眼をみはった。

「瘦せたのう」

「眼ばかりがするどいではないか」

「病気でもしたとみえる」

聴座《ちょうざ》の人々のあいだに、そんな囁《ささや》きがこそこそながれた。しかし、範宴《はんえん》の唇だけは誰よりも紅かった。そして一礼すると、その唇をひらいて、おもむろに小止観《しょうしかん》を講義して行った。

二

その日の範宴《はんえん》の講義は、あくまで範宴《はんえん》自身の苦悩から生《うま》れた独自の新解釈の信念に基づいたものであって、従来の型にばかり囚《とら》われた仏法のための仏法であったり、学問のための学問であったりするものとは、大いに趣《おもむき》が変《かわ》っていた。

従って、今までの碩学《せきがく》や大徳の説いた教えに養われてきた人々には、耳馴《みみな》れない範宴《はんえん》の講義が、いちいち異端者の声のように聞《きこ》えてならなかったし、新しい学説を取って、若い範宴《はんえん》の衒学《げんがく》だと思う者が多かった。

「ふふん……」という態度なのである。中には明らかに反感を示して、

「若いものが、すこし遊学でもしてくると、あれだから困るのじゃよ」と、嘲《あざ》むようにいう長老もあった。

ただ、終始、熱心に聞いていたのは、権智房《ごんちぼう》ひとりであった。権智房《ごんちぼう》は、青蓮院《しょうれんいん》の慈《じ》円《えん》僧正から、きょうの講義の首尾を案じて、麓《ふもと》からわざわざ様子を見によこした僧である。

それと、もうひとり、どこの房《ぼう》に僧籍をおいているのかわからないが、おそろしい武骨な逞《たくま》しい体軀《たいく》をもった法師が、最も前の方に坐《すわ》りこんで、睨《にら》むような眼《まな》ざしで、範宴《はんえん》の講義が終《おわ》るまで身うごきもせずに聞き入っていたのが目立っていた。

長い日も暮れて、禿谷《かむろだに》の講堂にも霧のようなものが流れこんできた。講堂の三方から壁のように見える山の襞《ひだ》には、たそがれの陰影が紫ばんで陽は舂《うすず》きかけている。

範宴《はんえん》は、およそ半日にわたる講義を閉じて、

「短い一日では、到底、小止観《しょうしかん》の真髄《しんずい》まで、お話はできかねる。きょうは、法筵《ほうえん》を閉じて、また明日《あす》、究めたいと思います」礼をして、壇《だん》を下りた。

大勢のなかには、彼の新しい解義《げぎ》に共鳴したものも何人かあったとみえて、「範宴御房《はんえんごぼう》！　夜に入っても、苦しゅうない。ねがわくは、小止観《しょうしかん》の結論まで、講じていただきたいが」という者もあるし、また、「きょうのお説は、われらが今まで聴聞《ちょうもん》いたしてきた先覚の解釈とは、はなはだ異なっている。われわれ後輩のものは、従来の説を信じていいか、御房《ごぼう》の学説に拠《よ》っていいか、迷わざるを得ません」と訴える人々もあるし、「学問には、長老や先覚にも、遠慮はいらぬはずだ。どうか、もっと話してもらいたい。堂衆《どうしゅう》たち！　明《あか》りを点《つ》けろ」

立ちさわぐもののもあったが、範宴《はんえん》は、もう席を去って、いかにもつかれたような面もちを、夕方の山影に向けながら、縁に立って、呼吸をしていた。

すると、そこへもまた、若い学徒がすぐ行って、彼を取り巻きながら、「きょうのご講義のうちに、ちと腑《ふ》に落ちない所があるのですが」とか、「あすこのおことばは、いかなる意味か、とくともう一度、ご説明をねがいたい」とかいって、容易に、彼を離さなかった。

席をあらためて、範宴《はんえん》は、その人々の質疑へ、いちいち流れるような回答を与えていたが、そのうちに、互いの顔が見えないほど、講堂のうちはとっぷりと暮れてしまった。

三

性善坊《しょうぜんぼう》が迎えにきていた。

「お師さま、あまり遅くならぬうち――」そばへ寄って促《うなが》した。

それを機《しお》いに範宴《はんえん》は人々の群れを抜けて講堂の外へでた。夜の大気が冷《ひ》んやりと山の威厳を感じさせる。

「お待ち下さいませ」性善坊《しょうぜんぼう》は、松明《たいまつ》をともして、彼のあゆむ先へ立って明《あか》りをかざした。松明は、焰《ほのお》よりも多く、墨のような煙を吐いてゆく。明滅する山の道は浮きあがって眼に迫ってきたり、眼から消えて谷のように暗くなったりする。

「崕道《がけみち》にかかります、なるべく、左の方へ寄っておあるきなさいませ」そう注意しながら

――「お師さま」と、性善坊《しょうぜんぼう》は改まっていった。

「きょうのご講義は、わたくしがよそながら、聴いておりましても、胸のおどるほど、ありがたいお教えと存じましたが、そこらでささやく声のうちには、とかく嫉《ねた》みや、反感も多かったようでございます。やはり、あまり真情に仰《お》っしゃるのは、かえって、ご一身のおためによくないのではないかと案じられてなりませんが」

「真情にいうて悪いとするると、自分の信念は語れぬことになる」

「郷《ごう》に入っては、郷《ごう》にしたがえと申します。やはり叡山《えいざん》には叡山《えいざん》の伝統もあり、ここの法師たちの気風だの、学風だのというものもございますから……」

「それに順応せいというのか」

「ご気性には反《そむ》きましょうが」

「ここの人々の気にいるようなことを説いて、それをもって足れりとするくらいなら、範《はん》宴《えん》は何をか今日までこの苦しみをしようか。たとえ、嫉視《しっし》、迫害、排撃、あらゆるものがこの一身にあつまろうとも、範宴《はんえん》が講堂に立つからには御仏《みほとけ》を偽瞞《ぎまん》の衣《きぬ》につつむような業《わざ》はできぬ」いつにないつよい語気であった。性善坊《しょうぜんぼう》は、その当然なことを知っているだけに、後のことばが出なかった。

右手の闇の下には、横川《よかわ》の流れが、どうどうと、闇の底に鳴っていた。松明《たいまつ》の火が、時々、蛍《ほたる》みたいな粉になって谷へ飛んだ。

崖道《がけみち》がきれると、ややひろい、平地《ひらち》へ出た。一乗院までには、もう一つの峰をめぐらなければならない。しかし、そこに立つと、遥かに京都の灯がちらちらとみえ、あさぎ色の星空がひらけて足もとはずっと明るくなった。

「待てっ！」突然、草むらの中から、誰かそう呶鳴《どな》ったものがある。範宴《はんえん》の眼にも、性《しょう》善坊《ぜんぼう》の眼にも、あきらかに黒い人影が五つ六つそこらから躍り出したのが見えた。

「誰だっ」性善坊《しょうぜんぼう》は、本能的に、範宴《はんえん》の身をかばった。ばらばらとあつまってきた五、六人の法師たちは、たしかに昼間、講堂の聴衆の中にいた者にちがいなかった。棒のような物を引っさげているのもあるし、剣をつかんでいるものもあった。

「異端者め！」と一人がいうのである。そして、いっせいに、

「若輩のくせにして、異説を唱える不届きな範宴《はんえん》は、この山にはおけぬ、山を下りるか、ここで、自分の学説は過《あやま》りであること、仏陀《ぶっだ》に誓うか、返答をせいっ」と、威たけだかに、脅《おど》すのであった。

四

眉の毛もうごかさず相手の顔を正視していた範宴《はんえん》は、唇で微笑した。

「わたくしの学説はわたくしの学説であって、それを摂《と》ると摂《と》らぬとは聴く人の心々にあることとです。いかなる仰せがあろうとも、学徒が信念する自己の説を曲げたり変えたりすることはできませぬ」静かにいうことばがかえって相手の怒りきっている感情を煽《あお》りたて、

「よしっ、それでは、叡山《えいざん》から去れ、去らねば、抓《つま》みだすぞ」と、法師たちは、袖を肩へたくしあげた。

範宴《はんえん》の脚は、地から生《は》えているように動じなかった。

「なんで私に山を去れと仰《お》っしゃるのか、私には、御山《みやま》を追われる覚えはない」

「貴様がきょう講堂でしゃべったことは、すべて、仏法を冒瀆《ぼうとく》するものだ」

「それを指摘してください」

「いちいちうまでもないことだ。汝の精神に訊《き》け。汝は仏弟子でありながら、仏陀《ぶっだ》を心から信仰しているのではあるまい」

「そうです、私は、仏陀《ぶっだ》を偶像的に拝みたくありません、仏陀《ぶっだ》もわれらと等しい人間であり、われらの煩悩《ぼんのう》を持ち、われらと共に生きつつある凡人として礼拝したいのであります。そういう気持《きもち》から、きょうの講義のうちには、多少、偶像として仏陀《ぶっだ》にひざまずいているあなた方には、すこし耳なれない言辞があったかも知れませんが、それも私の信念でありますから、にわかに、その考え方を曲げろの変えろの仰《お》っしゃられてもどうすることもできません」範宴《はんえん》のことばが終《おわ》るか終《おわ》らないうちに一人の法師がかためていた拳《こぶし》がふいに彼の肩先を烈《はげ》しく突きとばして、

「この青二才め、仏陀《ぶっだ》も人間もいっしょに考えておる。懲《こ》らしめてやれ」

「思い知れ、仏罰をッ」つづいてまた一人の者の振り込んだ棒が、範宴《はんえん》の腰ぼねを強《した》たかに打った。性善坊《しょうぜんぼう》はすでに、暴力になったとたんに二人の法師を相手に取っくんでいた。

ここの山法師には僧兵という別名さえあるほどで、武力においては、常に侍に劣らない

訓練をしているのであるから、性善坊《しょうぜんぼう》といえども、そのうちの二人を相手に格闘することは容易でなかった。

ましてや範宴《はんえん》には力ではどうする術《すべ》もなかった。性善坊《しょうぜんぼう》があちらで格闘しながらしきりに逃げろ逃げろと叫んでいるようであったが、範宴《はんえん》は逃げなかった。

四人の荒法師は、そこへ坐《すわ》ってしまった範宴《はんえん》に向《むか》って、足をあげて蹴ったり、棒を揮《ふる》って打ちすえたりしながら、

「生意気だッ」

「仏陀《ぶつだ》に対して不敬なやつ！」

「片輪にしてやれ」と口々に罵《ののし》って、半殺しの目にあわせなければ熄《や》まぬような勢いだった。

すると、最前から彼方《かなた》の草のなかに、腕ぐみをしながらのそりと立っていた大男があって、もう見るにたえないと思ったか、大きな革巻《かわまき》の太刀を横につかみながら範宴《はんえん》の方へ駈《か》けてきた。

五

その法師武者は、昼間、範宴《はんえん》が講堂で小止観《しょうしかん》を講義しているながい間を、法筵《ほうえん》のいちば

ん前に坐《すわ》って終始じっと居眠っているもののようにうつ向いて聞いていた、この山に見馴《みな》れない四十前後の——あの男なのであった。

駈《か》けてきて、

「狼藉者《ろうぜきもの》っ」と叱りつけた。声に、ただならぬ底力《そこぢから》があって、鉄《くろがね》のような拳《こぶし》をふりあげると、

「法《のり》の御山《みやま》において暴力を働くものこそ、仏賊だ、仏敵だ。疾《と》く、消えうせぬと、太夫房《たゆうぼう》覚明《かくみょう》がただはおかぬぞ」と、一人の横顔を、頬の砕けるほど打った。撲《なぐ》られた法師は、「わっ」と顔をかかえて、崖のかどを踏《ふ》み外《はず》した。

他の者たちは、

「おのれ、叡山《えいざん》の者とも見えぬが、どこの乞食《こじき》法師だ。よくも、朋輩《ほうばい》を打ったな」太刀や棒切れが、こぞって彼の一身へ暴風のように喚《わめ》きかかってきた。

自分から太夫房覚明《たゆうぼうかくみょう》と名乗ったその男は、面倒と思ったか、腰に横たえている陣刀のような大太刀をぬいて、

「虫けらめ！　なんと吐《ほ》ざいたッ——」ぴゅんと、刃《やいば》のみねが鳴って、一人の法師の首すじを打った。刎《は》ねとばされた棒切れは、宙に飛んで二、三人が左右へもんどり打ってちらかった。

（かなわぬ）と思ったのであろう、法師たちは、何か犬のように吠《ほ》えかわしながら、尾を巻いて逃げてしまった。性善坊《しょうぜんぼう》と組みあっていた者も、仲間の者が怯《ひる》み立って逃げだすと、もう、勇気も失《う》せて、彼を捨てていちばん後から鹿のように影を消してしまった。

「どなたか存じませぬが……」性善坊《しょうぜんぼう》は、あらい息を肩でついて、

「――あやうい所を……ありがとうございまする」

「どこも、お怪我《けが》はなさらぬか」

「はい」範宴《はんえん》も頭をさげて、心から礼をのべた。そして、星明《ほしあか》りに、自分よりも背のすぐれて高い逞《たくま》しい大法師の姿を見あげながら、どこかで見たように思った。

太夫房覚明《たゆうぼうかくみょう》は、あたりの草むらや樹蔭《こかげ》をなお入念に見まわしながら、

「いずこの房《ぼう》の者か、卑怯な法師輩《ばら》じゃ、学問の上のことは、当然、学問をもって反駁《はんばく》するがよいに、公《おおやけ》の講堂では論議せずに、暴力をもって、途上に、範宴《はんえん》どのを要して、無法なまねをいたすとは、仏徒のかざ上《かみ》にもおけぬ曲者《くせもの》、まだどんな、卑怯な振舞《ふるま》いをせぬとも限らぬ、一乗院まで、お送りして進ぜよう」

そういって、彼は先にあゆみだした。その足ぶみや、物腰には、どこか武人らしい力があって、

「おそれいりまする」といいつつも、範宴《はんえん》は心づよい気がして、彼の好意に甘えて後ろに

従《つ》いて行った。

それにしても、太夫房覚明《たゆうぼうかくみょう》などという名は、この叡山《えいざん》でも南都でも聞いたことがない、いったいこの人物は何者なのだろうかと考えていた。

六

やがて無動寺《むどうじ》の一乗院へたどりついた。その間に、太夫房覚明《たゆうぼうかくみょう》と性善坊《しょうぜんぼう》とは、範宴《はんえん》を先に立ててかなり親しく話していたが、一乗院まで来ると、

「どうぞ、幾日でもお泊《とま》りください。師の房《ぼう》も、あのように無口なお方ではございますが、決して、お気がねなさるようなお人ではございません」性善坊《しょうぜんぼう》はしきりと覚明《かくみょう》をひきとめていた。

覚明《かくみょう》も、元よりどこへ泊《とま》るというあてもないのであって、すすめられたことは、幸いであったらしい、

「それでは」と、草鞋《わらじ》の緒《お》を解き、範宴《はんえん》へも断って、奥へ通った。

師弟はまだ食事をすましていないし、覚明《かくみょう》も空腹らしかった。性善坊《しょうぜんぼう》は炉《ろ》のある大きな部屋に薪《たきぎ》をかかえて行って、

「お客人《まろうど》には、失礼じゃが、かえってここが親しかろう、どうぞ炉《ろ》べりへ」と席をすすめ

た。

範宴《はんえん》もやがてそこへ来て、師弟も客も一つ座になって粥《かゆ》をすすりあった。

覚明《かくみょう》はうち解《と》けたもてなしにすっかり欣《よろこ》んで、

「家の中に眠るのは久しぶりでおざる。ゆうべは、塔の縁に、一昨日《おととい》はふもとの辻堂《つじどう》に、毎夜、冷たい床にばかり眠っていたが、おかげで、今夜は人心地がついた」といった。範《はん》宴《えん》は苦笑して、

「あなたも何か迷うているお人と見える。私も、時々この山から迷いだすのです」

「いや」と、覚明《かくみょう》は武骨に手を振って――

「御房《ごぼう》の迷いと、拙者の迷いとは、だいぶ隔《へだた》りがある。――われらごとき武辺者《ぶへんしゃ》は、まだ迷いなどというのも烏滸《おこ》がましい。ただ余《あま》りに血に飽いて荒《すさ》んだ心のやすみ場を探しているに過ぎないので」

「武辺者《ぶへんしゃ》と仰せられたが、そもあなたのご本名は何といわるるか、おさしつかえなくばお聞かせください」

「お恥《はずか》しいことだ」覚明《かくみょう》は、憮然《ぶぜん》としながら、榾火《ほたび》の煤《すす》でまっ黒になった天井を見あげた。

そして、

「今は、それも前身の仮《かり》の名《な》にすぎぬが、実は、拙者は海野信濃守行親《うんのしなののかみゆきちか》の子です」

「えっ」思わず範宴《はんえん》は眼をみはった。

「――では勧学院《かんがくいん》の文章博士《もんじょうはかせ》であり、また進士蔵人《しんしくろうど》の職にあった海野道広《うんのみちひろ》どのは、あなたでしたか」

「いかにもその道広《みちひろ》です。木曽《きそ》どのの旗挙《はたあ》げにくみして、大いに志を展《の》べようとしたものですが、義仲《よしなか》公は時代の破壊者としては英邁《えいまい》な人でしたが、新しい時代の建設者ではなかったのです。ことすべて志とちがって、ご承知のような滅亡をとげました。拙者も、男児の事業はすでに終《おわ》ったと考えて、一時は死なんとしましたが、どういうものか、最後の戦いにまで生きのこって、はや、世俗のあいだに用事のないこの一身を、かように持てあましているわけでござる」自嘲《じちょう》するように太夫房覚明《たゆうぼうかくみょう》はそういってわらった。

七

炉辺の夜がたりは尽きない。

覚明《かくみょう》は昼間、範宴《はんえん》の講義を聴いた時から、

（これは凡僧でない）とふかく心を囚《とら》われていたが、さらに一夜を語り明かしてから、

（この人こそ、虚無と紛乱《ふんらん》と暗黒の巷《ちまた》にまよう現世界の明《あか》しとなる大先覚ではなかろうか）という気がした。で、あくる日あらためて覚明《かくみょう》は範宴《はんえん》のまえに出た。

「お願いがござるが」範宴《はんえん》はやわらかい眼《まな》ざしを向ける。この処女《おとめ》のような眸《ひとみ》のどこにきのう講堂で吐いたような大胆な、そして強い信念がかくされているのかと覚明《かくみょう》はあやしくさえ思う。

「拙者を、今日から、御弟子《みでし》の端に加えていただきたいのですが――」

「弟子に」

「されば」覚明《かくみょう》は力をこめていった。

「今日までの自分というものは、昨夜も申しあげたとおり、武辺《ぶへん》の敗亡者であり、生きる信念を欠いた自己のもてあましたものでありましたが、もういちど、人間として真に生き直ってみたいのでござる。おききとどけ下さらば、覚明《かくみょう》は、今日をもって、誕生の一歳とおもい、お師の驥尾《きび》に附《つ》いて、大願の道へあゆみたいと存ずるのでござる」

「あなたは、すでに、勧学院《かんがくいん》の文章博士《もんじょうはかせ》とし、学識も世事の体験も、この範宴《はんえん》よりは遥かに積まれている先輩です。――私がおそるるのはその学問です。あなた、今までのすべてを――学問も智慧も武力も――一切かなぐりすてて、まこと今日誕生した一歳の嬰児《あかご》となることができますかの」

「できる。――できるつもりです」

「それをお誓いあるならば、不肖《ふしょう》ですが、範宴《はんえん》は、一歳のあなたよりは、何歳かの長上ですからお導きいたしてもよいが」

「どうぞ、おねがいいたします」覚明《かくみょう》は誓った。

かつて、木曾《きそ》義仲《よしなか》にくみして、矢をむけた時の平家《へいけ》追討の返翰《へんかん》に、

――清盛《きよもり》は平家《へいけ》の塵芥《じんかい》、武家の糟糠《そうこう》なり。

と罵倒《ばとう》して気を吐いた快男児覚明《かくみょう》も、そうして、次の日からは、半僧半俗のすがたをすてて、誕生一歳の仏徒となり、性善坊《しょうぜんぼう》に対しても、

（兄弟子《あにでし》）と、よんで、侍《かしず》く身になった。

覚明《かくみょう》ひとりではない。時勢は、源頼朝《みなもとのよりとも》の赫々《かっかく》たる偉業を迎えながら、一方には、その成功者以上の敗亡者を社会から追いだしていた。

壇《だん》の浦《うら》を墓場とした平家《へいけ》の一族門葉もそうである。

それを討つに先駆した木曾《きそ》の郎党も没落し、また、あの華やかな勲功を持った義経《よしつね》すらが、またたくまに帷幕《いばく》の人々と共に剿滅《そうめつ》されて、社会の表からその影を失ってしまった。

だが――亡びた者、必ずしも死者ではない。生きとし生けるものの慣《なら》いとして、生き得る限りはどこかに生きようとしているのである。平家《へいけ》の残党、木曾《きそ》の残党、義経《よしつね》の残党、その一門係累《けいるい》はことごとく世間にすがたは消していても、どこかで呼吸し、何かの容《かたち》で、更生にもがいている。

太夫房覚明《たゆうぼうかくみょう》も、そういう中の一人なのである。

八

新しい力が興《おこ》ろうとする時には必ず古いものの力がこぞってそれを誹謗《ひぼう》してくる。

「範宴《はんえん》の講義を聴いたか」一山の者の眼は、彼の声にその新しい力を感じて不安に駆られた。

「どんなことをいうのか」

「まあ、いちど行ってみろ」禿谷《かむろだに》の講堂は、一日ごとに大衆《だいしゅ》で埋《うず》まった。法筵《ほうえん》にすわれない人々は講堂の縁だの窓の外に立って彼の声だけを聞いていた。

彼の講義が熱をおびるほど、大衆《だいしゅ》も熱し、そして、内心深く考え直して衝《う》たれているものと、範宴《はんえん》に対して飽くまでも闘争的に反感をいだいている者とが、はっきりと分《わか》れていた。

むろん彼に帰依《きえ》する者よりは、彼を嫉視《しっし》し、彼を憎悪する者のほうが遥かに多い。その険悪な大勢の顔からは、殺気が立ちのぼっていて、講義の要点にすすむと、

「邪説っ、邪説っ」と、どなったり、

「奇を衒《てら》うなっ」と弥次《やじ》ったりして、時には、立って講壇《こうだん》へ迫ろうとするような乱暴者が

あったりした。

そして範宴《はんえん》の帰りは、いつも薄暮《はくぼ》になるので、性善坊《しょうぜんぼう》は師の一身を案じて、

「どうか、はやくご講義を切りあげて下さるように」と、頼むようにいった。

範宴《はんえん》はうなずいたが、やがて、小止観《しょうしかん》の講義が終《お》わると、すぐ続いて、往生要集《おうじょうようしゅう》の解《かい》をあたらしく始めた。

「困ったことだ」

性善坊《しょうぜんぼう》は大不服である。

「講義が大事か、お体が大事か、それくらいなことは、お分《わか》りと存じますに、毎日、危険をおかしてまで、禿谷《かむろだに》へお出かけになるのはいかがと存じます。ことに、一山の大部分のものは、日にまして、師の房《ぼう》を悪《あ》しざまに沙汰するのみか、伝教《でんぎょう》以来の法文を自分一個の見解でふみにじる学匪《がくひ》だとさえ罵《ののし》っているではございませぬか。このうえ講義をおつづけになることは、火に油をそそいでみずから焔《ほのお》に苦しむようなものだと私は思いますが」

口を極《きわ》めて苦諫《くかん》するのであった。けれど範宴《はんえん》は、

「初めの約束もあるから――」というのみで、彼を叱って説伏しようともしない代《かわ》りに、思いとまって講義をやめる様子もない。

ただこの際、性善坊《しょうぜんぼう》にとって心づよいことは、新しく弟子となった太夫房覚明《たゆうぼうかくみょう》が、範《はん》宴《えん》の身を守ることは自分の使命であるかのように、範宴《はんえん》のそばに付いて、見張っていてくれることであった。そのためか、往生要集《おうじょうようしゅう》の解《かい》も、無事にすんで、範宴《はんえん》は、翌年の夏までを一乗院の奥に送っていたが、やがて秋の静かな跫音《あしおと》を聞くと、

「興福寺《こうふくじ》へ行ってまいる」と、性善坊《しょうぜんぼう》も覚明《かくみょう》もつれずに、ただ一人で、雲のふところを下りて、奈良へ行った。

彼の念願は、興福寺《こうふくじ》の経蔵《きょうぞう》のうちにあった。許しをうけて、その大蔵《だいぞう》の暗闇にはいった範宴《はんえん》は、日も見ず、月も仰がず、一穂《いっすい》の燈《とも》し灯《び》をそばにおいて、大部な一切経《いっさいきょう》に眼をさらし始めたのである。

ふつうの人間の精力では五年かかっても到底読みつくせないといわれている一切経《いっさいきょう》を、範宴《はんえん》は五ヵ月ばかりで読破してしまった。おそらく眼で読んだのではあるまい、心で読んだのだ、そして充血して赤く爛《ただ》れた眼と、陽にあたらないために蠟《ろう》のように青白くなった顔をもって、大蔵《だいぞう》の闇から彼がこの世へ出てきた時には、世は木枯《こがら》しのふきすさぶ建久《けんきゅう》七年の真冬になっていた。

女人篇

風水流転

一

暗黒の大蔵《だいぞう》の中から光のなかへ、何ものかを自分はつかんで出たと信じた。五ヵ月ぶりで一切経《いっさいきょう》の中から世間へ出た時の範宴《はんえん》のよろこびは、大きな知識と開悟とに満たされて、肋骨《あばらぼね》のふくらむほどであった。

(もう何ものにも迷うまい)彼は、信念した。

(もう何ものにも挫《くじ》けまい)彼は足を踏みしめた。

そして心ひそかに、

我れこの世を救わん
の釈尊の信願をもって自分の信願とし、雪の比叡《ひえい》へ三度目にのぼったのである。

仏祖釈迦如来《しゃかにょらい》は、大悟の眼をひらいて雪山《せっせん》を下りたという。彼は、新しい知識に信をかためて伝統の法城へ勇躍してのぼってゆく。

どのくらいな心力と体力のあるものか、範宴《はんえん》は、不死身のように死ななかった。骨と皮ばかりになって、しかも、麓《ふもと》への道さえ塞《とざ》された雪の日に、

「範宴《はんえん》じゃ、今帰った――」と、一乗院の玄関へふいに立った彼のすがたを迎えて、覚《かく》明《みょう》も性善坊《しょうぜんぼう》も、

「あっ……」と驚いたほどであった。

休養というような日はそれからも範宴《はんえん》には一日もなかった。おそろしい金剛心《こんごうしん》である、彼はその冬を華厳経《けごんきょう》の研究のなかに没頭して、覚明《かくみょう》や性善坊《しょうぜんぼう》と、炉辺に手をかざして話に耽《ふけ》ることすらない。

そうした範宴《はんえん》の日々の生活をながめて、覚明《かくみょう》はある時、しみじみと、

「命がけということは、武士の仕事ばかりと思うていたが、どうして、一人の凡人が、一人の僧といわれるまでには、戦い以上な血みどろなものじゃ」と、心《しん》から頭を下げていうのであった。

翌年の五月の下旬であった。難波《なにわ》から京都の附近一帯にわたって、めずらしい大風がふいて、ちょうど、五月雨《さみだれ》あげくなので、河水は都へあふれ、難波《なにわ》あたりは高潮が陸《おか》へあがって、無数の民戸《みんこ》が海へさらわれてしまった。

そういう後には必ず旱《ひでり》がつづくもので、疫病《えきびょう》が流行《はや》りだすと、たちまち、部落も駅路《うまやじ》も、病人のうめきにみちてしまった。都は最もひどかった。官では、施薬院《せやくいん》をひらいて、薬師《くすし》だの上達部《かんだちべ》だのが、薬を施《ほどこ》したり、また諸寺院で悪病神を追《お》い退《の》ける祈禱《きとう》などをして、民《みん》戸《こ》の各戸口へ、赤い護符《ごふ》などを貼《は》りつけてしまったけれど、旱《ひでり》にこぼれ雨ほどのききめもない。

犬さえ骨ばかりになって、ひょろひょろあるいている。町には、行路病者の死骸が、乾《ひ》物《もの》みたいにからからになって捨てられてあったり、まだ息のある病人の着物を剝《は》いで盗んでゆく非道な人間だのが横行していた。

突然、召状《めしじょう》があって、範宴《はんえん》は叡山《えいざん》を下り、御所へ行くあいだの辻々《つじつじ》で、そういう酸鼻《さんび》なものを、いくつも目撃した。

（ああ、たれかこの苦患《くげん》を救うべき）若い範宴《はんえん》のちかいは、心の底にたぎってきた。

二

なんのお召しであろうか。

庁の中務省《なかつかさしょう》へゆくまでは範宴《はんえん》にも分《わか》らなかったが、出頭してみると、意外にも、奏聞《そうもん》によって、範宴《はんえん》を少僧都《しょうそうず》の位に任じ、東山の聖光院門跡《しょうこういんもんぜき》に補《ほ》せらる——というお沙汰《さた》であった。叡山《えいざん》では、またしても、

「あれが、少僧都《しょうそうず》に？」と、わざとらしく囁《ささや》いたり、

「二十五歳で、聖光院《しょうこういん》の門跡《もんぜき》とは、破格なことだ。……やはり引《ひ》き人《びと》がよいか、門閥《もんばつ》がなくては、出世がおそい」などと羨望《せんぼう》しあった。

彼らの眼には、位階が僧の最大な目標であった。さもなければ勢力を持つかである。そして常に、武家や権門と対峙《たいじ》することを忘れない。

たれが奏聞したのか、範宴《はんえん》は、それにもこれにも、無関心のように見える。どんな毀誉《きよ》褒貶《ほうへん》もかれの顔いろには無価値なものにみえた。ただ、さしもの衆口《しゅうこう》も近ごろは範宴《はんえん》の修行を認めないではいられなくなったことである。一つの事がおこると、それについて一時はなんのかの蟬《せみ》のように騒ぎたてても、結局は黙ってしまう。心の底では十分にもう範《はん》宴《えん》の存在が偉《い》なるものに見えてきて、威怖《いふ》をすら感ずるのであるが、小人《しょうじん》の常として、

それを真《ま》っ直《すぐ》にいうことができないで、彼らは彼ら自身の嫉視《しっし》と焦躁《しょうそう》でなやんでいるといったかたちなのである。

翌年秋、範宴《はんえん》は、山の西塔《さいとう》に一切経蔵《いっさいきょうぞう》を建立《こんりゅう》した。

（他を見ずに、諸子も、学ばずや）と無言に大衆《だいしゅ》へ示すように。

無言といえば、彼はまた、黙々として余暇に刀《とう》をとって彫った弥陀像《みだぞう》と、普賢像《ふげんぞう》の二体とを、彫りあげると、それを、無動寺《むどうじ》に住んでいた自身のかたみとして残して、間もなく、東山の聖光院《しょうこういん》へと身を移した。

東山へ移ってからも、彼の不断の行願《ぎょうがん》は決してやまない。山王神社《さんのうじんじゃ》に七日の参籠《さんろう》をしたのもその頃であるし、山へも時折のぼって、根本中堂《こんぽんちゅうどう》の大床に坐《ざ》して夜を徹したこともたびたびある。

彼が、その前後に最も心のよろこびとしたことは、四天王寺《してんのうじ》へ詣《まい》って、寺蔵の聖徳太《しょうとくたい》子《し》の勝鬘経《しょうまんぎょう》と法華経《ほけきょう》とを親しく拝観した一日であった。

太子《たいし》の御聖業は、いつも、彼の若いこころを鞭《むち》打つ励みであった。初めて、その御真筆《ごしんぴつ》に接した時、範宴《はんえん》は、河内《かわち》の御霊廟《みたまや》の白い冬の夜を思いだした。

「あなたは、聖徳太子《しょうとくたいし》のご遺業に対して、よほど関心をおもちとみえる。まあ、こちらでご休息なさいませ」そばについて、寺宝を説明してくれた老僧が気がるに誘うので、奥へ行って、あいさつをすると、それは四天王寺《してんのうじ》の住持で良秀僧都《りょうしゅうそうず》という大徳であった。この人に会ったことだけでも、範宴《はんえん》にとっては、有益な日であったし、得難《えがた》い法悦の日であった。

この年、鎌倉では、頼朝《よりとも》が死んだ。そして、梶原景時《かじわらかげとき》は、府を追われて、駿河路《するがじ》で兵に殺された。武門の流転《るてん》は、激浪のようである。法門の大水《たいすい》は、吐かれずして澱《よど》んでいる。

正治二年、少僧都範宴《しょうそうずはんえん》は、東山の山すそに、二十八歳の初春をむかえた。

時雨の罪

一

この春を迎えて、聖光院《しょうこういん》の門跡《もんぜき》として移ってからちょうど三年目になる。少僧都範宴《しょうそうずはんえん》の体は、門跡《もんぜき》という地位もあり、坊官や寺侍たちにも侍《かしず》かれる身となって、おのずから以前のように自由なわけにはゆかなくなった。時には省《かえり》みて、

(このごろは、ちと貴族のような)と聖光院《しょうこういん》のきらびやかな生活を面映《おもは》ゆくも思い、(狎《な》れてはならぬ)と、美衣美食をおそれ、夜の具《もの》の温まるを懼《おそ》れ、経文《きょうもん》を口で誦《よ》むのをおそれ、美塔の中の木乃伊《ミイラ》となってしまうことを懼《おそ》れたが、門跡《もんぜき》として見なければならぬ寺務もあり、官務もあり、人との接見もあり、自分の意見だけにうごかせない生活がいつの間にか彼の生活なのであった。

「お牛車《くるま》の用意ができました」木幡民部《こばたみんぶ》が手をついていう。

民部《みんぶ》というのは、範宴《はんえん》が門跡《もんぜき》としてきてから抱えられた坊官で、四十六、七の温良な人物だった。

範宴《はんえん》は、すでに外出の支度《したく》をして、春の光のよく透《とお》る居室の円座に、刃もののように衣紋《えもん》のよく立っている真新しい法衣《ころも》を着、数珠《じゅず》を手に、坐《すわ》っていた。

こういう折、朝夕《ちょうせき》に見る姿でありながら、坊官や侍たちは、時に、はっとして、(ああ、端麗な)思わず眼がすくむことがある。

実際、このごろの範宴《はんえん》は、ひところの苦行惨心に痩せ衰えていたころの彼とはちがって、下頬《しもぶく》膨れにふっくらと肥え、やや中窪《なかくぼ》で後頭部の大きな円頂《あたま》は青々として智識美とでもいいたいような艶《つや》をたたえ、決して美男という相では在《おわ》さないが、眉は信念力を濃く描いて、鳳眼《ほうがん》はほそく、眸《ひとみ》は強くやさしく、唇《くち》は丹《に》を嚙《か》んでいるかのごとく朱《あか》い。そして近ごろはめったに外出《そとで》もせぬせいか、皮膚は手の甲まで女性《にょしょう》のように白かった。

だが、ふとい鼻骨と、頑健な顎骨《がっこつ》が、あくまで男性的な強い線をひいていた。肩は磐《ばん》石《じゃく》をのせてもめげないと思われるような幅ひろく斜角線をえがき、立てば、背は五尺五寸のうえに出よう、ことに喉《のんど》の甲状腺は、生《う》まれたての嬰児《あかご》の、拳《こぶし》ほどもあるかと思われるほど大きい。

この端麗で、そして威のある姿が、朝の勤行《ごんぎょう》に、天井《てんじょう》のたかい伽藍《がらん》のなかに立つと、大きな本堂の空虚もいっぱいになって見えた。

口さがない末院の納所僧《なっしょそう》などは、

「御門跡《ごもんぜき》のあの立派さは、どうしても、童貞美というものだろうな」などと囁《ささや》き合《あ》った。

けれど、師の幼少から侍《かしず》いている性《しょう》善坊《ぜんぼう》は、どうしても、

「だんだん、母御前《ごぜん》の吉光《きっこう》さまに生き写しだ」と思えてならない。

ただ、濃い眉、ふとい鼻ばしら、嬰児《あかご》の拳《こぶし》大もある喉《のんど》の男性《おとこ》の甲状腺《しるし》――それだけは母のものではない、強《し》いて血液の先をたずねれば、大曾祖父《おおそうそふ》源《みなもとの》義家《よしいえ》のあらわれかもしれない。

「では、参ろうかの」民部《みんぶ》の迎えに、その姿が、今、円座を立って、聖光院《しょうこういん》の車寄せへ出て行った。

ちょうど松の内の七日である。範宴《はんえん》は、網代牛車《あじろぐるま》を打たせて、青蓮院《しょうれんいん》の僧正のもとへ、これから初春《はる》の賀詞《がし》をのべにゆこうと思うのであった。

二

供には、いつものように、性善坊《しょうぜんぼう》と覚明《かくみょう》との二人が、車脇についてゆく。牛飼の童子まで、新しい布直垂《ぬのひたたれ》を着ていた。

慈円《じえん》僧正の室には、ちょうど、三、四人の公卿《くげ》が、これも賀詞《がし》の客であろう、来あわせていて、

「御門跡《ごもんぜき》がおいでとあれば――」と、あわてて、辞して帰りかけた。慈円《じえん》はひきとめて、

「ご遠慮のいる人物ではない。初春《はる》でもあれば、まあ、ゆるりとなされ」といった。範宴《はんえん》は、案内について、

「よろしゅうございますか」蔀《しとみ》の下からいった。

「よいとも」僧正は、いつも変《かわ》らない。

範宴《はんえん》も、ここへ来ては、何かしらくつろいだ気がする。僧正のまえに出た時に限って、童心というものが幾歳《いくつ》になっても人間にはあることを思う。客の朝臣《あそん》たちは、

「は……。あなたが、聖光院《しょうこういん》の御門跡《ごもんぜき》で在《おわ》すか。お若いのう」と、おどろきの眼をみは

った。

「おん名はうかがっていたが、もう五十にもとどく齢《よわい》の方であろうと思っていたが」べつな一人も同じような嘆声を発すると、僧正はそばから、

「ははは、まだ、見たとおりな童子でおざる」といった。

「御門跡《ごもんぜき》をつかまえて、童子とは、おひどうございます」

範宴《はんえん》は、師の房《ぼう》のことばに、何か自分の真の姿をのぞかれたような気がして、

「師の君の仰《お》っしゃる通りです」と、素直《すなお》にいった。

僧正は、相かわらず和歌《うた》の話へ話題をもって行った。そして、

「初春《はる》じゃ、こう顔がそろうては、歌を詠《よ》まずにはおれん。範宴《はんえん》も、ちかごろは、ひそかに詠まれるそうな。ここに在《おわ》す客たちも、みな好む道――」と、もう手を鳴らして、硯《すずり》を、色紙を、文机《ふづくえ》をといいつける。客の朝臣《あそん》たちは、

（はて、どうしよう）というように、当惑そうな眼を見あわせた。そのくせ、青蓮院《しょうれんいん》の歌会には、いつも、席に見える顔であり、四位、蔵人《くろうど》、某《なにがし》の子ともあれば、公卿《くげ》で歌道のたしなみがない人などはほとんどないはずである。何を、眼まぜをしているのだろうか。とにかく、しきりと、もじもじして、運ばれてくる色紙や硯《すずり》などを見ると、さらに、眉をひそめていた。

慈円《じえん》は、いっこうに、頓着がない。好きな道なので、もう何やら歌作に余念のない顔である。

「いっそ、申しあげたほうが、かえってよくはあるまいか」

「では、そこもとから」

「いや、おん身から……」何か、低声《こごえ》で囁《ささや》きあっていた朝臣《あそん》たちは、やがて思いきったように、「ちょっと、僧正のお耳へ入れておきたいことがありますが」と、いいにくそうにいいだした。

三

「ほ？　……何でおざろう」

「実は、この正月にも、あちこちで、僧正のおん身に対して、忌《い》わしい沙汰《さた》する者があるのでして」

「世間じゃもの、誰のことでも、毀誉褒貶《きよほうへん》はありがちじゃ」

「しかし、捨てておいては、意外なご災難にならぬとも限りませぬ。僧正には、まだ何もお聞きなさいませぬか」

「知らぬ」と、慈円《じえん》はこともなげにかぶりを振った。範宴《はんえん》は、側から膝をすすめて、

「お客人《まろうど》」と、呼びかけた。

「師の君のご災難とは心がかり、して、それの取沙汰《とりざた》とは何を問題にして」

「やはり、和歌《うた》のことからです。――この正月、御所の歌会始めに主上から恋という御題《ぎょだい》が仰せ出されたのです。その時、僧正の詠進《えいしん》されたお歌は、こういうのでありました」と客の朝臣《あそん》は、低い声に朗詠のふしをつけて、

わが恋は
松をしぐれの
そめかねて
真葛《まくず》ケ原《はら》に
風さわぐなり

「なるほど……。そして」

「人というものは意外なところへ理窟《りくつ》をつけるもので、僧正のこの歌が、やがて、大宮人や、僧門の人々に、喧《やか》ましい問題をまき起《おこ》す種《たね》になろうとは、われらも、その時は、少しも思いませんでした」

「ほほう」僧正自身が、初耳であったように、奇異な顔をして、

「なぜじゃろう?」と、つぶやいた。

「さればです」と、べつな朝臣《あそん》が、後をうけて話した。

「――僧正の秀歌には主上よりも、御感《ぎょかん》のおことばがあり、女《め》の局《つぼね》や、蔵人《くろうど》にいたるまで、さすがは、僧正は風雅《みやび》なる大遊《たいゆう》でおわすなどと、口を極《きわ》めていったものです。ところが、心の狭い一部の納言《なごん》や沙門《しゃもん》たちが、その後《あと》になって、青蓮院《しょうれんいん》の僧正こそは、世をあざむく似非《えせ》法師じゃ、なぜなれば、なるほど、松を時雨《しぐれ》の歌は、秀逸にはちがいないが、恋はおろか、女の肌も知らぬ清浄《しょうじょう》な君ならば、あんな恋歌《こいか》が詠《よ》み出《いで》られるはずはない。必定《ひつじょう》、青蓮院《しょうれんいん》の僧正は、一生不犯《ふぼん》などと、聖《ひじり》めかしてはおわすが、実は、人知れず香《こう》を袂《たもと》に盗んで口を拭《ふ》く類《たぐい》で、祇園《ぎおん》のうかれ女《め》の墻《かき》も越えているのだろう、苦々《にがにが》しい限りである、仏法の廃《すた》れゆくのも、末法の世といわれるのも、ああいう位階のたかい僧正の行状ですらそうなのだから、まことにやむを得ないことだ、嘆かわしいことだなどと、讒訴《ざんそ》の舌を賢《さかし》げに、寄るとさわると、いい囃《はや》しているのです」

範宴《はんえん》は、自分のことでもいわれているように、眸《ひとみ》を恐《こわ》くさせて聞いていた。聞《き》き終《おわ》ってほっと息をつぎながら、僧正の面《おもて》が、どんな不快な気《け》しきに塗られているであろうと、そっとみると、慈円《じえん》は、

「ははは」と、肩をゆすぶって笑うのであった。

四

「妙な批判もあるものじゃな、そんなことを沙汰《さた》しおるか」

「中には、僧正を、流罪《るざい》にせよなどと、役所の門へ、投文《なげぶみ》した者もあるそうです」

「おどろき入った世の中じゃ、それでは人生に詩も持てぬ。文学も持てぬ。僧が、恋歌を作って悪いなら、万葉や古今のうちの作家をも、破戒僧というて責めずばなるまい」

「しかし、僧正の時雨《しぐれ》のお歌は、あまりにも、実感がありすぎるというて、女を知らぬ不《ふ》犯《ぼん》の僧に、かような和歌《うた》の作れるわけはないというのです」

「それがおかしい。僧とても、人間じゃ、美しい女性《にょしょう》を見れば美しいと思うし、真葛《まくず》ケ原《はら》の風でのうても、血もさわげば、恋も思う。まして、詩や歌の尊さは、人間としての真を吐露するところにあって、嘘《うそ》や、虚飾では、生命がない」そういって、慈円《じえん》は、世評の愚を一笑に附したが、客の朝臣《あそん》は、

「しかし、衆口金《しゅうこうきん》を熔《と》かすということもありますから、ご注意に如《し》くはありません」

「いわしておくがよい。自体、僧じゃから女には目をふさげ、酒杯《さかずき》の側にも坐《すわ》るなとは、誰がいうた。仏陀《ぶっだ》も、そうは仰せられん。信心に自信のない僧自身がいうのじゃ。また、僧を金襴《きんらん》の木偶《でく》と思うている俗の人々がいうのじゃ。われらには、自分の信心を信ずるが

ゆえに、さような窮屈なことは厭《いと》う。たとえば、いつであったか忘れたが、室《むろ》の津《つ》へ、船を寄せ、旅の一夜を、遊女《あそびめ》と共に過ごしたこともある。その折の遊君は、たしか、花漆《はなうるし》とかいうて、室の時めいた女性《にょしょう》であったが、津に入《い》る船、出る船の浮世のさまを語り、男ごころ女ごころの人情を聴き、また、花漆《はなうるし》の問法《もんぽう》にも答えてやり、まことによい一夜であったと今も思うが、みじんもそれが僧として罪悪であったとは考えぬ。月は濁池《だくち》にやどるとも汚れず、心浄《きよ》ければ、身に塵《ちり》なしじゃ、そして、娯《たのし》みなきところにも、娯《たのし》み得るのが、風流の徳というもの、誹《そし》るものには、誹《そし》らせておけばよい」

慈円《じえん》は、筆をとって、はや、想《そう》のできた和歌《うた》を、さらさらと書いていた。

朝臣《あそん》たちも、僧正のことばに感じ入って、歌作の三昧《さんまい》にはいり、いつとはなく、そんな話題もわすれてしまったらしい。

ほどよく、範宴《はんえん》は辞して、聖光院《しょうこういん》へかえった。しかし、きょうの話題は、牛車《くるま》のうちでも、寝屋《ねや》のうちでも、妙に胸に蝕《く》い入《い》ってならなかった。

そして、僧正がいわれただけの言葉では、まだ社会へ対して、答えきれていない気がするのであった。仏法と女性、僧人と恋愛、それは、決して、一首の和歌《うた》の問題ではない。

この数日、範宴《はんえん》はそのことについて、熱病のように考えてばかりいた。解けない提案にぶつかると、それの解けきれるまでは夢寐《むび》の間《あいだ》にも忘れ得ないのが彼の常であった。

それから十日ほど後。青蓮院《しょうれんいん》の文使《ふづか》いが見えた。師の僧正からで、頼みの儀があるから来てもらいたいという文面であった。

五

僧正は待っていた。いつもながら明快で、元気である。訪れた範宴《はんえん》の顔を見ると、

「よう来てくれた。実はちと頼みおきたいことがあって」と、人を遠退《とおざ》けた。

「何事でございますか」範宴《はんえん》は、何となく、青蓮院《しょうれんいん》のうちに、静中の動とでもいうような波躁《なみさわ》ぎを感じながら師の眉を見た。

「ほかではないが、ことによると、わしはしばらく遠地へ参るようになるかもしれぬ。で、留守中のことども、何分、頼みおきたい」

「突然なことをうけたまわります……して何地《いずち》へ？」

「何地《いずち》へともまだわからぬが、行くことは確からしい。いつ参るともさしつかえないように、これに、いろいろ覚え書をいたしておいた。後の始末、頼むはおもとよりほかにない」と書付《かきつけ》を一通、手筐《てばこ》のうちから出して、範宴《はんえん》のまえにおいた。

「かしこまりました」何も問わずに、範宴《はんえん》はそれを襟に秘めた。そして、

「さだめない人の世にござりますれば、仰せのよう、いつお旅立ちあろうも知れず、いつ

不慮のお移りあろうも知れず、とにかく、おあずかり申しておきます、どうぞ、いかなる時もお心やすくおわされませ」といった。

「うむ」慈円《じえん》は、自分の心を、鏡にかけて見てとるように覚《さと》っている範宴《はんえん》のことばに、満足した。

「たのむぞ」

「はい。しかしお心ひろく」

「案じるな、わしは、身の在るところに娯《たのし》み得る人間じゃよ、風流の余徳というもの。――いや、風流の罪か、ははは」玄関のほうには、しきりと、訪客の声や、取次《とりつぎ》の跫音《あしおと》が客殿との間をかよう。

範宴《はんえん》は、長座《ながい》を憚《はばか》って、師の居室《いま》を辞した。そして、廻廊《かいろう》をさがってくると、

「兄上」見ると弟の尋有《じんゆう》だった。

尋有《じんゆう》は、憂いにみちた顔をしていた。いつもながら病身の弱々しさと、善良で細かい神経につかれている眸《ひとみ》である。

「――もうお帰りですか」

「うむ、近ごろ体は」

「丈夫です」

「それはよい、真心をあげて、御仏《みほとけ》にすがり、僧正に仕えよ」

「はい。……あの、ただいま、師の御房《ごぼう》から、どんなお話がありましたか」

「おまえも、心配しているの」

「お案じ申さずにはおられません。わたくしのみでなく、ほかの弟子一統も、お昵懇《ちかづき》の人々も、みな、客殿につめかけて、あのように、毎日、協議しておりますが……」弟のことばに、ふと、そこから院の西の屋《おく》を見やると、なるほど、僧正の身寄りだの、和歌の友だの、僧俗雑多な客が、二十人以上も、通夜のように暗い顔をして、ひそひそと語っているのが遠く見えた。

六

尋有《じんゆう》は、眼をうるませて、

「あのうちに、師の御房《ごぼう》の和歌の御弟子《みでし》、花山院の若君がいらっしゃいます」

「お、通種卿《みちたねきょう》もおいでか」

「その他《ほか》の方々も、兄上にお目にかかって、ご相談いたしたい儀があると仰せられますが、おもどり下さいませんか」

「そうか」範宴《はんえん》は考えていたが、

た。

「お会いいたそう」

「お会いくださいますか」尋有《じんゆう》はよろこんで先に立った。客殿の人々は、

「聖光院《しょうこういん》の範宴御房《はんえんごぼう》じゃ」と、ささやきあって、愁いの眉に、かすかな力づよさを持った。

「時に、ご承知でもあろうが」と花山院の通種《みちたね》や、弟子の静厳《じょうごん》や、僧正の知己たちは、範宴《はんえん》を、膝でとりまいて、声をひそめた。

「――困ったことになりました。なんとか、貴僧に、よいお考えはあるまいか」と、いう。

僧正の例の問題である。

一首の和歌が、こんなに、険悪な輿論《よろん》を起《おこ》そうとは思わないので、僧正はじめ、僧正に親しい人々もわらって抛《ほ》っておいたところが、その後、問題は、禁中ばかりでなく、五山《ござん》の僧のあいだにも起《おこ》って、慈円放逐《じえんほうちく》の問責《もんせき》がだんだん火の手をあげてきた。そして、

(青蓮院《しょうれんいん》を放逐《ほうちく》せよ)とか、はなはだしいのは、

(遠流《おんる》にせよ)などという排撃のことばをかざして、庁に迫る者など、仏者のあいだや、官のあいだを、潜行的に運動してまわる策士があるし、朝廷でも、放任しておけない状態になったというのである。

で――いちど僧正を参内《さんだい》させ、御簾《ぎょれん》の前にすえて、諸卿《しょきょう》列席で糺問《きゅうもん》をした上、その答

えによって、審議を下してはどうかというので、この間うちから、青蓮院《しょうれんいん》へ向《むか》って、たびたび、お召しの使いが立っている。ところが、僧正は、

（古今、詩歌《しいか》に罪を問われたる例《ためし》なし、また、詩歌《しいか》のこころは、俗輩の審議に向《むか》って、説明はなし難し）と、いって、参内《さんだい》の召しに、応じようともしないのである。

再三の使者に、しまいには、頑然と首を振って、

「慈円《じえん》は、病で臥《ふ》しております」といって、居室に、籠ってしまった。

前《さき》の関白兼実《かんぱくかねざね》の実弟にあたる僧正として、この不快、不合理な問題に対して、それくらいな態度を示したのは当然であり、歌人の見識としても、はなはだもっともなことなのであるが、そのために、朝廷の心証はいっそう悪くなって、

「さらば、不問のまま、遠流《おんる》の議を奏聞すべし」という声が高まってきた。

月輪兼実《つきのわかねざね》が、朝廟《ちょうびょう》にあって、関白《かんぱく》の実権をにぎっている時代なら、当然、こんなことは起《おこ》らないのであるが、その月輪《つきのわ》公は、両三年前に、すでに官をひいて、禅閤《ぜんこう》ととなえ、今では隠棲《いんせい》しているので、それに代《かわ》って、朝《ちょう》に立った政閥《せいばつ》と、それを繞《めぐ》る僧官とが結んで、弟の慈円《じえん》僧正をも、青蓮院《しょうれんいん》から追い出して、自覚の僧で、その後にすわろうという謀《たく》らみなのでもあった。

「すておいては、僧正の罪を大きくするばかりです。範宴御房《はんえんごぼう》、師の君に代《かわ》って、貴僧

が、御所へ参って、申し開きをして下さるわけにはゆきませんか」

七

事件は複雑だ、裏と表がある。問題となった和歌などはむしろ排撃派の表面の旗にしか過ぎない、僧正があってはとかく思うままに振舞《ふるま》えない僧門の一派や、月輪兼実《つきのわかねざね》が隠棲《いんせい》したこの機《しお》に、旧勢力を一掃して、完全に自分たちの門閥《もんばつ》で朝廷の実権を占めようとする新任の関白藤原基通《かんぱくふじわらのもとみち》や鷹司《たかつかさ》右大臣などの意志がかなり微妙に作用しているものと見て大差ない。

したがって、この事件に対して、範宴《はんえん》には範宴《はんえん》の観察と批判があった。大体、彼は僧正の態度に、賛同していた、僧正の覚悟のほどにも、さもあることと共鳴していた。自分が叡山《えいざん》の大衆《だいしゅ》に威嚇され嘲罵《ちょうば》されても、その学説は曲げ得られないように、もし僧正が、堂上たちの陰険な小策に怯《お》じて、歌人としての態度を屈したら、詩に対する冒瀆《ぼうとく》であり、また僧正自身の人格をも同時に捨てて踏みつけることになる。

で範宴《はんえん》は、師の房《ぼう》が、遠流《おんる》になろうとも、あくまで正義を歪《ま》げないようにと心に禱《いの》り、今も、暗黙のうちに、師弟の心がまえを固めてきたところであるが、こうして、慈円《じえん》の弟子や知己や、和歌の友人たちが、一室のうちに憂いの眉をひそめたり嘆息をもらして胸を傷《いた》めあっている状《さま》を見ると、あわれにも思い、また師の老齢な体なども思われて、むげに、自己の考え方を主張する気にもなれなかった。

「おすがりいたします、範宴御房《はんえんごぼう》、この場合、あなたのお力に頼むよりほかに、一同にも、思案はないのでございます」

花山院の公達《きんだち》もいうし、静厳《じょうごん》もいうし、他の人々も、すべて同じ意見だった。範宴《はんえん》はやむなく、

「さあ、私の力で、及ぶや否《いな》やわかりませぬが、ご一同の誠意《まごころ》を負って、師の御房《ごぼう》に代《かわ》って参内《さんだい》してみましょう」と答えた。ちょうど、その翌《あく》る日にも、冷泉《れいぜい》大納言から、慈円《じえん》に病を押してでも参内《さんだい》せよという督促の使者が来た。弟子の静厳《じょうごん》から、

「先日もお答えいたした通り、僧正は病中にござりますが、もし、法弟の範宴少僧都《はんえんしょうそうず》でよろしければ、いつでも、参内《さんだい》いたさせますが」と代人を願った。使者が、折返《おりかえ》して、

「代人にても、苦しゅうないとの朝命です」といってきた。そして、日と時刻とを、約して行った。

その日は、寒々と、春の小雨が光っていた。

身を浄めて、範宴《はんえん》は、参朝した。御所の門廊をふかく進んで、

「聖光院門跡範宴少僧都《しょうこういんもんぜきはんえんしょうそうず》、師の僧正のいたつきのため、召しを拝して、代《かわ》りにまかり出《い》

でました」

取次《とりつぎ》の上達部《かんだちべ》は、

「お待ち候え」と、殿上へかくれた。

初めて、御所の禁苑まで伺候した範宴《はんえん》は、神ながらの清浄《しょうじょう》と森厳な気に打たれながら、また一面に、いかにして今日の使命をまっとうするか、僧正の名を辱《はずかし》めまいかと、ひそかに、心を弓のごとくに張っていた。

八

「使僧範宴《はんえん》とは、何者の子か」関白基通《かんぱくもとみち》が、鷹司《たかつかさ》右大臣を見ていった。

「さあ？」と鷹司卿《たかつかさきょう》はまた、冷泉《れいぜい》大納言のほうを向いて、

「おわきまえか」と訊《たず》ねた。

「されば、あの僧は、亡き皇后大進有範《だいしんありのり》の子にて日野三位《ひのさんみ》の猶子《ゆうし》にてとか」

「ほ。藤原有範《ふじわらのありのり》の子か」基通《もとみち》は、黙った。

公卿《くげ》たちの頭には、姓氏《せい》や家門というものが、人を見るよりも先に支配する。無名の者の家の子なら、大いに蔑《さげす》んでやろうと思ったかも知れないのである。

「そうか、有範《ありのり》の子か」囁《ささや》きがその辺りをながれた。時刻を指示してあるので、公卿《くげ》たち

は、衣冠をつらねて、範宴《はんえん》の参内《さんだい》を、待ちかまえていたところであった。

やがて次々《つぎつぎ》から、関白《かんぱく》まで、取次《とりつぎ》がとどく。基通《もとみち》は、またその由《よし》を、御簾《ぎょれん》のうちへ奏聞《そうもん》した。

一瞬、公卿《くげ》たちは、固唾《かたず》をのむ。末座遠く、範宴《はんえん》のすがたが見えた。いっせいに、人々の眼が、それへ射《い》た。

人々は、はっと思って、

（不作法者っ）と顔色を騒がせた。

なぜなら、ふつう、初めて参内《さんだい》する者は、遠い末席にある時から、脚はおののき、頸《うなじ》は、俯向《うつむ》き、到底、列座の公卿《くげ》たちを正視することなどできないものであるのに、範宴少僧《はんえんしょうそう》都《ず》は、怯《お》じるいろもなく、砧《きぬた》の打目のぴんと張った浄衣《じょうえ》を鶴翼《かくよく》のようにきちんと身に着け、眸《ひとみ》を、御簾《ぎょれん》から左右にいながれる臣下の諸卿《しょきょう》へそっと向けて、二歩三歩、座のところまで進んできた。

公卿《くげ》たちが、はっと感じたのは、あまりに、彼のすがたが巨《おお》きく見えたためであった。およそどんな武将や聖《ひじり》でも、この大宮所で見る時は、あの頼朝《よりとも》ですらも小さく見えたものである。それが、まだ一介《いっかい》の若僧《にゃくそう》にすぎない範宴《はんえん》が、いっぱいに眼へ映《うつ》ったことは、（不遜《ふそん》な）という憤りを公卿《くげ》たちに思わすほどであった。

しかし静かに、座をいただいて玉座のほうへむかい、やがて拝をする彼のすがたを見ると、公卿《くげ》たちの憤りも消えていた。

作法は、形ではなくこころである。範宴《はんえん》の挙止には真《まこと》が光っていた。天皇も仏子《ぶっし》であり、仏祖も天皇の赤子《せきし》である。仏祖釈尊《しゃくそん》もこの国へ渡ってきて、東なる仏国日本に万朶《ばんだ》の仏華《ぶつげ》を見るうえは、仏祖も天皇のみ心とひとつでなければならないし、天皇のおすがたのうちにも仏祖のこころがおのずから大きな慈愛となって宿されているはずである。

この国のうえに多くの思想や文化を輸入《いれ》たもうた聖徳太子《しょうとくたいし》のこころを深く自己の心の根に培《つちか》っていた範宴《はんえん》は、そういう常々のおもいがいま御座《ぎょざ》ちかくすすむと共に全身をたかい感激にひたせて、眩《まばゆ》い額《ぬかずき》をいつまでも上げ得なかったのである。

御簾《ぎょれん》のうちはひそやかであったが、土御門《つちみかど》天皇も、彼のそうした真摯《しんし》な態度にたいして、しきりにうなずかせられていた。

九

やがて、鷹司《たかつかさ》卿《きょう》が、

「使僧」と、よんだ。

「は」範宴《はんえん》は顔をあげた。

「おもと、何にても、師の慈円《じえん》にかわって、答え得るか」

「師のお心をもって――」

「うむ」うなずいて少し膝をすすめ、

「さらば問うが、不犯《ふぼん》の聖《ひじり》たる僧正が、あのような艶《なま》めかしい恋歌を詠《よ》み出《い》でたは、そも、どういう心情《こころ》か」

「僧も人間の子にございますゆえ――」

「なんじゃ」大胆な範宴《はんえん》の答えに、諸卿《しょきょう》は色をなして、

「――では、僧正も人間の子なれば、女犯《にょぼん》あるも、恋をするも、当《あた》りまえじゃと、おもとはいうか」

「さは申しあげませぬ」

「でも今、僧正も人間の子なればと、返答したではないか」

「いかなる聖《ひじり》、いかなる高僧といえ、五慾煩悩《ごよくぼんのう》もなく、悪業《あくごう》のわずらいもなく、生《うま》れながらの心のまま白髪になることはできません。大地はふかく氷を閉ざしても、春ともなれば、草は萌《も》え、花は狂う。その花もまた、永劫《とわ》に散らすまいとしても、やがて、青葉となり、秋となるように。――これを大地の罪といえましょうか、大いなる陽の力です、自然の法

則です」

「さような論は、云《い》い開《ひら》きにはならぬ、いよいよ、僧正の罪を、証拠だてるようなものじゃ」

「しかし」範宴《はんえん》の頬には若い血が春そののもののように紅《あか》くさした。

「しかし何じゃ」

「釈尊は、人間が、その自然の春に甘えて、五慾《ごよく》におぼれ、煩悩に焦《や》かれ、あたら、永劫《とわ》の浄土を見うしのうて、地獄にあえぐ苦患《くげん》の状《さま》を、あわれとも悲しいこととも思われました。さらば弥陀《みだ》は第一に、五戒を示し、五戒の条のひとつには、女色を戒《いまし》めておかれたのです」

「それを犯した僧正は堕落僧じゃ、遠流《おんる》に処して、法門の見せしめとせねばならん」

「僧正の身はご潔白です。あのお歌が、若々しい人間の恋を脈々とうたっているのでもわかります。密《ひそ》かに、女犯《にょぼん》の罪をかさね、女色に飽いている人間ならば、あのお年齢《とし》をもって、あのような若々しい歌は詠《よ》み出《いで》られません。もう、人間の晩秋に近い僧正の肉体です。それなのに、まだあのような歌が詠まれるのは、いかに、僧正が、今日もなおお若いお心でいるかという証拠であり、そういう肉体を老年まで持つには、清浄な禁慾《きんよく》をとおしてきたお方でなければならないはずです。ことにまた、ご自身に、お疑いのかかるような後ろぐらい行状があれば、なんで、情痴《じょうち》の惻々《そくそく》と打つような恋歌などを、歌会の衆座になど詠みましょうか。もっと、聖《ひじり》めかした歌を詠んで、おのれの心をも、人の眼をも、あざむこうとするにちがいありません」

範宴《はんえん》はすずやかにいって退《の》けた。ことばの底には、人を打つ熱があった。彼は、僧の禁《きん》慾《よく》がいかに苦しいものか、自分にとって尊いものか、現在の自分に比べても余りに分《わか》りすぎている。彼は、師の弁護をするという気持《きもち》よりも、いつか自分の行《ぎょう》の深刻な苦悩に対して、思わず涙を流していっているのであった。

十

弥陀《みだ》は、人間になし難いことを強《し》いた。五戒の約束がそれである。

求法《ぐほう》の僧衆《そうしゅう》が、最も苦しみ闘うのは、そのうちでも「女色禁」の一戒であった。女に対して、眼をつぶることは、生《うま》れながらの盲人《めくら》でさえもなし難い。

肉体の意慾《いよく》を、押しふせ、押しふせ、ある年月までの行《ぎょう》を加えてしまうまでは、たいがいな僧門の若者は、この一戒だけにも、やぶれてしまう。

しかも、この至難な行《ぎょう》をのりこえて、聖《ひじり》とか、高僧とかいわれるほどの人は、そのほとんどが、ふつうの人以上に、絶倫な体力や精根の持ち主であるので、その行のくるしいことも、人以上なものである。それはちょうど、一刻、一日ごとに、血まみれな心になって磨いてゆく珠玉《たま》にひとしい。磨けば磨いてゆくほど愛着のたかまるかわりに、ひとたび手から落《おと》してしまえば、十年の行も、二十年の結晶も、みじんに砕《くだ》けて、その人の求法《ぐほう》生活は、跡かたもないものになる。

――なんで慈円《じえん》僧正のような人がそんな愚をなそうか、僧正はすでに珠《たま》である、明朗と苦悩の域《いき》をとうに蟬脱《せんだつ》した人格は、うしろから見ても、横から見ても、「禁欲《きんよく》の珠玉」そのものである。

そのすずやかな蟬脱《せんだつ》のすがたは、歌人としては、随所に楽しむ――という主義の下《もと》に、人生を楽しみあそび、僧としては、浄土を得て、法燈《ほうとう》の守りに、一塵《いちじん》の汚れもとめない生活をしている。いかに、さもしい俗人の邪推《じゃすい》をもって僧正の身のまわりをながめても、僧正に、それ以上なものがなければ淋《さび》しかろうとか、不幸だろうとかいうようなことは考えもつかない沙汰《さた》である。さまでの僧正を、なおも強《し》いて穢《きた》なき臆測で見ようとする人々には、よろしく、僧正と共に青蓮院《しょうれんいん》に起臥《おきふし》してみるがよい。いかに、僧正が、女性《にょしょう》のない人生をとおってきても、そこに少しの淋《さび》しさも不自然さもなく、いる所に楽しんでいるかの姿がきっとわかるに違いない。

範宴《はんえん》は、縷々《るる》として、以上のような意味を、並《なみ》いる人々へ説いた。そして、

「若輩者《じゃくはいもの》が、おこがましい弁をふるいたてましたが、お師の君に、あらぬ世評のふりかかるは、弟子の身としても、口惜しい儀にぞんじます。何とぞ、煌々《こうこう》たる天判《てんぱん》と、諸卿《しょきょう》の御明断とを、仰ぎあげまする」といって、ことばを終《おわ》った。

僧である以上、さだめし難かしい仏典をひきだしたり、口賢い法語や呪文《じゅもん》で誤魔化《ごまか》すだろうと心がまえしていた人々は、彼の人間的な話に、

（正直な答弁である）と感じたらしく、その間に、口をさし挟む者がなかったばかりでなく、誰にもよく、僧正の人格というものが得心《とくしん》された。

主上は、御簾《ぎょれん》のうちへ、関白基通《かんぱくもとみち》を召されて、何か仰せられている御様子であった。

基通《もとみち》は、退《さ》がって、

「範宴《はんえん》に、料紙と硯《すずり》――を」と、側の者へいいつけた。

料紙台に、硯《すずり》と、そして、主上からの御題《ぎょだい》が載って、範宴《はんえん》のまえに置かれた。

十一

御題《ぎょだい》を詠じてさしだすと、こんどは、堂上たちが、

「この題で、一首」と、わざと困らすような難題を、次々にだした。

範宴《はんえん》は、筆を下に擱《お》かなかった。公卿《くげ》たちは、

「ほ……」と、その一首一首に、驚嘆をもらして、

「なるほど、歌才があれば、僧侶でも、どんなことでも自在に詠まれるものらしい」と、
今さらしく、うなずいている者もあった。

「慈円《じえん》は、よい弟子を持たれたものじゃ」範宴《はんえん》に対する諸卿《しょきょう》の眼は、急にものやわらかになり、そして、慈円《じえん》の咎《とが》めも、不問になった。

御簾《ぎょれん》を拝して、範宴《はんえん》は、退《さ》がろうとした。すると、

「ちと、待とう」と基通《もとみち》がいった。伝奏から、

「御下賜」とあって、檜皮色《ひわだいろ》のお小袖を、範宴《はんえん》に賜わった。

範宴《はんえん》は、天恩に感泣《かんきゅう》しながら、御所を退出した。

牛車《くるま》の裡《うち》に身をのせてから、初めて、ほっと心が常に返った。肌着にも、冷たい汗が感じられる。

「ああ、危ういことであった」しみじみと思うのである。

もし、きょうの使命をし損じたらどうであろう。堂上たちのあの空気では、恩師の流罪《るざい》もあるいは、事実として現れたかもしれない。

女色だの、食物だの、生活のかたちは、僧は絶対に俗の人と区別されているけれども、
政権の中にも僧があるし、武力の中にも僧の力がある、あらゆる栄職や勢力の争奪の中に

も、僧のすがたのないところはない。

もともと一笠《いちりゅう》一杖《いちじょう》ですむ僧の生涯に、なんで地位だの官位だのと、そんなわずらわしいものを、求めたり、持たせられたり、するのだろうか。

それがなければ、法門も、少しは浄化されるだろうに。衣食や女人ばかり区別しても、根本の生活行動が、政治や陰謀や武力と混同してあるいているのでは、何にもなるまい。

「だが……」と範宴《はんえん》は、自分を省《かえり》みて、自分のすがたに恥じないでいられなかった。自分の身にも、いつのまにか、金襴《きんらん》のけさや、少僧都《しょうそうず》の位階や、門跡《もんぜき》という栄職までついているではないか。

そして、今となっては、捨てるに捨てられない——

自己を偽《いつわ》れない範宴《はんえん》の気もちは、すぐにも、金襴《きんらん》や位階をかなぐりすてて、元の苦行の床《ゆか》へ返りたくなった。

「やがてまた、この身も、僧都《そうず》となり、僧正となり、座主《ざす》となり、そして小人《しょうじん》の嫉視《しっし》と、貴顕《きけん》の政争にわずらわされ、あたら、ふたたび生《うま》れ難《がた》き生涯を、虚偽の金襴《きんらん》にかざられて終《お》らねばならぬのだろうか」頬に手をあてて、湖《うみ》のごとく静かに、しかし悶々《もんもん》と、心には烈《はげ》しい懐疑の波をうって考えこんでいる範宴少僧都《はんえんしょうそうず》をのせて、牛車《くるま》の牛は、使いの首尾を晴れがましく、青蓮院《しょうれんいん》の門前へ返った。

きらら月夜

一

「火事じゃないか」廊下に立って、覚明《かくみょう》は、手をかざしている。

空は、ぼやっと白かった。夜霞のふかいせいか、月の明《あか》りはさしていながら、月のすがたは見えないのだった。

「そうよな……」性善坊《しょうぜんぼう》も、眉をよせて、

「五条あたりか」

「いや、川向うであろう」

「すると、師の房《ぼう》の参られたお館《やかた》に近くはないか」

「離れてはいようが、心もとない。上洛《じょうらく》中の鎌倉の大名衆や執権の家人《けにん》たちが、一堂に集まって、夕刻から、師の房《ぼう》に、法話をうかがいたいというので参られたのだが……」

「おぬし、なぜ、牛車《くるま》と共に、お待ち申していなかったのじゃ」

「でも先方で、夜に入《い》れば、必ず兵に守らせて、聖光院《しょうこういん》へお送り申しあげるゆえ、心おきなく、帰れというし、師の房《ぼう》も、戻ってよいと仰せられたから——」

「万一のことでもあっては大変じゃ。ちょっと、お迎えに行ってくる」

「いや、わしが行こう」覚明《かくみょう》が、駈《か》け出《だ》すと、

「覚明《かくみょう》、覚明《かくみょう》、今夜は、坊官の民部《みんぶ》殿もおらぬのだから、おぬし、留守番していてくれい」

性善坊《しょうぜんぼう》はもう、庫裡《くり》の方から外へ出ていた。

町へ近づくと、大路《おおじ》には、しきりに、犬がほえている。しかし、空の赤い光をたよりに駈《か》けてきたが、加茂川《かもがわ》の岸まで来ぬうちに、火のいろは消えて、その後ろの空が、どんよりと暗かった。

ばらばらと、辻《つじ》から出てくる町の者に、

「凡下《ぼんげ》、火事はもう消えたのか」

「へい、消えたようでございますな」

「どこじゃったか」

「六条の、なんとやらいう白拍子《しらびょうし》の家と、四、五軒が焼けたそうで」

「ははあ、白拍子《しらびょうし》の家か。——では、近くに、貴顕のお館《やかた》はないのか」

「むかしは、存じませんが、今はあの辺り、遊女や白拍子《しらびょうし》ばかりがすんでおりますでな」

「やれ安心した」ほっとしたが、凡下《ぼんげ》のことばだけでは、まだ何となく不安な気もするし、もう、師の房《ぼう》の法話もすんだころであろうと、性善坊《しょうぜんぼう》は、走ることだけはやめて、足はそのまま五条の大橋を北へ渡って行った。

橋のうえから北は、さすがに、混雑していた。いつまでも去りやらぬ弥次馬が、遊女町の余燼《よじん》をながめて、

「また、盗賊の仕業《しわざ》か」

「そうらしいて。悪酔いして、乱暴するので、遊ばせぬと断ったところが、手下どもを連れて、すぐひっ返し、見ているまえで、火を放《つ》けて逃げおったということじゃ」

「なぜ、見ていた者が、すぐ消すなり、人を呼ばぬのじゃ」

「そんなことすれば、すぐあだをされるに決まっとるじゃないか。鎌倉衆のお奉行ですら、あいつばかりは、雲や風みたいで、どうもならん人間じゃ」

そんな噂《うわさ》をしあって、戦慄をしていた。

二

その夜、範宴《はんえん》が求められて法話に行った武家邸《ぶけやしき》は、火事のあった六条の遊女町とはだいぶ距《へだ》たっていたが、それでも、性善坊《しょうぜんぼう》が息せいて行きついてみると、門前には高張《たかはり》をつらね、数多《あまた》の侍だの、六波羅《ろくはら》衆の鞍をおいた駒などが市《いち》をなしていなきあい、こもごもに玄関へ入って、火の見舞いを申し入れていた。

法話に集《つど》っていた人々も、火事ときいて、あらかたは帰ったのであろう。性善坊《しょうぜんぼう》は、混雑のあいだをうろうろしながら、家の子らしい一人の侍に、

「うかがいますが」と、腰を下げた。

「こよいの法筵《ほうえん》にお越しなされた聖光院《しょうこういん》の御門跡《ごもんぜき》は、どちらにおいで遊ばしましょうか」

「御門跡《ごもんぜき》？……。おお、あのお方なら、今し方、戻られた」

「ははあ、では、もうご帰院にござりますか」

「たった今、お館《やかた》の牛車《くるま》に召されて」

「お供は」

「郎党が、二、三名従《つ》いて行ったはずだが、折悪く、火災があってのう、充分なお送りもできず、申しわけのないことじゃった。おぬしは聖光院《しょうこういん》の者か」

「はい」

「いそいで行ったら追いつこうもしれぬ。ようお詫《わ》びしておいてくれい」性善坊《しょうぜんぼう》はふたたび巷《ちまた》へもどって往来《ゆきき》の牛車《くるま》の影に注意しながら駈《か》けて行《い》った。けれど、どこで行きちがったか、五条でも会わず、西洞院《にしのとういん》でも会わず、西大路でも会わない。

聖光院《しょうこういん》へもどるとすぐ、

「覚明《かくみょう》、師の房《ぼう》は、お帰りなされたか」

「いいや。……おぬし、お供してもどったのではないのか」性善坊《しょうぜんぼう》は、早口に、巷《ちまた》のありさまや行った先の口上を話して、

「わしは、駈《か》けてはきたが、それにしても、もう師の房《ぼう》の方が先にお着きになっていると思うたが……」

「それは、心もとないぞ」覚明《かくみょう》は、房の内から顔を出して、空を仰ぎながら、

「遅いのう」

「うム……いくらお牛車《くるま》でも」

「胸さわぎがする」と、奥へかくれたと思うと、覚明《かくみょう》は、逞しい自分の腰に太刀の革紐《かわひも》を結《ゆわ》いつけながら出てきて、ありあう下駄を穿《は》き、

「行ってみよう」と、山門をくぐった。

ひところ、叡山《えいざん》の西塔《さいとう》にもいたという義経《よしつね》の臣、武蔵坊弁慶《むさしぼうべんけい》とかいう男もこんな風貌ではなかったかと性善坊《しょうぜんぼう》は彼のうしろ姿を見て思った。

東山の樹下から一歩一歩出てゆきながらも、二人は今に彼方《かなた》から牛車《くるま》の軌《わだち》の音が聞《きこ》えてくるか、松明《たいまつ》の明《あか》りがさすかと思っていたが、ついに祇園《ぎおん》へ出るまでも、他人の牛車《くるま》にすら会わなかった。

「いぶかしい？」

「牛車《くるま》に召されたとあるからは、この大路よりほかにないが」並木の辻《つじ》に立って見廻《みまわ》していると、松のこずえから冷たいものが二人の襟《えり》へ落ちてくる。

三

性善坊《しょうぜんぼう》や覚明《かくみょう》が、その夜も更《ふ》けるまで血まなこになって探しているのに、どうしても師の牛車も見あたらなければ、院へも帰って見えなかったのは、次のような思いがけない事故と事情が、範宴《はんえん》の帰途に待っていたからだった。

…………

まだ六条の燃えている最中。

鎌倉者の郎党が三人ばかり、松明《たいまつ》をいぶし、牛車の両わきと後ろに一人ずつ従《つ》いて、

「退《の》け、退《の》けっ」火事を見に走る弥次馬だの、逃げてくる凡下《ぼんげ》や女子供を押しわけて、五条大橋を東へこえてきたのが範宴《はんえん》をのせて聖光院《しょうこういん》へ送ってくる牛車であった。川をへだてているものの、火とさえいえば、六波羅《ろくはら》のまえは、四門《しもん》に兵を備え、出入りや往来へ、きびしい眼を射向けている。

辛《から》くも、そこを押し通って、西洞院《にしのとういん》の辻《つじ》まで来ると、鎌倉者にしては粗末な具足をつけた小侍《こざむらい》が、

「待てっ」と、ふいに闇から槍をだした。

供をしてきた郎党は透《す》かさず、

「怪しい者ではござらぬ、これは頼家公のお身内土肥兼季《どひのかねすえ》が家の子にござるが、こよい法話聴聞のために、聖光院《しょうこういん》よりお迎え申した御門跡範宴少僧都《ごもんぜきはんえんしょうそうず》の君を、ただ今、主人のいいつけにてお送りもうす途中でござる」といった。辻警固《つじがため》の小侍《こざむらい》は、

「範宴少僧都《はんえんしょうそうず》とな」と、念をおした。

「されば」明答すると、

「役目なれば――」つかつかと牛車のそばへ寄ってきて、ぶしつけに簾《れん》の内をのぞき見してから、

「よろしい通れ」と許した。会釈《えしゃく》して、まっすぐに進もうとすると、また、呼びとめて、

「あいや、こう行かれい」と、西を指さした。

それでは廻《まわ》り道《みち》になると説明すると、小侍《こざむらい》は、一方の大路にはこよい探題の邸《やしき》へしのんで賊を働いた曲者《くせもの》があって、討手が歩いているし、胡散《うさん》な者と疑われるとどんな災難にあうかもしれぬから親切に注意するのだといって、

「それをご承知ならばどう参ろうとこちらの知ったことじゃない」と、そら嘯《うそぶ》いた。

辻警固《つじがため》にそういわれるものを無用にも進みかねて、範宴《はんえん》の意をうかがうと、

「遠くとも、廻《まわ》り道《みち》をいたしましょう、轍《わだち》の入らぬ細道へかかりましたら、降りて歩くも苦しゅうはありません」

「では牛飼」

「へい」

「すこしいそげ」西へ曲がって進ませた。

その牛車《くるま》と松明《たいまつ》の明《あか》りを見送って、下品な笑いかたをして、舌を出した。すると、並木の暗がりで、

「あははは」突然、大勢の爆笑が起《おこ》って、ぞろぞろと出てきた異様な人影が、偽役人《にせやくにん》の彼をとり巻いてその肩をたたき、

「まったく、うめいや、てめいの作り声だの素振りだのは、どう見たって、ほんものの小

役人だ。おかしくって、おかしくって、あぶなく、ふき出すところだったぞ、この道化者《どうけもの》め」と、ある者は、彼の薄い耳を引ッぱって賞《ほ》めそやした。

四

黒い布《ぬの》を顔にぐるぐると巻いた背の高い男である。裁著《たっつけ》の腰に革巻《かわまき》の野太刀の背にふさわしい長やかなのを横たえ、五条大橋の方から風のように疾《と》く駈《か》けてきたが、そこの辻《つじ》に佇《たたず》んで笑いあっている一群《ひとむれ》を見ると近づいてきて、

「阿呆ども、そんなところに立って、何をげたげた笑っているのだ」

「あッ、親分ですか」

「並木の蔭《かげ》へでも引込《ひっこ》んでいろ。それでなくとも、六条の町の火放《ひつ》けは、天城四郎《あまぎのしろう》のしわざだと、もう俺たちの噂《うわさ》が、火よりも迅《はや》く迫っている」

「なあに、たった今まで、そこの並木の後ろにかくれて、親分の見えるのを待っていたんですが、そのうちに誰かが、退屈がって、通りかかった坊主の牛車《くるま》を止めて、六波羅《ろくはら》役人の真似《まね》をし、南へ行こうとする奴を西へ行けと、遠廻《とおまわ》りをさせたもんだから、みんなうれしがって、囃《はや》していたところなんで」

「馬鹿野郎、いたずら事ばかりしてよろこんでいやがる。同じ悪戯《わるさ》をするならば、でっか

いことを考えろ、もっと途方もない慾《よく》を持て。どうせ悪党の生涯は、あの炎のように、派手で狂おしく風のまま、善業悪業《ぜんごうあくごう》のけじめなく、したい放題にこの世の物を慾《よく》の煙の中に攫《さら》って短く往生してしまうのだ。ケチなまねをしても一生、大慾《たいよく》大罪の塔《とう》を積んでも同じ一生――」骨柄といい弁舌といい、この男がこの一群の頭領であって、すなわち、京の人々が魔のごとく恐れているところの天城《あまぎ》の野武士木賊四郎《とくさのしろう》にちがいない。

四郎《しろう》は部下たちへ、こうひと演舌してすぐに、

「いや、それどころじゃねえ」とつぶやいた。

そして、西洞院《にしのとういん》の白い大路《おおじ》を透《す》かしてみながら、

「もう追ッつけ来る時分だ……手はずをきめておかなくっちゃいけねえ、蜘蛛太《くもた》、てめえは柄《がら》が小さいから人目につかなくっていい。五条のたもとまで行って、轅《ながえ》に螺鈿《らでん》がちりばめてある美しい檳榔毛《びろうげ》の蒔絵輦《まきえぐるま》がやってきたら、そっと、後を尾《つ》けてこい。――それから他《ほか》の者は、並木の両側にかがんで輦《くるま》の行くままに気どられないようにあるいてゆけ。俺が、口笛を吹いたら、前後左右から輦《くるま》へかかって、中の者を引っさらい、何も目をくれずに、淀《よど》の堤までかついで行くのだ」

「なんですか、その中の者てえな」

「後で拝ませてやる、俺が今、火事場に近い巷《ちまた》から見つけてきた拾い物だ、今夜、こんな

拾い物があろうたあ思わなかった」

「ははあ、親分が見つけたというからにはまた、きりょうの美《い》い女ですね」

「何を笑う。——自分を楽しませた後に、室《むろ》の港へもってゆけば、大金《おおがね》になる女だ、しかも今夜のは、やんごとなき上﨟《じょうろう》の君で、年ばえも瑞々《みずみず》しく、金釵紅顔《きんさこうがん》という唐《から》の詩にある美人そのままの上玉だ、ぬかるなよ」四郎《しろう》は、いい渡して、

「蜘蛛太《くもた》はどこへ行った?」と見廻《みまわ》した。

するとと、群れのあいだから、河童頭《かっぱあたま》のおそろしく背の短い男が出てきて、

「ここにいます」と四郎《しろう》の顔を見上げて立った。

五

四郎《しろう》の命をうけて、蜘蛛太《くもた》の小さい影が、五条口のほうへ駈《か》けてゆくと、いつのまにか他《ほか》の手下たちも、両側の並木の闇へ、吸われるように隠れ込んでしまう。
一人——四郎《しろう》だけが辻《つじ》に立っていた。
火事の煙がうすらぐと共に、世間の騒音も鎮《しず》まって、おぼろな月明《つきあか》りが更《ふ》けた夜をいちめんの雲母《きらら》光りにぼかしていた。
やがて——そう間もないうちに——五条口から西洞院《にしのとういん》の大路を、キリ、キリ、とかす

かな轍《わだち》の音が濡《ぬ》れた大地を静かにきしんでくる。

（来たな）

と、四郎《しろう》は知るもののごとく知らないもののごとく、依然として、腕ぐみをしたまま辻《つじ》に突っ立っていると、たしかに、彼がさっき、朱雀《すじゃく》のあたりで火事のやむのを待っている雑閙《ざっとう》の中で見とどけた一輛《いちりょう》の蒔絵輦《まきえぐるま》が、十人ほどの家の子の打ちふる松明《たいまつ》に守られながら、大路の辻《つじ》を西へ曲《まが》りかけた。

すると、そこに、天城四郎《あまぎのしろう》が石仏のように、腕ぐみをしながら立っているので、

「シッ！」牛飼が、声をかけた。

それでも動かないので、輦《くるま》のわきにいた公卿侍《くげざむらい》が、

「退《の》かぬかっ」叱りつけると、四郎《しろう》は、初めて気づいたように顔をふり向け、赤々と顔をいぶす松明《たいまつ》に眼をしかめながら、

「あ、ご無礼いたしました」

「かように広い道を、しかも、人も通らぬに、何で邪魔な所に立っているか、うつけた男じゃ」

「実は、手前はこよい関東の方から、初めて京へ参ったばかりの田舎侍《いなかざむらい》で、道にまようて、ぼんやりと、考えていたもんですから」

「退け退け」

「はい、退《の》きますが、少々ものをおうかがいいたす」と四郎《しろう》は初めて、二、三歩身をうごかして、一人の公卿侍のそばへ寄って頭《かしら》を下げ、

「鳥羽《とば》へ参るには、どの道をどう参ったらよいでござろうか」何気なく方角を指さして教えていると、四郎《しろう》は、その侍が胸に革紐《かわひも》でかけている小筥《こばこ》をいきなりムズとつかんで、奪《と》りあげた。

「あっ、何をする！」と叫んだ時は、すでに彼の影は輦《くるま》から九尺も跳《と》んでこっちを見ながら、

「欲しくば、奪《と》り回《かえ》せ」と、筥《はこ》をさしあげて見せびらかした。

供の家の子たちは仰天して、

「おのれ、それには、今日の御所の御宴《ぎょえん》で、姫君がさるお方からいただいた伽羅《きゃら》の銘木《めいぼく》が入っているのじゃ、下人などが手にふれたら、罰があたるぞ、返やせ、返やせ！」

「はははは、ちっとも、罰があたらないからふしぎだ」

「おのれっ」

松明《たいまつ》が飛ぶ——

ぱっと火の粉を浴びながら四郎《しろう》は駈《か》けだした。口笛をふきつつ駈《か》けだした。悪智の計る

ことは知らずに、輦《くるま》をすてて、侍たちは彼一人を追いまわして行った。

六

眼のいろ変えた供の侍たちを、ほどよい所までおびき寄せて、四郎《しろう》は、「よしっ」と自分へいって立ちどまった。そして、銘木《めいぼく》の小筥《こばこ》を、「これも金になる」と、その革紐《かわひも》を自分の首にかけて、やおら、長い野太刀の鯉口を左の手につかみながら、追ってきた人々を睨《にら》んで、

「貴様たち、命はいらないのか。おれを誰と思う、天城《あまぎ》の住人木賊四郎《とくさのしろう》を知らないやつはないはずだが、心得のない奴には、俺が、どんな人間かを示してやる。のぞみのやつは出てこいっ」

天城四郎《あまぎのしろう》と聞いて、人々はぎくとしたように脚の膝ぶしをすくめたが、

「だまれっ、鎌倉衆の探題所はすぐそこだぞ。わめけば、すぐに役人たちが辻々《つじつじ》へ廻《まわ》るぞ。足もとの明るいうちに、その銘木を返せ、お姫様《ひいさま》にとっては、大事な品じゃ」

「わははは、役人が怖くて、悪党として天下を歩けるか。ばかな奴だ。試しに呼んでみろ、天城四郎《あまぎのしろう》と聞けば、役人のほうで逃げてしまうわ」

「ほざきおったな」十人もおればと味方の頭かずをたのんでいっせいに刃《やいば》を抜きつらねて

斬ってかかると、四郎《しろう》は好む業《わざ》にでもありつくように、野太刀の鞘《さや》を払って天魔のように持ち前の残忍を揮《ふる》いだした。

逃《に》げ損《そこ》ねた者が二、三人、異様な声をあげて横たわった。折も折、彼らが二町も後ろに置き捨ててきた輦《くるま》のあたりから、姫の声にまちがいない帛《きぬ》を裂《さ》くような悲鳴が流れてきた。それにも狼狽《ろうばい》したであろうし、四郎《しろう》の暴れまわる殺気にも胆を消したとみえ、侍たちは、足も地につかないでいずこへか逃げてしまった。

死骸の衣服で、ぐいぐいと刀の血をふきしごいて四郎《しろう》は、肩のこりでもほぐしたように、両手の拳《こぶし》をたかく空へあげ、

「ははははは」何がおかしいのか独りで笑った。

するとそこへ、河童頭《かっぱあたま》の侏儒《こびと》に似た小男が駈《か》けてきて、

「親分」

「蜘蛛《くも》か、どうした？」

「うまくゆきました」

「女は」

「ひっかついで、この道は、人に会うといけないから、並木のうしろの畑道を駈《か》けてきます」

「そうか」跳ぶが如く、堤《どて》を一つこえて、畑のほうを見ていると、蜘蛛太《くもた》のことばのように、一《ひと》かたまりの人影が、輿《こし》でもかつぐように、肩と肩とを寄せ合って、堤と畑とのあいだを、いっさんに駈《か》けてくる。

黙って、四郎《しろう》も走る、蜘蛛太《くもた》も走る、そして、四、五町も来るとようやく安心したもののように息をやすめて、

「おい、一度下ろせ」と四郎《しろう》がいった。

露をもった草の上に、ふさふさとした黒髪と、五《いつ》つ衣《ぎぬ》の裳《すそ》を流した、まだうら若い姫の顔がそっと横に寝かされた。

「かわいそうに夜露に冷えてはいけない、俺の膝に、女の頭をのせろ」と、四郎《しろう》は堤の蔭《かげ》に腰をすえた。

七

「どこかへ、体をぶつけやしまいな」

自分の膝に、姫の顔をのせて、琅玕《ろうかん》のように透《す》きとおっているその面《おもて》と、呼吸をしていない紅梅のような唇元《くちもと》を見て、四郎《しろう》はいった。

「手荒なことはしませんぜ」手下どもは、首をあつめて、その顔を見入った。

そして、仮死したままうごかない黛《まゆずみ》と、五《いつ》つ衣《ぎぬ》につつまれた高貴さとに、女性美の極致を見たように茫然と打たれながら、

「ウーム……なるほどすごい」

「気だかい」

「上品だ、やはり、氏《うじ》のよい女には、べつなものがあるなあ」四郎《しろう》は、悦に入って、

「どうだ、俺の眼は」姫の額《ひたい》にかかっている黒髪のみだれをまさぐりながら、

「そこらの田に、水があるだろう、何か見つけて、掬《すく》ってこい」

「淀《よど》から舟に乗せてしまうまで、このまま、気を失っているままにしておいたほうがよかアありませんか、なまはんか、水をくれて、気がつくとまたヒイヒイとさわぎますぜ」

「しかし、淀まではだいぶある、その間に、これきりになってしまっちゃあ玉なしだ、いちど、泣かせてみたい、心配だからとにかく水をやってみろ」

「甘いなあ、親分は」一人が水を掬《すく》いに行くと、そのあいだに四郎《しろう》は、

「女にあまいのは、男の美点だ、女にあまいぐらいな人間でなくて何ができるか、男の意欲のうちで、いちばん大きなものが、他人《ひと》は知らず、俺は女だ。清盛《きよもり》にせよ、頼朝《よりとも》にせよ、もし女嫌いだったら天下を取ろうという気も起《おこ》さなかったろう。その証拠には、あいつらが天下をとると、なによりもまっ先に振舞《ふるま》うのは、自分がほしいと思う女はすぐ手にかけ

ることじゃないか、俺は無冠の将軍だ、天下の大名どものうえに坐《すわ》ってみようたあ思わないかわりに、きっと、これと思う女は、手に入れてみせる」そこへ、土器《かわらけ》の破片《かけら》に、水をすくってきた男が、

「親分、水を」

「口を割ってふくませろ」姫は微かにうめいて、星のような眸《ひとみ》をみひらき、自分をとりまいている怖ろしい人間どもの顔を悪夢でも見ているように見まわしていた。

「生きている」四郎《しろう》がつぶやくと、手下どもが、どっと腹をかかえて笑った。その声は、雲間から吹き落ちた天飈《てんぴょう》か魔のどよめきのように姫のうつつを驚かしたに違いない。姫は、ひいっ——と魂の声をあげて、四郎《しろう》の肩を突きのけて走りかけた。

「どこへ行くっ？」四郎《しろう》は、裳《すそ》をつかんで、

「姫、もう諦《あきら》めなければいけない、落着《おちつ》いて、俺の話を聞け」

「誰ぞ、来て賜《た》も」姫は、泣きふるえた。

黒髪は風に立って、姫の顔を、簾《すだれ》のようにつつんだ。

八

それよりは少し前に清水坂《きよみずざか》の下を松原のほうへ曲がって、弥陀堂《みだどう》の森からさらに野を横

切ってくる二つの人影がある。

師の範宴《はんえん》の帰途《かえり》を案じてさまよっている性善坊《しょうぜんぼう》と覚明《かくみょう》のふたりで、

「覚明《かくみょう》、あれではないかな」

「どれ？」

「むこうの畷《なわて》」

「ほ、いかにも」

「松明《たいまつ》の明《あか》りらしい」野を急いでゆくと、果たして、牛車に三、四人の郎党がつき添って西へ向《むか》って行くのであるが、どうやら道を迷っているものの如く、自信のない迷者の足どりが時折立ちどまってはしきりと不安な顔をして方角を案じているのである。

「うかがい申すが――」不意に、こう覚明《かくみょう》が声をかけると、車のそばの眼がいっせいにふり向いて、

「何かっ？」と、鎌倉ことばで強くいった。

「車のうちにおわすのは、もしや聖光院《しょうこういん》の御門跡《ごもんぜき》様ではござりませぬか」すると、簾《れん》の内で、

「おう」と、範宴《はんえん》の声がした。

「お師様」性善坊《しょうぜんぼう》はそばへ駈《か》け寄《よ》って、宵の火事さわぎや、諸処を探《さが》し廻《まわ》ったことを告げ、

「なぜ、いつもにもなく、かような道へお廻《まわ》りなされましたか。これでは、いくらお迎えに参っても、分《わか》るはずはございませぬ」

「いや、西洞院《にしのとういん》から東の大路《おおじ》は、なにやら、六波羅《ろくはら》に異変があって、往来を止めてあるとのことで……」と、送ってきた従者が答えると、性善坊《しょうぜんぼう》は、不審な顔をして、

「はて、あの大路は、つい先ほども幾《いく》たびとなく、師の房《ぼう》を探すために往還《ゆきかえ》りしたが、なにも、さような気配はなかった」

「でも、明らかに、役人が辻《つじ》に立っていて、そう申すので、やむなく、並木からこの畷《なわて》へ出てきたが、馴《な》れぬ道とて、いっこう分《わか》らず、困《こう》じ果てていたところ、お弟子衆が見えられて、ほっといたした」

「ご苦労でござった」と、覚明《かくみょう》も共に、礼を述べて、

「これから先は、吾々《われわれ》両名でお供して帰院いたすほどに、どうぞ、お引取《ひきと》りねがいたい」

「では、牛車《くるま》はそのまま召されて」

「明日、ご返上申します」

「いや、雑色《ぞうしき》をつかわして、戴《いただ》きに参らせる、それでは、お気をつけて」送ってきた鎌倉者の侍たちは、牛飼も連れて、そこから戻ってしまった。

おぼろな野の中に牛車《くるま》をとめて師弟は、宵の火事のうわさだの、法筵《ほうえん》の様子だのを話し

あって、しばらく春の夜の静寂《しじま》に放心を楽しんでいたが、やがて、覚明《かくみょう》は牛の手綱を握って、

「兄弟子、そろそろ参ろうじゃないか」

「行こうか。——急に安心したせいか、すっかり、落着《おちつ》きこんでしもうた。牛は、わしが曳《ひ》こう」

「いや、わしのほうが、馴《な》れているぞ」覚明《かくみょう》は、もう先に歩いていた。つづいて夜露に濡《ぬ》れて汚れた軌《わだち》が重たげに転《まわ》りだす。

そして、およそ三、四町ばかり元の道へ引《ひ》っ回《かえ》して、並木の入口が彼方《あなた》に見えたかと思うころ、覚明《かくみょう》は、足をとめて、空の音でも聞くような顔をした。

九

「……耳のせいかな？」と、覚明《かくみょう》がつぶやくと、

「なんじゃ」性善坊《しょうぜんぼう》も立ちどまった。

するとこんどは明らかに、田か、野か、ひろい夜霞の中で笛のさけぶような女の声がながれて行った。

「あっ……」車廂《くるまびさし》へ、簾《れん》をあげて、範宴《はんえん》も遠くを見ていた。何ものかをその眼が見とど

けたらしく、

「不愍《ふびん》な……」といった。そして、

「あれはまた、里の女が、悪い者にかどわかされてゆく泣き声ではないか。鎌倉殿の世となって、世は定まったようにうわべは見ゆるが、民治はすこしも行きわたらず、依然として、悪者は跳梁《ちょうりょう》し、善民は虐《しいた》げられている」

眉をひそめて嘆かわしげにいったが、とたんに、覚明《かくみょう》は、手綱を、牛の背へ抛《ほう》って、

「救うてとらせましょう」すぐ走って行った。

性善坊《しょうぜんぼう》は、師のそばを離れることは不安だし、覚明《かくみょう》ひとりではどうあろうかと、しばらく、佇《たたず》んだまま見ていたが、おぼろな中に消えた友のすがたは、容易に帰ってこなかった。

「人を救うもよいが、覚明《かくみょう》は、勇に逸《はや》るのみで、一人を救うがため千人をも殺しかねない男じゃ、性善坊《しょうぜんぼう》、見て参れ」範宴《はんえん》も、心もとなく思われたか、車のうちからそういった。

「では、しばらくお一人で」いい捨てると、彼の体も、弦《つる》から放たれたように迅《はや》かった。

堤《どて》のすそを流れる小川を跳んで、まだ冬草の足もとに絡《から》みつく野を、いっさんに走ってゆく。

行くほどに、やがて、罵《ののし》る声だの、得物《えもの》を打ちあう音だのが、明らかに聞きとれてきて、

雲母《きらら》月夜の白い闇を、身を低めて透《す》かしてみると、覚明《かくみょう》法師ただ一人に、およそ、十四、五名の魔形《まぎょう》の者が諸声《もろごえ》あわせて挑《いど》みかかっているのだった。

「助勢に来たぞよ、覚明《かくみょう》」近づきつつ、性善坊《しょうぜんぼう》は、身を挺《てい》して、悪人たちの中へ割り入ろうとしたが、その時、突《とつ》として横あいに傍観していた一人の男が、野中の一本杉の根本からつぃと彼の前へ寄ってきて両手をひろげ、彼をして、覚明《かくみょう》の助勢をすることを不能にさせてしまった。

「おのれも、賊の組か」前に立った人影の真っ向へ拳《こぶし》をかためて一撃をふり下ろすと、相手は、飄《ひょう》として、身をかわしながら、

「てめえは、性善坊《しょうぜんぼう》だな」

「やや」

「天城四郎《あまぎのしろう》を忘れはしまい」

「オオ、何で忘れよう、おのれとあっては、なおゆるせぬ」

「邪魔をすると、気の毒だが、命がないぞよ、常とちがって、今夜の仕事は、大事な玉だ」

見れば、一本杉の根もとには、彼らがここまでかついで走ってきた姫の体が、要心《ようじん》ぶかく縛《くく》りつけてある。その姫の顔には、声を出さないように、猿ぐつわが噛《か》ませてある。

十

正義を踏んで立つ背には仏神がある。

「南無《なむ》っ」といって性善坊《しょうぜんぼう》は武者ぶりついて行った。

どこの女御《にょご》かわからぬが、この悪人の餌《え》にさせてはならぬ。今もって、悪業《あくごう》を行《ぎょう》とし、京都を中心に近畿《きんき》いったいをあらし廻《まわ》る浄土の賊天城四郎《あまぎのしろう》の贄《にえ》にさせてなろうかと、相手の正体を見、被害者の傷々《いたいた》しい姿を見ると、彼の怒りはいやが上にも燃えて、

「南無《なむ》っ」組んで倒さんとすると、四郎《しろう》も満身を怒肉《どにく》に膨《ふく》らませて、

「うぬっ」

「南無《なむ》っ」

「うぬっ」死力と死力とでもみあううちに、仏神の助勢も、この魔物の悪運には利益も施《ほどこ》す術《すべ》なく見えて、

「あっ――」といったとたんに、性善坊《しょうぜんぼう》の体は、大地へめりこむように叩きつけられていた。四郎《しろう》はすぐ跳びかかって、

「どうだ、この野郎」馬乗りになって、彼の体に跨《また》がり、短刀をぬいて、切先を擬《ぎ》しながら、

「ふだんから望んでいる西方浄土へ立たしてやる」すでに刺されたものと性善坊《しょうぜんぼう》が観念したときである、彼方《あなた》の大勢を、ただひとりの腕力で、蜘蛛《くも》の子のように蹴散《けち》らした太夫《たゆう》房覚明《ぼうかくみょう》がふと振向《ふりむ》いて、

「おのれっ」投げたのは、彼が、賊の手下から奪って賊を痛めつけていた金輪《かなわ》の嵌《はま》った樫《かし》の棒であった。

あたったら四郎《しろう》の頭蓋骨は粉になっていたろう、四郎《しろう》はしかしハッと首を前へかがめた。棒が、ぶうんと唸《うな》って背なかを越してゆく。それと、性善坊《しょうぜんぼう》が足をあげて下から彼を刎《は》ね返《かえ》し、また、覚明《かくみょう》が駈《か》けてきて、四郎《しろう》の肩をつよく蹴ったのと、三つの行動が髪一《ひと》すじの差もない一瞬だった。

（しまったっ）というような意味のことばを何か大きく口から洩らしながら、四郎《しろう》の体は、性善坊《しょうぜんぼう》の上を離れて、亀の子のように転がったが、そこで刎《は》ね起《お》きたり、土をつかんだりするような尋常な人間ではなかった。蹴転《けころ》がされると、そのまま、自分の意地も加えてどこまでもごろごろと転がって行って、四、五間《けん》も先へ行ってから、ぴょいと突っ立ち、

「やいっ、範宴《はんえん》の弟子ども」と、こなたを見ていうのだった。

「よくも、邪魔をしたな、忘れるなよ」呪詛《じゅそ》に満ちた声で、こういい捨てると、まるで、印をむすんで姿を霧にする術者のように、影は、野末へ風の如く走って行った。

十一

「女性《にょしょう》、もうご心配はない」

「吾々《われわれ》は、聖光院《しょうこういん》の者じゃ、お供達もおわそうに、どう召された」

「負って進ぜる、背におすがりなされ」二人のこういう劬《いた》わりの言葉さえも、姫の耳に、はっきり入っているかどうか、姫は気もなえて、ただ、向けられた覚明《かくみょう》の背を見ると、わなわなと顫《おのの》きつつ、しがみついた。

二人は師の房《ぼう》の牛車《くるま》のそばまで戻ってきて、

「お待たせいたしました。やはり、参らねば一人の女性《にょしょう》が、悪人の贄《にえ》になるところでした」範宴《はんえん》は、車からさしのぞいて、

「どこのお方か」

「まだ訊《き》いてみませぬ」

「供の人でもおらぬのか」

「いるかもしれませぬが……見あたりません」

「いずこまで戻るのやら、負うても参れまい、わしが降りてやろう」

「お師さまはお歩きになりますか」

「うむ……」もう、範宴《はんえん》は足をおろしていた。姫は、疲れきった意識の下《もと》にも、何か、気がねをするらしく見えたが、覚明《かくみょう》の背から、車のうちに移されると、初めて、真に安堵《あんど》をしたらしく、

「ありがとうぞんじまする」微かにいってまた、

「西洞院《にしのとういん》の並木までゆけば輦《くるま》もあり、供もいるはずでございますから……おことばに甘えて」

「お気づかいなさるな」牛車《くるま》はすでにゆるぎ出した。範宴《はんえん》は、なにか空想に囚《とら》われていたらしく、牛車《くるま》が廻《まわ》りだしたのに驚いたかのような容子《ようす》をした。そして、それに添って歩みだした。

しかし、姫のいう並木まで来ても、姫の従者は誰もいなかった。ただ一輛《いちりょう》の蒔絵輦《まきえぐるま》が、路ばたの流れの中へ片方の軌《わだち》を落《おと》して傾《かし》いでいた。

「誰も見えんわ。女性《にょしょう》、お住居《すまい》はいずこでおわすか、ことのついでにご門前まで送ってとらせようと師の房《ぼう》が仰せられる。いず方の姫君か、教えられい」覚明《かくみょう》が、車のうちへいうと、

「月輪禅閤《つきのわぜんこう》の息女《むすめ》です」と、かすかに裡《うち》でいう。

「えっ」驚いたのは、覚明《かくみょう》や性善坊《しょうぜんぼう》ばかりではない、範宴《はんえん》も意外であったように、

「では、あなたは、月輪《つきのわ》殿のご息女《そくじょ》……するとあの玉日姫《たまひひめ》でいらっしゃるか」

「はい」だいぶ落着《おちつ》いたらしく、はっきりと姫は答えた。

「やはり……仏天のおさしずじゃった……道に迷うたのも、吾々《われわれ》が師の房《ぼう》をさがし求めて行きあわせたのも……。なんと、ふしぎじゃないか」性善坊《しょうぜんぼう》は覚明《かくみょう》と顔を見あわせて、そういった。

青蓮院《しょうれんいん》の僧正の姪《めい》にあたる姫の危難を、僧正のお弟子にあたる師の房《ぼう》が救うということは、そもそも、どうしてもただの偶然ではない。仏縁の他《ほか》のものではない。ありがたい大慈の奉行《ほうこう》に勤めさせていただいたものであると、二人は、涙をながさないばかりによろこび合った。

十二

月輪《つきのわ》の里まで送って行くつもりであったが、姫を乗せた牛車《くるま》が四、五町行くと、彼方《かなた》から一団の焔《ほのお》と人影とが駈《か》けてくるのと出会った。

人々は、手に手に松明《たいまつ》をかざしていた。また、太刀だの、長柄《ながえ》だの、弓だのを携《たずさ》えていた。そして此方《こなた》の牛車《くるま》を見かけると、

「怪しげな法師、通すな」と取り囲んで騒《ざわ》めいた。性善坊《しょうぜんぼう》は、疾《と》く察して、

「もしや、おのおのは、月輪殿《つきのわ》のお召使ではありませぬか」

「さればじゃが……そういうところを見ると、おぬし達は、姫ぎみの身について、なにか存じているところがあるに相違あるまい。姫は、どうしたか、存じ寄りもあらば教えてくだされい」

「その玉日《たまひ》様ならば、これからお館《やかた》へお送りしようと考えてこれまで参ったところです。おつつがなく、牛車《くるま》のうちにおいで遊ばされる」嘘《うそ》かと疑っているらしく、初めは、そういう性善坊《しょうぜんぼう》の面《おもて》を睨《にら》みつけていたが、やがて、前後の事情をつぶさに訊《き》かされたうえ、姫のために車を与えて、車の側《わき》に歩行しているのは聖光院門跡《しょうこういんもんぜき》の範宴《はんえん》であるときかされて、月輪《つきのわ》家の人々は、大地へ手をつかえて、

「知らぬこととは申せ、無礼の罪、おゆるし下さいませ」

「これこそ、あらたかな御仏《みほとけ》の御加護と申すものでございましょう」

「館《やかた》のおよろこびもいかばかりか……」

「いずれ改めてご挨拶に出向きまする」

「ああ、ほっとした」

「ありがたい」と、いってもいってもいい足りないような感謝の声をくりかえして、人々は、姫の側近《そばちか》くに集まった。覚明《かくみょう》は牛の手綱を渡して、

「では、確かに、姫の身は、お渡しいたすぞ」

「はい。……それでは」と月輪《つきのわ》家の者が代《かわ》って曳《ひ》いた。姫は、車の裡《うち》から、

「この車まで、いただいては」と、遠慮していった。

「どうぞ、そのまま」範宴《はんえん》は、姫の顔を、前よりも鮮やかに見た。

姫は、涙でいっぱいになった眸《ひとみ》で、頭《かしら》を下げた。その黒髪の銀釵《ぎんさ》はもう揺れだした軌《わだち》に燦々《きらきら》とうごいていた。召使たちは、何分にもお館《やかた》の心配を一刻もはやく安んぜねばと急ぐように、車の返却や礼のことばは明日改めてとばかり先を焦《せ》いて曳《ひ》いて行った。

廻《まわ》る輪の光を迅《はや》く描いて、軌《わだち》は白い道に二筋の痕《あと》をのこして遠ざかった。キリ、キリ、と朧《おぼろ》な闇に消えてゆく車の音に、範宴《はんえん》は、いつまでも立ちすくんでいた。おそろしい力が、今自分の信念もいや生命までも肉と魂とを引き裂いて胸のうちから引っ張ってゆくのではないかと気づいて、慄然《りつぜん》と、われに回《かえ》った眼で、雲母《きらら》曇りの月を探した。

牡丹の使い

一

冷《つめ》たい円座に身を置き、冷《つめ》たい机に肱《ひじ》をよせ、範宴《はんえん》は何かの筆を執《と》っていたが、その筆を投げるようにおいて眼をとじた。眉に一すじの針が立つ。

かろく頭をふりうごかしている。そしてまた、筆を執《と》った。

「…………」無我になろうとする、無想の境にはいろうとする、写経の一字一字に、筆の穂に、あらゆる精をこめて——雑念《ぞうねん》を捨てて——

怖いような横顔であった。筆の軸にかけている指の節々にさえ異様なものがこもっているように見える。

「……少僧都《しょうそうず》様、御門跡《ごもんぜき》様、御写経中を恐れいりまするがちと申し上げまする」

坊官の木幡民部《こばたみんぶ》である。最前からうしろに両手をつかえて機《おり》を見ているのであったが、容易に範宴《はんえん》の耳に入らないらしい。——で、少しすり寄って畏《おそ》る畏《おそ》るこういうと、

「何か」と、範宴《はんえん》は顔を向けた。きっと射るような眼を向けた。

「お客殿に、あまり永《なご》うお待たせ申し上げておりますが」

「誰が？」と、考えるようにいう。

これには民部《みんぶ》もちょっと意外な面指《おもざし》を示した。花山院の公達《きんだち》がいつぞやの僧正の件についての礼に来ているということはもう半刻《はんとき》も前に取次《とりつ》いであるのに——と思ったが、もういちど改めて、

「花山院の御公達《きんだち》が見えられて、先ほどより、お客間にいらっしゃいますが」

「そうそう、そうであったな」

「お通し申し上げましょうか」

「いや、待て。……今日は範宴《はんえん》、何とも体がすぐれぬゆえにと——ようお詫《わ》びして帰してくれい」

「は……。ではお会いなさいませぬので」

「何とも、会いとうない」やむを得ず民部《みんぶ》は退《さ》がってゆくのであったが、いつに似気《にげ》ないこともあるものだと思った。客に接するのにこういうわがままなどいったことのない範宴《はんえん》である。それに、この数日来というものは、語気にも霜のようなきびしさと蕭殺《しょうさつ》たる態度があって、ほとんど人をも近づけぬ烈《はげ》しさが眉にあらわれることがある。

（師の君は、近ごろ、どうかなされている）それは民部《みんぶ》のみが感じるのではない。性善坊《しょうぜんぼう》もいうし、あの神経のあらい覚明《かくみょう》でさえ気づいている。

いや、気づいていることは範宴《はんえん》自身が誰よりも知っていた。そして、こういう自分の焦躁《しょうそう》を、自ら省《かえり》みて口惜しいとも浅ましいとも思い、あらゆる行《ぎょう》に依ってこの焦《いら》だちを克服してしまおうと努めるのであったが、意識すればするほどかえって心はみだれがちになり、あらぬもののほうへ囚《とら》われてしまうのであった。

こういう現象は、つい七日ほどまえの夜からであった。あの夜以来、範宴《はんえん》の眸《ひとみ》にも、心にも、常に一人の佳人《かじん》が棲《す》んでいた。追おうとしても、消そうとしても、佳人《かじん》はそこから去らなかった。そしてある時は夢の中にまで忍び入って、範宴《はんえん》の肉体を夜もすがら悩ますのであった。

二

一日ごとに春は熟《う》れてくる。

範宴《はんえん》は狂わしい眼で外を見た。聖光院《しょうこういん》の庭は絢爛《けんらん》な刺繍《ししゅう》のようだった。連翹《れんぎょう》のまっ黄いろな花が眸に痛い気がする。木蓮《もくれん》の花の白い女の肌にも似た姿が意地わるい媚《こび》のように彼には見えた。

何を見ても触れても、甘酸《あまず》っぱい春の蜜を湛《たた》えている自然である。蜂も、鳥も、猫も、恋をしていた。

(人間もその自然の下《もと》にあるものなのに)範宴《はんえん》は自分に宿命した自分の秘密を、時には、不幸な胎児《たいじ》のように不愍《ふびん》に思うことがあった。

絶対に、この世の光を浴《あ》みさせることのできない秘密の胎児――生《うま》れでる約束をもたずに出命した暗闇《くらやみ》の希望――こういう煩悶《はんもん》に彼は打ち勝とうとすればするほど人格の根柢から崩《くず》されてしまうのだった。

「玉日《たまひ》……」思わず口の裡《うち》でこう呼んでみて、せめてもの心遣《こころや》りにすることすらあった。

熱い息の中で、

「玉日《たまひ》……」と、声なくいってみるだけでも幾《いく》らかの苦悶のなぐさめにはなる気がしたが、とたんに、自己のすがたを振向いて、聖光院門跡範宴《しょうこういんもんぜきはんえん》という一個の人間を客観すると、

「ああ……」手を顔におおって潸然《さめざめ》と御仏《みほとけ》のまえに罪を謝したくなる。つよい慚愧《ざんき》と、自責《じせき》の笞《しもと》に、打って打って打ちぬかれるのだった。誰か、杖《つえ》をあげて、(この外道《げどう》)と肉の破れるほど、肉体がいまわしい空想や欲望を抱《いだ》く知覚を失ってしまうほど、打ちすえてくれる人はないものかと思う。

彼は、泣いて、仏陀《ぶつだ》のまえへ走った。そして、ほとんど狂人のようになって誦経《ずきょう》した。

また、一室にこもって凝坐《ぎょうざ》した。

（だめだ）脆《もろ》くも、そういう叫びが雑念《ぞうねん》の底からもりあがる。

磯長《しなが》の太子堂《たいしどう》に、叡山《えいざん》の床《ゆか》に、あの幾年《いくとせ》かの苦行も今はなんの力のたしにもならなかった。瞼《まぶた》をとじれば瞼《まぶた》の中に、心をしずめればその心の波に、空を仰げば空の藍《あい》の中に、玉日《たまひ》の姿が見えて去らない。

「いっそ、僧正におうち明けして、僧正のお叱りをうけようか」とも考え、また、南都の覚運僧都《かくうんそうず》のもとへ行って、ありのままに訴えてみようかとも幾《いく》たびか思い悩んだが、聖光院《しょうこういん》の門跡《もんぜき》という地位がゆるさないことだし、彼自身の性格としても、自分の力で解決しなければならない問題だと思うのであった。そして、この苦悶を克服することが、自分を完成するかしないかの境目であるとも考えていた。いかにして、精神が肉体に克《か》つか、信仰が肉体を服従させきれるか、彼は、二十八歳の青春と旺《さかん》なその血液とを、どうしたら灰のような冷たいものにさせてしまうことができるかということにこの三月《みつき》を懊悩《おうのう》の裡《うち》に暮《くら》していた。

三

東山に雲が低く降りていた。白く乾いた道に、埃《ほこり》が舞う。

「おお、ひどい」どこかの奥仕えらしい中年の女が、立ちすくんで、裳《もすそ》を押えた。落花を捲いてゆくつむじ風が、女の胸にかかえている一枝《ひとえだ》の牡丹《ぼたん》の葉を挘《むし》るように強く吹いた。

「童女《わらべ》、童女《わらべ》、傘をさして賜《た》も」風がすぎると、もうぱらぱらと雨がこぼれてきた。

柄《え》の長い飴色《あめいろ》の大きな傘を、童女《わらべ》はうしろから翳《さ》しかけた。

「聖光院《しょうこういん》はまだかの」

「あの白い壁の御門がそうではありませんか」雨は小粒になって、風も止み、雲も切れて、湯気のような春光の中に、どこかで啼く鶯《うぐいす》の声がしていた。

童女は、濡《ぬ》れた傘をたたんだ。そして聖光院《しょうこういん》の式台へかかって、

「おたのみ申します」といった。

坊官が出てきてひざまずいた。そして、女の姿と、牡丹《ぼたん》の枝に眼をみはった。女はしとやかに、

「私は、月輪禅閤《つきのわぜんこう》の奥に仕える万野《までの》と申すものでございますが、御門跡《ごもんぜき》様へお目にかけたいとて、室咲《むろざき》の牡丹《ぼたん》を一枝、お姫様《ひいさま》の思《おぼ》し召《めし》で持参いたしました。また、この御書面は、お父君の禅閤《ぜんこう》様からのお墨、御返事をいただけますれば倖《しあわ》せにぞんじます。……どうぞよしなに、お執次《とりつ》ぎを」と、牡丹《ぼたん》に添えて、書面をさしだした。

坊官は、木幡民部《こばたみんぶ》へ、その由《よし》を告げた。民部《みんぶ》は、月輪《つきのわ》からの使いと聞いて、

「どうぞご休息を」と、万野《までの》を控えの間へ通した。

「これはお見事な……」と、牡丹《ぼたん》をながめて民部《みんぶ》はつぶやいた。花はまだ開いていないが、雨に濡《ぬ》れた葉の色が美しかった。

さっそく、範宴《はんえん》の室へ、民部《みんぶ》はそれを持って行った。範宴《はんえん》は、姫からの贈り物と聞いて、眉に、よろこびをたたえた。

書面を一読して、すぐ、返事を認《したた》めた。そして使いを帰した後で、みずから白磁《はくじ》の壺《つぼ》をとりだして、それへ牡丹《ぼたん》を挿《い》けた。

「……あの人の姿のままだ」白磁《はくじ》の水ぎわから生々と微笑《ほほえ》んでいる枝ぶりをながめて、範《はん》宴《えん》はその日の憂鬱《ゆううつ》を忘れていた。

禅閤《ぜんこう》からの書面には、いつぞやの礼を尽《つく》してあった。玉日姫《たまひひめ》の難を救ってもらったことが、父として、どれほどかありがたくうれしかったものとみえて、その礼の使者は今日ばかりではない、青蓮院《しょうれんいん》の僧正を通じたり、直接に家臣を向けてよこしたり、あらゆる感謝の意を示したのであるが、範宴《はんえん》にとっては、今日の牡丹《ぼたん》の一枝ほどうれしい贈り物はなかった。

しかし、それでもまだ禅閤《ぜんこう》は恩人に対しての誠意があらわしきれない気がするものと見えて、今日の書面では、ぜひ、青蓮院《しょうれんいん》の僧正と共にいちど館《やかた》へ遊びにきていただきたい、なにも、ご歓待はできないが、月輪《つきのわ》の桜も今がさかり、月もこのごろは夜はわけても佳《よ》し、折から、めずらしい琵琶《びわ》法師が難波《なにわ》から来て滞在しているから、平家《へいけ》の一曲をお耳に入れ、姫や自分からも、親しく、先ごろのお礼を申しのべたい、という懇切な招きなのであった。

範宴《はんえん》は、いずれ僧正と相談の上で——と返辞したが、心はむろん行くことに決めていた。

峰阿弥がたり

一

吉野の桜はもう散って吹雪になっていたが、月輪《つきのわ》の里の八重桜は今が見ごろだった。

雪のように梢《こずえ》に積んだ厚ぼったい花は、黄昏《たそがれ》と共に墨のように黒ずんでいたが、やがて宵月《よいづき》の影がその花の芯《しん》にしのび入るころになって、万朶《ばんだ》の桜が、青銀色な光をもって、さわさわと乾いた音を風の中に揺り動かした。

「こよいの客人《まろうど》は、姫の生命《いのち》の親じゃ、粗略がないように」と、月輪《つきのわ》の館《やかた》では、禅閤《ぜんこう》を初め、家族たちや召使の端までが、細かい気くばりをもって、門《かど》を清掃して、待っていた。

やがて、一輛《いちりょう》の牛車《くるま》に、二人の客が同乗してきた。むろん、範宴《はんえん》と慈円《じえん》僧正である。

「お待ち申しておりました」家臣は、列を作《な》して迎えた。禅閤《ぜんこう》は式台まで出迎えて、

「ようこそ」と、みずから客殿へ導いてゆく。

前《さき》の摂政太政大臣《せっしょうだいじょうだいじん》であり関白《かんぱく》の重職にまでなった禅閤兼実《ぜんこうかねざね》の住居《すまい》だけあって、その豪壮な庭構えや室内の調度の贅沢《ぜいたく》さには眼も心も奪われるような心地がする。

範宴《はんえん》は、数年前に、師の僧正と一緒《いっしょ》に、いちどここへ来たことがある。その時は、見るかげもなく痩せおとろえて旅から帰ってきたばかりであったし、自身もまだ名もない一学徒にすぎなかったので、ここの家臣たちは誰もその時のみすぼらしい若法師がこよいの主客であるとは気がついていないようであった。大勢の侍女《こしもと》たちと一緒に何か遊戯をしている所へ来あわせたので、自分にも眼かくしをせよといって困らせられたことを範宴《はんえん》は今ぼんやりと思い出していた。

その姫はまだ顔を見せなかった。たくさんな燭《しょく》のあいだを美しい人々が高坏《たかつき》やら膳やら配ってまわる。みな一門の人々であろう、範宴《はんえん》と僧正とを中心にして十人以上の人々がいながれている。

「酒《さき》は参られるのか」まず主客の範宴《はんえん》に、禅閤《ぜんこう》からすすめると、範宴《はんえん》は、

「いただきませぬ」と、はっきりいった。

僧なのでむげにはすすめなかった。僧正はすこしは嗜《たしな》む口なのである。それに、主《あるじ》の禅閤《ぜんこう》とは骨肉の間がらではあるし、ここへ来てはなんのわけ隔てもない。

「範宴《はんえん》のいただかぬ分は、わしがちょうだい申そう、こよいは、お志に甘えて、堪能《たんのう》するほど飲もうと思う、帰りには、車のうちまでかいこんでもらいたいものだ、それだけは頼んでおくぞ」僧正はそういっていかにも帯紐《おびひも》を解いたような容子《かたち》で杯をかさねはじめた。

禅閤《ぜんこう》も、今は隠棲《いんせい》して老後をたのしむ境遇である。こういう夜は、客よりも、彼自身の生活のふくらみであった。

「青蓮院《しょうれんいん》どの、それでは、主客顚倒《てんとう》というものではないか」

「なに、範宴《はんえん》には、料理をたんと出しなされ」

「範宴御房《はんえんごぼう》、どうぞ、お箸《はし》をおとりくだされい」

「いただいています、僧正のこういう自由なお姿を見ているのは、私として、何よりの馳走に存じます。また、羨《うらや》ましくも思われます」

「ははは、範宴《はんえん》が、何かいうとる」僧正はもう陶然《とうぜん》と酒仙の中の人だった。

二

「姫が見えぬが」とやがて僧正が訊《たず》ねた。月輪禅閤《つきのわぜんこう》は、侍臣をかえりみて、「まだ支度《したく》か。客人《まろうど》もお見えになっているのに」と、つぶやいた。

「お伝えして参りましょう」侍臣の一人が立って行った。花明《はなあか》りの廊下の彼方《あなた》へその姿が朧《おぼろ》になってゆく。廊には、燈《ともし》の入った釣龕燈《つりがんどう》が幾《いく》つとなく連なっていて、その奥まった一室に、姫は、帳《とばり》を深く垂れて、化粧をしていた。

湯殿から上がったばかりの黒髪はまだ濡《ぬ》れていた。童女《わらべ》たちは、柳裏の五《いつ》つ衣《ぎぬ》を着た彼女のうしろに侍《はべ》っていいつけられる用事を待っていた。侍女の万野《までの》は、姫の黒髪の根に伽《きゃ》羅《ら》の香を炷《た》きこめたり、一すじの乱れ髪も見のがさないように櫛《くし》をもって梳《す》いたりしていた。

やがて、姫は鏡を擱《お》いた。そこへ廊下からの声が、

「お姫様《ひいさま》。叔父君にも、お客人《まろうど》にも、お待ちかねでございまする」万野《までの》がすぐ、

「はい、もううかがいます」と答えた。

窓から花明《はなあか》りの風がさやさやと流れこんで姫の黒髪を乾かした。

「お姫様、それでは」促《うなが》すと、玉日《たまひ》は、静かに立って童女《わらべ》や万野《までの》と連れだって自分の部屋を出た。そして、客殿の輝かしい明《あか》りが池殿の泉に映って見えてくると、玉日《たまひ》は、立ちどまってしまった。

万野《までの》が振り向いて、

「お姫さま。どう遊ばしたのですか」姫は、欄《らん》の柱へ顔をかくして、

「何やら、面映《おもは》ゆうなった」

「まあ……何の面映《おもは》ゆいことがございましょう、お内輪の方ばかりですのに」

「でも……」

龕《がん》のうえから、白い花びらが一《ひと》ひら蛾《が》のように舞って、姫の黒髪にとまった。万野《までの》が手をのばす前に、姫は自身の手でそれをとって、指の先で、弄《もてあそ》びながら、

「私が、ご挨拶に出ないでもいいのでしょう。お父君から、ようく、お礼をいってくださるから」

「そんなことはなりません」万野《までの》は、姫が、いつものわがままを出して、駄々をこねるのであろうとばかり受け取っていたので、ややうろたえた。

「さ……参りましょう。なんで、こよいに限って、そんなにお羞恥《はにか》み遊ばすのですか」

「羞恥《はにか》むわけではないけれど……」

「では、よいではございませぬか」手を引くようにして、万野《までの》と姫とが、客殿のほうへ近づいてゆくと、眼ばやく、叔父の僧正が、

「見えられたな、さあ、ここへこい、わしのそばへ」と、さしまねく。

僧正の眼には玉日姫《たまひひめ》が、いつまでたっても、無邪気な少女としか見えなかった。今になっても、時々範宴《はんえん》を子ども扱いするように、玉日《たまひ》をも、幼子《おさなご》のままに見て、膝の上へでも乗せそうに呼ぶのであった。

三

僧正が戯《たわむ》れでもいわなければ誰も座を和《やわ》らげる者はなかった。姫のひとみは眩《まば》ゆいものの前にあるように、絶えず俯向《うつむ》きがちであるし、範宴《はんえん》も口かずをきかないのである。ことに、かんじんなその主客が酒をたしなまないので、禅閤《ぜんこう》は興のしらけるのを懼《おそ》れるように、しきりとみずから銚子を取って杯に心づかいをしたり、世事のうわさなどを持ち出して話題を賑わせたりしていたが、やがて側の者に何かささやくと、その家臣は館《やかた》のどこからか一人の盲目法師の手をひいて、この客殿へ伴《ともな》ってきた。

「これは近ごろ名高い琵琶《びわ》の上手で、峰阿弥《みねあみ》という法師です」禅閤《ぜんこう》が、紹介《ひきあ》わせると、盲目の峰阿弥《みねあみ》法師は与えられた席へ琵琶《びわ》をかかえてもの静かに坐《すわ》って、黙然《もくねん》と頭《かしら》を下げた。

もう五十に近かろう、長い眉毛《まゆげ》には霜がみえる、深く窪《くぼ》んでいる眼は針のように細い線があるだけだった。盲人の癖として、首をすこし傾《かし》げたまま、客の容子《ようす》や灯りの数や自分の位置がどういう辺りにあるかを勘で見ているらしい面持ちであった。

「峰阿弥《みねあみ》といわれるか」僧正がたずねると、

「はい」声のほうへ頭《かしら》を向けて、

「かような貴人のおん前に召されまして、冥加《みょうが》のいたりでございます」

「酒《ささ》はのむか」

「むかしは過ごしましたが、このごろは……」

「眼はすこしも見えぬようじゃな」

「業《ごう》の報《むく》いでございましょう」

「幼少から？」

「いいえ十年ほどまえからでございました。いかなる病毒をうけましたやら、ほとんど一夜のうちに眼がつぶれ、その当座はまったく世の中が闇になったように思いましたが、馴《な》るるに従って不便もわすれ、いささか好む琵琶《びわ》を弾《ひ》いて生業《なりわい》といたし、こうして花に月に、風のままに召さるる所へ参じては御宴《ぎょえん》の興をたすけ、独りになれば琵琶《びわ》を妻とも子とも思うて暮しておりますと、いっそ、眼が開《あ》いて五慾《ごよく》の煩悩《ぼんのう》にくるしんでいた時よりは、心も清々《すがすが》としてよいように存じまする」

「ははは、ようしたもののう」禅閤《ぜんこう》は、範宴《はんえん》へ向《むか》って、

「何ぞ曲をのぞんでやってください、唐曲《とうきょく》も弾《ひ》くし、平家《へいけ》も詠《うた》う」峰阿弥《みねあみ》は、手を振って、

「なかなか、唐曲《とうきょく》などは」と謙遜《けんそん》した。

範宴《はんえん》は、曲を聴くこともものぞましいが、もっと、この法師の身の上やまた眼が見えぬ人間の生活が訊《き》きたかった。

だが峰阿弥《みねあみ》は、客が倦《う》まぬうちにと思ったか、琵琶《びわ》をかかえ直して、はやくも絃《いと》を調べにかかる。四絃《しげん》のひびきがすると、端居《はしい》していた侍たちだの、次の間にいた童女《わらべ》や召使までが、席へ近くにじり寄って皆耳をすましていた。

四

琵琶《びわ》の海老尾《えびお》に手をかけて、四つの絃《いと》の捻《ねじ》をしきりと合せていた峰阿弥《みねあみ》は、やがて、調べの音が心にかなうとやや顔を斜めに上げて、客か主人かが所望の曲をいい出すのを待っているような容子《ようす》であった。そこで、僧正が問を入れた。

「法師」

「はい」

「そちの琵琶《びわ》は唐作《からづく》りのように見ゆるが、やはり舶載物《はくさいもの》か」

「いいえ、古くはございますが、日本でできたものでございましょう、銘《めい》に、嵯峨《さが》とありますゆえに。それに、唐琵琶《からびわ》は多く胴を花梨《かりん》でつくりますが、これは、日本の黄桑《こうそう》でございます」

「日本に琵琶《びわ》の渡ってきたのは、いつのころからであろう」

「さよう――」峰阿弥《みねあみ》は、見えない眼をしばたたいて、

「よう、存じませぬが、推古朝《すいこちょう》の時代、小野妹子《おののいもこ》が隋《ずい》の国から持ってきたと申す説、また、仁明帝《にんみょうてい》の御世《みよ》に遣唐使藤原貞敏《ふじわらのさだとし》が学んで帰朝したのが始まりであると申す説と、いろいろにいわれておりまするが、いずれにしても天平《てんぴょう》のころからあったということは光明皇后から東大寺《とうだいじ》へ御寄進なされました御物《ぎょぶつ》を拝見いたしましても頷《うなず》けることでございましょう」

「本朝で、琵琶《びわ》の上手といわれる人は」

「ただ今申しました藤原貞敏卿《ふじわらのさだとしきょう》や宇多源氏《うだげんじ》の祖敦実親王《あつざねしんのう》、また親王の雑色《ぞうしき》で名だかい蟬丸《せみまる》」

「当代では」

「畏《おそ》れ多いおうわさでございますが、高倉天皇の第四の王子、上皇とおなり遊ばしてから は後鳥羽院《ごとばいん》と申し上げているあの御方《おんかた》ほどな達人は先ずあるまいと下々《しもじも》の評でございまする」禅閤兼実《ぜんこうかねざね》はうなずいて、

「いかにも」と相槌《あいづち》をうった。

峰阿弥《みねあみ》は問わず語りに、

「私などが存じあげた沙汰《さた》ではございませんが、世評によると、後鳥羽院《ごとばいん》と仰せられる御方は、よほど秀才だと申すことです。新古今和歌集《しんこきんわかしゅう》の撰《せん》を御裁定あそばしたり、故実の講究にもおくわしく、武道に長じ、騎馬と蹴鞠《けまり》はことのほか優《すぐ》れておいで遊ばすそうで、わけても下々の驚いているのは、画なども、ふつうの画工などは遠く及ばないものだと申すことでございます。――その後鳥羽院《ごとばいん》はまた、御気性のすぐれておいで遊ばすだけに、今は亡き源義経《みなもとのよしつね》公とは、たいそうお心が合って、勤王《きんのう》の志のあつかった義経《よしつね》公を、いまだに時折、ご側近の方々へ嘆きをお洩《も》らしなさるそうでございます。そして、頼朝《よりとも》公の亡き後《あと》の北条一族の専横《せんおう》を御覧《ごろう》ぜられ、武家幕府の奢《おご》りを憎み給い、やがては鎌倉の末路も久しからずしてこうぞよという諷刺《ふうし》をふくめて、前司行長《ぜんじゆきなが》に命じて著作《つく》らせましたのが、このごろ、しきりと歌われる平家《へいけ》の曲でございます。上皇はそれを、性仏《せいふつ》という盲人に作曲させ、民間へ流行《はや》らせることまでお考えになりました。その御心《みこころ》は忠孝な道の節義を教え、奢《おご》る者の末路を誡《いまし》められましたものでございまして、私の語るところも、実はその性仏《せいふつ》から教えをうけたものでございますゆえ、まだ糸にも歌にも馴《な》れぬ節が多いので、さだめし、お聞きづらかろうと思うのでございます」

五

燭《しょく》が白々と峰阿弥《みねあみ》の肉の削《そ》げた頰にゆらいでいた。人々は、平家《へいけ》の曲が近ごろ流行していることは知っていたが、後鳥羽院《ごとばいん》のお心にそういう深いお考えがあることは、誰も初めて知ったようであった。

僧正は側にいる範宴《はんえん》をさして、

「これにいる少僧都《しょうそうず》範宴《はんえん》は、今峰阿弥《みねあみ》のいうたように、後鳥羽院《ごとばいん》より格別な寵遇《ちょうぐう》を賜《たも》うた義経《よしつね》公とは復従兄弟《またいとこ》の間がらじゃ、院の御心を偲《しの》び参《まい》らせ、また、こよいの主客とは由縁《ゆかり》もふかい平家《へいけ》の曲を聞くのは何よりの馳走に思う。法師どの、早速に語られい」といった。

源家《げんけ》の英雄児義経《よしつね》とここにいる範宴《はんえん》とが、復従兄弟《またいとこ》にあたるということは、禅閤《ぜんこう》のほかは皆初めて聞いたらしく、主客の端厳な姿に改まった眼を、そっと向けあうのであった。つつましく燭《しょく》を羞恥《はにか》んでいる姫のひとみさえ、深い睫毛《まつげ》の蔭《かげ》から眩《まば》ゆいものでも見るように範宴《はんえん》の横顔を見たようであった。

峰阿弥《みねあみ》は、

「かしこまりました」一礼して、撥《ばち》を把《と》り直した。

四絃《しげん》をぴたと構え、胸を正しくのばすと、芸の威厳といおうか、貴人の前も忘れたような彼だった。このとき位階や権門も芥《あくた》のようなものでしかなかった。しいんとしずまる人々を睥睨《へいげい》して――

祇園精舎《ぎおんしょうじゃ》の鐘のこえ
諸行無常《しょぎょう》のひびきあり
沙羅双樹《さらそうじゅ》の花のいろ
生者必衰《しょうじゃ》の理《ことわり》をあらわす
おごれるもの久しからず
ただ春の夜の夢のごとし
猛《たけ》き人もついには亡びぬ
ひとえに風のまえの塵《ちり》のごとし
遠く異朝を訪《と》ぶらうに
秦《しん》の趙高《ちょうこう》
漢の王莽《おうもう》、梁の朱异《しゅい》、唐の禄山《ろくさん》
旧主先皇の政《まつり》にもしたがわず
楽しみを極《きわ》め

諫《いさ》めをも思い入れず
天下の乱れをも悟らずして
民の愁《うれ》いも知らざりしかば
みな久しからずして
亡《ぼう》じにし者どもなり
近く本朝を慮《おもんぱか》るに……

峰阿弥《みねあみ》の顔は怪異にさえ見えてきた。撥《ばち》は四絃《しげん》を刎《は》ね、黄桑《こうそう》の胴を恐ろしい力でたたいた。彼はもう芸以外に何ものも天地にないように額《ひたい》に汗を光らしてくる。聞く人々も彼の芸の中にひきこまれて我に回《かえ》ることができなかった。かの白楽天《はくらくてん》の琵琶行《びわこう》の話を湓江《ぼんこう》の湖上に聞くような気持《きもち》に囚《とら》われていて、その間《かん》は無心な燈火《ともしび》さえうっとりとしているのであった。

間近くは六波羅《ろくはら》の入道
さきの太政大臣平《だいじょうだいじんたいら》の朝臣《あそん》
清盛《きよもり》公と申しし人のありさまこそ
詞《ことば》も筆おろかよ、及ばね
その先祖をたずぬれば

桓武《かんむ》天皇第五の皇子
葛原親王《かつらばらの》九代の後胤《こういん》――

曲はすすみ、夜は更《ふ》けて行った。人は在《あ》るが無いように。ただ、落花《はな》の影だけが、暗い蔀《しとみ》の外に舞っていた。

六

平家《へいけ》の曲の大部を残らず弾《ひ》くとすれば、夜の明けるまで語ってもとても語り切れる長さではない。峰阿弥《みねあみ》はその大部なものの要所だけを縫《ぬ》って、たくみに、平家《へいけ》一門の華やかな一時代と幾多の儚《はかな》い物語とを綴《つづ》って、やがて屋島《やしま》から壇《だん》の浦《うら》の末路へまで語りつづけてきた。

二位殿は日頃より
思い設け給《たま》える事なれば
にぶ色の二《ふた》つ衣《ぎぬ》うち被《かず》き
練袴《ねりばかま》のそば高くとり
神璽《しんじ》を脇に掻《かい》ばさみ
宝剣を腰にさし

主上をいだき参らせて

聞き入っている人々はいつか眼に涙をいっぱい持っていた。蒼《あお》い海づらに逆まく渦潮《うずしお》のあいだに漂《ただよ》う弓だの矢だの檜扇《ひおうぎ》だの緋《ひ》の袴《はかま》だのがいたましく瞼《まぶた》に映ってくるのであった。そして驕《おご》り栄えた一族門葉の人々の末路を悲しいとも哀れとも思ったが、涙はその人々にこぼしているのではない、等しく同じ運命の下《もと》におかれている人間というものの自分に対して無常を観じ、惻々《そくそく》と、おのれの明日《あした》が考えられてくるのであった。

われ女なりとも

敵の手にはかかるまじ

主上の御供に参るなり

御　志《みこころざし》おもい玉わん人々は

急ぎつづきたまえやと

舷《ふなべり》へぞ歩みいでられける

発矢《はっし》と、撥《ばち》の音、聞くものの魂をさながらに身ぶるいさせた。大絃《たいげん》は嘈々《そうそう》として急雨のように、小絃《しょうげん》は切々として私語《しご》のごとしという形容《ことば》のままだった。そして、四つの糸が突然断《き》れたかと思われるように撥《ばち》が止まったと思うと、曲は終《おわ》っていたのである。峰阿弥《みねあみ》はまるで雨を浴びたように濡《ぬ》れた顔になっていた。撥《ばち》を鳩尾《みずおち》に当てたまま、大きな息を全身でついている。

「ああ」誰とはなく皆がいった。われに回《かえ》った顔なのである。口々に、峰阿弥《みねあみ》の技《わざ》を称《ほ》めたたえた、しかし、峰阿弥《みねあみ》はにんやりともしなかった。

「拙《つた》ない曲を、永々とおきき下さいましてありがとう存じまする。それでは、退《さ》がらせていただきます」早速、琵琶《びわ》をかかえて席をすべってゆく。いかにも恬淡《てんたん》な容子《ようす》がいっそう人々にゆかしく思われた。

彼が去って人々が雑談に入りかけたので、範宴《はんえん》はそっと席をぬけて庭へ出ていた。庭は境がわからないほど広かった。花明《はなあか》りの下、彼はまだ恍惚《こうこつ》と立っていた。背に樹の幹が触れたのでそのまま体を凭《もた》せかけていた。ちらちらと眸《ひとみ》のまえを白いものが遮《さえぎ》って降る。手を出してもつかまらない幻《まぼろし》のような気がするのである。心のうちにもそれに似た幻影が離れなかった。姫の黛《まゆ》である、唇である、黒髪である、どうしても打ち消すことができなかった、熱病のように何か大きな声でものを口走りたいような衝動がじっともの静かに立っている彼の内部を烈《はげ》しく駈《か》けまわっているのだった。

「是空《ぜくう》、是空《ぜくう》」うめくようにいった唇《くち》はすぐ歯で嚙《か》み縛《しば》っていた。拳《こぶし》を二つの胸にくみあわせて苦しげに闇へ闇へ歩みだしている。たった今、無常観の大部な話を聞いたばかりの耳は彼自身でもどうにもならない若い血で、火のように熱くなっていた。

「あっ……。粗忽《そこつ》をいたしました。どなた様か、ごめん下さいまし」先で早くも避けたが、肩の端をぶつけてしまった。それは、盲人の峰阿弥《みねあみ》の声であった。

七

「オ、最前の琵琶《びわ》法師どのか」

「あなたは、範宴僧都《はんえんそうず》でいらっしゃいますな」

「そうです」

「よい所でお目にかかりました。ちと、話したいと思いますが」

「私に」

「いけませんか」

「なんの、どうせこうしている折です」峰阿弥《みねあみ》は寄り添って、

「私の今夜の琵琶《びわ》は、お聞きづらかったでございましょう」

「そんなことはない、興に入って聞いていた」

「いや、そうでございますまい。盲人の勘にはわかります。また、自分の撥《ばち》にかけている糸の勘でもわかります。今夜の主客は、時々そら耳になっておいででした。食らえども味を覚えず、聴けども音をわきまえず、そういう空虚《うつろ》を時々あの席で感じたのでございます。

これは、私の弾《だん》じる琵琶《びわ》の技《わざ》が足らないかと思って額《ひたい》に汗をして語りましたが、やはりそうではありません。芸味はすべて聴くもの聴かす者が一体になった時に神《しん》に入ります。あなたのお気持《きもち》が、時々ぷつんと糸の切れたようにどこかへ離れて行く。――どこへ行くのであろうと私はひそかに心で探っていました。すると、私のいた左側から留木《とめき》の薫《かお》りがぷうんと漂ってまいります。あなたは確かに玉日《たまひ》様に心を奪《と》られていたに違いありません」

「…………」範宴《はんえん》はぎょっとして盲人の窪《くぼ》んだ眼を見直さずにはいられなかった。何とずばずばとものをいう法師だろうか、いやそれよりも怖いような六感の持主ではあるまいか。

範宴《はんえん》は、足をもどしたくなった。すると峰阿弥《みねあみ》は、

「おかけなさいまし」と、築山の裾《すそ》にある亭《ちん》の柱を撫で、そこにある唐製《からもの》の陶器床几《すえものしょうぎ》をすすめた。

「どうぞ」何か、抑えられているようで拒《こば》まれない。峰阿弥《みねあみ》は自分も腰をおろして、

「ありがちなことでございますな、私なども……」といった。そして、しばらく回顧的な面持ちを傾《かし》げていたが、

「実は、わしも、元からの琵琶《びわ》法師ではありません、これでも以前はしかるべき寺院におり、仏典にも一心を没し、南都の碩学《せきがく》にもつき、自身苦行もいたして、禅那《ぜんな》の床《ゆか》に、求法《ぐほう》の涙をながしたものでございましたが、ちょうど、御房《ごぼう》ぐらいな年ごろでござった。ふと、

半生の苦行を女一人に代えてしもうてな、女犯《にょぼん》の罪に科せられ、鞭《むち》の生傷を負って寺を追われましたのじゃ。それ幸いと、加古川《かこがわ》の辺りで、その女と、女の死ぬ年まで暮《くら》しましたがの、さて、過ぎ越し方をつらつらと憶《おも》うに、女ある道、女なき道、どう違いがあろうか、有るとしているのは仏者のみではございませんか。——それ、一路を難行道《なんぎょうどう》といい、一路を易行道《いぎょうどう》という。おかしい」峰阿弥《みねあみ》は独りでわらう。そして話も独り言のように、

「わしが眼をつぶれたのを見て、世間は罰《ばち》だというが、わしの身にとってみれば、黒い浄土じゃ、安心の闇ともいえよう。眼が明いているうちは、なし難い道を踏もうとし、踏み辿《すべ》っては悶《もだ》えたが、今では、すべてが一色《いっしき》の盲目、坦々《たんたん》として易行道《いぎょうどう》をこうして歩いていますのじゃ……ははは」

八

峰阿弥《みねあみ》の顔に、一《ひと》ひらの落花《はな》がとまった。手で払いのけながら、

「思うても御覧《ごろう》じ、どうして、この始末のわるい人間が生身のまま化仏《けぶつ》できよう。あのまま寺にいて、僧正になっていたのと、加古川《かこがわ》の片田舎で女と暮《くら》したあげく女に死にわかれて、盲目《めしい》の芸人となって、座興の席を漂泊《さすろ》うてあるく今の境遇と、どちらがよいかは分《わか》らぬが、わしは、決して、後悔はしていない。——すこしも現在に不満と迷いはない。身を

難行苦行の床におき、戒律《かいりつ》の法衣《ころも》に心をかためていた時よりも、かえって、今の身の方が仏身に近い気持《きもち》がいたすのは一体どうしたものでしょうな。年のせいとばかりは考えられません。まだまだ、眼こそ見えぬが、これでもまあ、女性《にょしょう》の側《そば》にいればわるい気はしない男なのですから」

範宴《はんえん》は一句の答えもし得なかった。しないでも峰阿弥《みねあみ》は問わず語りに喋舌《しゃべ》りつづけるので気づまることはないが、余りにも怖ろしい話だった、というて耳を蔽《おお》おうとすればかえって自身を偽《あざむ》く気もちが自身を責める、忌《いま》わしいようで真があり、醜いと感じながら自分にもある相《すがた》だった。

「ははは、破戒僧《はかいそう》のくり言は、これくらいにしておきましょう。そこで、御房《ごぼう》のお考えはどうあるの？　……仏教も近年はずっと進んできたようですから、御房《ごぼう》のような新知識から、わしらは学びたいと思うているがの。黒谷の法然上人《ほうねんしょうにん》など、なかなかよいことを申されるそうな、北嶺《ほくれい》の駿馬《しゅんめ》といわれる聖光院範宴《しょうこういんはんえん》どのの女性《にょしょう》に対してのお考えをうかがいたいものじゃ。あるいは、戒律についてのご信念でもよろしい……」意地悪く追求するのである。範宴《はんえん》には、当然今日まで血みどろになって築いてきた信念の砦《とりで》があった。巌根《いわね》のように堅固に、あらゆる心機をここに征服するだけの備えもかたまったつもりであるが、なぜか、この一盲人の極《きわ》めて平俗な問《とい》に対して、きっぱりと、邪弁の舌を断《た》ってみせるような言葉が胸に出てこなかった。

「また、自分のことに回《かえ》るが、わしが御房《ごぼう》の年ごろには、畏《おそ》れ多いが、仏陀《ぶっだ》の御唇《みくち》も女に似て見え、経文《きょうもん》の宋《そう》文字も恋文に見えた。夜が待ち遠い、秘密が慕わしい、抑止《とどめ》ようとかかっても、血は、鉄の鎖《くさり》も断《き》る――。そんなふうであったものじゃが、御房《ごぼう》のような秀才はちがうものでございましょうかな、あの無言の山、冷たい寺の壁、そこにそのお体を封じこめて、なんの迷いも苦しみも覚えませぬのかの。……ないとは申されますまい。その覚えのないような人間になにができる。釈尊もまた一度はくぐられた焔《ほのお》ではありませぬか。女魔《にょま》、女魔《にょま》、焔《ほのお》の踊りをする女魔《にょま》にとりつかれたような覚えはございませぬかの」僧侶が念慮しても罪悪といわれることを、この盲人は掌《てのひら》へのせて差し出すように平気でいう。

範宴《はんえん》は胸苦しくなった。

「法師っ」

「はい」

「おん身は一体それを聞いてどうしようというのですか」

「べつに……」と、峰阿弥《みねあみ》は首すじを伸ばして下を見た。「……どうするということもございませんが、あなたさまに、後でお渡しいたす一品《ひとしな》をさるお人からお預りしておりますので、事のついでに、うかがって見たまででございまする」

九

「しかし、頼まれはしたものの、その品を、お渡しいたしたほうがよいものか、悪いものか、迷わざるを得ません……範宴僧都《はんえんそうず》、あなた様には、思いあたることがございましょう」

「私に？　……誰から？　……」

「お麗《うつく》しいお方です。いやよしましょう、わしの半生がそうだったからあなた様にもそうなれとはおすすめできない。人間の運命は、その人間自身が作るものだ、わしはその品を、ここへ置いてゆきますが、それを手に触れるなともお受けなされとも、わしは申しません。あなた様ご自身でとくとお決めなさるがよろしい」峰阿弥《みねあみ》はそういって袂《たもと》の蔭《かげ》から一葉の短冊を取り出した。なにやら書いたほうを下にして床几《しょうぎ》のうえに伏せた。石を拾って風で飛ばないようにするまでの綿密な心づかいをこの盲人はして立ち去ろうとするのだった。

「お待ち下さい」範宴《はんえん》は呼びとめて訊《たず》ねた。

「おん身の峰阿弥《みねあみ》という名は、琵琶《びわ》を持ってからの仮の名でしょう。その以前、寺においでのころはなんと仰せられていたお方か、さしつかえなくば聞かせて欲しい」

「さよう……。恥の多い前身の名を申し上げるは面映《おもは》ゆいが、実は、わしは、興福寺《こうふくじ》にい

奈良ではかなり有名な人だ、に学徳兼備の僧のようにいわれていたこともある、それが、奈良の白拍子《しらびょうし》との噂《うわさ》が立って放逐《ほうちく》され、播州《ばんしゅう》の加古《かこ》川《がわ》で渡し守をしているということが世間の笑い話になってから「加古川《かこがわ》の教信沙弥《きょうしんしゃみ》」といえば堕落僧《だらくそう》の代名詞のようになって落首《らくしゅ》や俗謡《ぞくよう》にまでうたわれたものだった。その教《きょう》信沙弥《しんしゃみ》がこの人なのか——範宴《はんえん》はそう聞くとこの盲人が前にいったことばももう一応考え直してみなければすまないような気持《きもち》がしてきた。

だが峰阿弥《みねあみ》のすがたは、白いものの飛ぶ朧《おぼろ》な樹蔭《こかげ》をもうとぼとぼと彼方《かなた》へ去っていた。そして、彼のいた床几《しょうぎ》のあとには、一葉の短冊が謎のように置き残してある。

眼の見えるつもりでいた自分は、眼の見えない峰阿弥《みねあみ》になにもかも見透《みす》かされていた。彼のいう通り自分は今おそろしい心の顚倒《てんとう》を支えている。今日までの信念をあくまで歩みとおすか「加古川《かこがわ》の沙弥《しゃみ》」の行った道を歩くか、その岐路《きろ》に立っている。

「？ ……」小石に抑《おさ》えられている短冊は、鶺鴒《せきれい》の尾のように風におののいていた、誰の文字か、何が書いてあるか、範宴《はんえん》の心も共におののくのであったが、彼は、

（見まい）と心でいった。彼の強い情熱をより強い智慧の光がねじふせるように抑止《よくし》した。

（触れてはならぬものだ）彼は亭《ちん》を出た。自分に打ち勝ってさらに高い自分へ帰着した爽《さわ》

やかな心もちへ夜風がながれた。すると、亭《ちん》のうしろにでも潜《ひそ》んでいたのであろう、すぐその後へまわって短冊を手に持って、追ってくる女があった。呼びとめる声にふり向いてみると、それは姫に附いている侍女《こしもと》の万野《までの》であった。

「範宴《はんえん》様、せっかくのお歌でございますのに、後《あと》でお捨て遊ばすまでも、どうぞ、見てあげて下さいませ」

短冊を範宴《はんえん》の手へ無理に持たせると、万野《までの》は、逃げるように、落花の闇へかくれてしまった。

白磁を砕く

一

自分の血液のなかにはいま、かつておぼえない破壊がはじまっている。範宴《はんえん》はありありとそれを感じる。この二、三日の頭の鈍痛《どんつう》などがその一例である。夜の熟睡を久しく知らないのもその現象である。眸《ひとみ》の裏がいつも熱い、思索力はすっかり乱れてしまった。これが自分かと改めて見直すほどいろいろな変化が肉体に見出されるのだった。

（この叛逆《はんぎゃく》に負けては）と、強く意思してみる。しかし数日前の月輪《つきのわ》家の招宴から帰った後の状態はさらに悪くなっている、刻々と、意思は蝕《むしば》まれ、信念は敗地へ追いつめられて行く、どうしようもない本能の圧《あっ》す力である。

ぼんやりと空虚《うつろ》なものが今日も彼を坐《すわ》らせていた、他人が見たらどんな鈍《にぶ》い眸《ひとみ》をしているだろうと、自身ですらも思う。で、病気と誰にもいってある、来訪者にも勿論《もちろん》会うことは避け通しているし、第一仏陀《ぶっだ》の前に出ることが怖かった。朝の勤行《ごんぎょう》だけは欠かせないものと本堂に坐《すわ》るのであるが、面《おもて》をあげて仏陀《ぶっだ》の顔を仰ぎ得ないのだ。やましいものの塊《かたま》りのように、自分をそこに置いているに耐えられなくなる。

（ご無理をなされてはいけません、どうぞ、ご病床にいて下さい。あなた様お一人のお体ではない、幾多の学徒や衆生の信望を負って、師とも、光とも、仰ぎ慕われていらっしゃるおん身。彼こそは、と五山《ござん》の大徳や一般の識者からも嘱目《しょくもく》されておいで遊ばす大事なおん身です）周囲の者は極力そういって、静養をすすめる、まったくの病人と案じているらしい。そして、性善坊《しょうぜんぼう》も覚明《かくみょう》もともども憂わしげに朝夕《ちょうせき》彼の恢復《かいふく》を祈念しているのだった。範宴《はんえん》はそれを知るがためにいっそう自責の悶躁《もんそう》につつまれた、彼らに対してすら師として臨む資格はないように思われてくる、あらゆる周囲のものに対して範宴《はんえん》は今まったく裸身になって手をついてしまいたい。

（この身は偽瞞《ぎまん》の塊りである）と。

白磁《はくじ》の壺《つぼ》に、牡丹《ぼたん》は、青春の唇を割りかけている、先ごろ、月輪《つきのわ》の姫から贈られた室咲《むろざき》のそれである。悩ましい蠱惑《こわく》の微笑《ほほえみ》をこの花は朝《あした》に夕べに、夜半《よわ》の枕へも、投げかけていた。

その笑《え》みはまた、誰かの笑みとあたかも似ている、ふくらみかけた花弁の肌も香《にお》いも。ゆうべもその香《にお》いにあくがれて自分は越ゆべからざる墻《かき》を越えた、一昨日《おととい》の夜も越えた、世の中の人の誰も知らないことを自分はした、知る人は、姫と、姫の侍女《こしもと》の万野《までの》と、自分だけであった。

ちょうど曇っていた、星すらも眼をふさいでいた、闇の中に捨ててきた跫音《あしおと》は完全に消されている、誰も知ろうはずはないのだ、けれど待て、三人のほかに秘密を知った者はほんとうにいないのだろうか、あるような気がされてならない、どうしてもまだ他《ほか》に何者かが一人知っていると思う。

それは誰だろうと範宴《はんえん》はさっきから考えるのだ。するとそれはやはり自分の中にいるものだということが分《わか》った。

（自分は二つの人間になっている）と気がついたのである。相反している二つのものが、範宴《はんえん》という一個の若い肉体をかりて、心のうちで、血液のうちで、すさまじく闘っているのがわかる。そして肉体の主《ぬし》は沈湎《ちんめん》として終日《ひねもす》、白磁《はくじ》の牡丹《ぼたん》にうつつな眸《ひとみ》を消耗したまま蒼白《あおじろ》い秘密の夢をみているのだった。

二

東山の夜は早く更《ふ》ける。三十六峰のふところは星の光も届かないで宵闇がふかい。怖いと思い出したら足も竦《すく》んで出ないのであった。

万野《までの》は姫の心を思うと、その怖さも忘れていた。女ごころは女でなくては理解できないものとして、彼女はあえてこの暗い夜をものともせず姫のためにすすんで、秘密な使いに出てきた。——その使いを果たした後で、姫が、あの可憐《いじら》しい眸《ひとみ》にうれし涙をたたえ、掌《て》を合《あわ》せて拝まんばかりによろこぶがために、（もし、お父君に知れたならば、自分がすべての罪を負って）とまで、悲壮な覚悟すらしているのであった。

それにつけても男心ほど浅いものはないと思う。次の夜には必ずまた訪れようとかたく誓っていたのにその人はあれきりついに姿を見せないではないか。一昨日《おととい》も姫は夜もすがら眠らずに待ちこがれておいでになった。ゆうべも泣いて夜を明かされた。女ごころは女が知る、はたの見る眼のほうが辛い。

(憎いお人)と、彼女は、そこの築地《ついじ》を見あげて、うらめしく思う。

聖光院《しょうこういん》の土墻《つちがき》は、万野《までの》の眼に鉄壁のように見えた。穢土《えど》の闇と浄界の闇とを厳《いか》めしく境しているのだった。

「?……」礫《つぶて》をほうって耳をすましている、なんのこたえもない、二つめを投げた、そして、築地《ついじ》の下に、被衣《かずき》の影をじいっと佇《たたず》ませていた。

葉柳《はやなぎ》の露が、蛍《ほたる》のようにきらきらと光る。たしかにこの前はこの辺から今のように抛《ほう》った礫《つぶて》へすぐ答えがあったにと思う。さてはやはり世の浮かれ男のようにこの前のことばも嘘《うそ》であったかもしれぬ、真にうけて痩せ細るほど信じている姫はいよいよご不愍《ふびん》である。もし、そういうことでもあるならば礫《つぶて》のみでは済ませない、明らさまに表門をたたいて男の酷薄《こくはく》を責めなければならない。

万野《までの》は、焦々《いらいら》しつつ、もう一度と小石をひろった、小石は柳の葉をちらして、遠い築地の中へ音もなく落ちた。薄情な男へこぼす涙のようになんの反応もありはしない。

「どうしよう」当惑した顔が被衣《かずき》のうちで嘆息《ためいき》をつく。このまま空しく帰るとしたら姫の泣き沈む姿を見なければならない。あの傷々《いたいた》しい失意の眸《ひとみ》が涙でいっぱいになって物も得いわずに打ち伏すかと思うと、万野《までの》は帰るにも帰れない心地がするのだった。

彼女は半刻《はんとき》も立ちすくんでいた。夜露が被衣《かずき》をじっとりと寒くしてくる。もう人を憚《はばか》る自制心すらなくなった。今度は、廂《ひさし》を目がけて石を抛《ほう》った。つづけざまに幾つか投げた。すると、築地の裏戸がそっと鳴った。紛《まぎ》れもない人影である。万野《までの》は、自分の恋人でも見たように走り寄って、

「範宴《はんえん》さま」恨みで胸がつまった。

その人は黒い布《ぬの》を頭からかむっていた、啞《おし》のように物をいわない、絶えずなにものかに趁《お》われるように、またなにものかを趁《お》うように、足を早めて彼女の先を歩いてゆく。

三

暁を惜しむまで話しても語り尽きないものと人はいうけれど、二人の場合はそうでなかった。会えば相見た満足だけでいっぱいになってしまった。万野《までの》が気をきかしていなくなっても同じである。なんの話をするということもなく、もちろん燈灯《ともしび》をともしては館《やかた》の者に気づかれる惧《おそ》れがあるから、明《あか》りもない閨戸《ねやど》の帳《とばり》を空《うつ》ろにしては、蔀《しとみ》の下近く端居《はしい》したまま夜半《よなか》の冷たいものがじっとりと五《いつ》つ衣《ぎぬ》の裳《もすそ》と法衣《ころも》の袖に重たくなるのも忘れ果てて、相思の胸のときめきをお互いにただじっと聞き合っているに過ぎない二人なのであった。

——あなたは春が好きですか、それとも秋がおすきですか。書《ほん》はなにを読みますか。古《こ》

今《きん》のなかでは誰を好みます、万葉のうちではどの歌を愛誦されますか。――などと他愛のない話をするのさえも、なにか息ぎれを覚えて、痛いほど心臓がつまって、乾いた唇は思うように意示もできない。

ことに姫はうつ向いたきりといってよいほど顔を斜めに俯伏《うつぶ》せている。どうかしてその黒髪をそっと風が越えてくると、蘭麝《らんじゃ》のかおりなのか伽羅《きゃら》なのか範宴《はんえん》は眩《めま》いを覚えそうになった。加古川《かこがわ》の沙弥《しゃみ》のささやきが臆病な耳もとで嘲《わら》うように聞《きこ》える。まざまざと偽瞞《ぎまん》の法衣《ころも》につつまれた獣心の相《すがた》を自身の中に発見する、万葉の話も、春秋のうわさも実はうわの空なのだった。勇猛で野性な血液が烈《はげ》しい抗争を起《おこ》して本能を主張する、いかなる聖《しょう》経《ぎょう》も四囲の社会も無視してかかる猛悪な精神が彼の全霊を炎々と焦《や》くのだった。

「…………」しかし、範宴《はんえん》その人の外表は水そのもののような冷たい相《すがた》をしていた。対坐《たいざ》している愛人の細かな神経をもってしても彼の内部を針の目ほどものぞくことはできない。また、決して許そうともしない範宴《はんえん》なのである。鉄で作られた虚偽の函《はこ》のように範宴《はんえん》の膝はいつまでも痺《しび》れを知らずに真四角なのである。そして彼はついにその虚偽を生《うま》れながらに生みつけられている人間であったという今さら追いつかない嘆涙《たんるい》にさんさんと魂を濡《ぬ》らして、そこに恋人のあることも忘れ果てる。

とこうする間《ま》に鶏《とり》の声が聞《きこ》えてくる、万野《までの》は自分の寝屋《ねや》の妻戸をそっと押して、別れ難かろう二人に別れを促《うなが》しにくるのであったが、そこへ来てみると初めのままの位置に初めのままの居住《いずま》いを硬くして黙り合っている二人なので、自分があんな苦心をして一方を誘ってきたのは一体なんのためかと歯がゆくもなり焦々《じりじり》と思うのでもあったが、夜が白みかけては一大事を醸《かも》す惧《おそ》れがあると、姫にかわって次に来る夜の言質《げんち》をとって、そっと壺《つぼ》のうちを脱けて裏門の戸を開け、夢遊病者のような黒い人影を見送るのだった。

すると、そういう幾度かの事実をいつの間に知っていたものか、あるいは、偶然その晩に限って運悪くぶつかったものか、範宴《はんえん》の後ろをしばらく尾《つ》けてきた夜固めの警吏《やくにん》が、

「こらッッ」大喝《だいかつ》を浴びせておいて不意に後ろから組みついた。

帛《きぬ》の裂《さ》ける音がぴっと鳴った。警吏《やくにん》は法衣《ころも》の片袖だけをつかんで前へのめっている。

おそろしく迅い跫音《あしおと》はもう闇のうちへ遠くかくれていた。

四

「待てっ、待たんかっ」警吏《やくにん》は忌々《いまいま》しげに喚《わめ》いて追いつづけてゆく。けれど四、五町も駈《か》けると彼自身がそうしてまで捕えるほどの者かどうかを疑って舌打ちを鳴らした。

「盗賊ではないらしい、また、公卿《くげ》の女部屋へ忍んだ女犯僧《にょぼんそう》だろう、そんな者を捕まえていた日には限りがない」警吏《やくにん》は額《ひたい》の汗を、手につかみ忘れている法衣《ころも》の片袖でこすった。

そして汚い物でも投げうつように傍らの流れへ向《むか》って捨てようとしたが、すぐその崖の上から凄まじい滝水のように鳴って落ちる琵琶《びわ》の音《ね》に気がついて、

「誰だっ、今ごろそんな所で」と仰向《あおむ》いて呶鳴《どな》った。

しかし、琵琶《びわ》の主《ぬし》は答えようはずもない、その音《ね》を聞けばわかるように身も魂も四絃《しげん》の中に打ちこんでいて、虚空の音《ね》が彼か、彼が虚空の音《ね》か、その差別《けじめ》をつけることは至難であるほどな存在であった。

「ははあ……例の峰阿弥《みねあみ》法師がまた独り稽古をしているのだな、あいつも変《かわ》り者《もの》だ、銭を与えても嫌《いや》だといえばどんな目にあわせても弾《ひ》かないし、そうかと思うと、誰も聞いていない真夜中の山に入ってあの通り独りで弾いて独りで夜を明かしていたがる」何の罪科《とが》もあるまいに、警吏《やくにん》はその琵琶《びわ》の音のあまりに楽しげなのが嫉《ねた》ましくでもなったか、おおウい——と声をあげて再三呼ばわるのに、いっこう答《いら》えがないので、石を拾って松林の丘を見上げながら抛《ほう》り投《な》げた。

ちょうど一曲を弾《ひ》き終《おわ》ったところであるとみえ、石が届くとしばらくして撥《ばち》が止《や》んで、こんどは丘の上から、

「誰だっ、つまらない悪戯《わるさ》をする奴は」

「篝屋《かがりや》の警吏《やくにん》だ」

「警吏《やくにん》ならなおよろしくない。なにがゆえに、この法師の琵琶《びわ》をおとめなされますか。人家に近い所でもあるなら悪かろうが」

「ちと訊《たず》ねることがあるから再三呼んでいるのに、返辞をせぬから石を投げたのだ。その丘へ、今し方、一人の僧侶が逃げこんでは行かなかったか」

「人にものを訊《き》くのに石を投げて訊《き》くという作法がありましょうか。そんな者は、この丘へは上がって参りません」

「それならよいが……」警吏《やくにん》は歩みかけたがまた、

「おい峰阿弥《みねあみ》。おまえは先ごろ、月輪《つきのわ》公の御宴《ぎょえん》に招かれたそうだが、あの館《やかた》には美しい女がたくさんいるだろうな。……待てよ、そう訊《たず》ねても盲人ではわかるまい。無駄ごとばかりする晩だ、よし、月輪《つきのわ》公の下部《しもべ》の者をたたき起《おこ》して将来を誡《いまし》めておいてやろう」

「もしお警吏《やくにん》、つまらないことに、おせっかいはおよしなさい。誡《いまし》めたからとて、この世に忍《しの》び男《お》と、忍《しの》び男《お》を待つ女性《にょしょう》が尽きるはずはございません」

「堕落僧《だらくそう》が、堕落僧《だらくそう》を庇《かば》っている。おお夜が明けるぞ」

「もう明けますか。……ああそういえばすこし疲れた、わたしはこれから楽々と無我の眠りに遊べるが、人間に与えられたこの甘睡《かんすい》すらできずに悶々《もんもん》と今日の空の下《もと》に圧《お》されて暮す人もあろう。そうだ、黒谷の法然上人《ほうねんしょうにん》の御口授《ごくじゅ》を思いだした。——南無阿弥陀仏《なむあみだぶつ》、南《な》無阿弥陀仏《むあみだぶつ》」丘の上の破れ果《やは》てた御堂の縁に、彼が易々《やすやす》と木の葉虫のようにごろりと横になったころ、一方の警吏《やくにん》は、月輪《つきのわ》家の裏門の戸をどんどんとたたいていた。

五

おとといも昨日《きのう》もまた今日も、聖光院《しょうこういん》の人々は師の房《ぼう》の姿を見なかった。針ほどの光も忌《い》むように一室へ閉じ籠ったきりの範宴《はんえん》は、その中から鋭い声でいったのである。

「誰もここへ参ってはならぬ。私のゆるさぬうちに入ってきてはなりません」坊官の木幡《こばた》民部《みんぶ》は捨てておかれないというように、性善坊《しょうぜんぼう》や覚明《かくみょう》と膝ぐみになって憂いの眉をよせ、

「医家を迎えて、診《み》ていただいては――」と嘆息《ためいき》にいう。

「お怒りになろう」二人は首を振った。

「この身に、医や薬師《くすし》はと、先ごろもきついお顔で仰《お》っしゃられた。吾々《われわれ》には推し計られぬご気質なのじゃ、また、そのご気質でぶつかったものを解くなり頷《うなず》くなり打ち砕くなりしてしまわぬうちは、よい加減にご自身をなだめて生きてはおられぬお方なのだ。心配になることはご同様だが、まあもうしばらくなされるままにして見ているより他《ほか》あるまい」

誰よりも幼少から師の房《ぼう》の性質を知っている性善坊《しょうぜんぼう》がいう言葉なので、それに従うほかはないと民部《みんぶ》も覚明《かくみょう》も黙ってしまう。民部《みんぶ》は師の房《ぼう》にかわって寺務の一切を見ておるの

でそれに心をとられて落着《おちつ》いてもいられなかった。覚明《かくみょう》の方は楽天的なところがあって、「そうだとも、われらよりは深い思慮で遊ばすことだ。つまらぬ憂いは、かえってご思念の邪《さまた》げになる」すると黄昏《たそがれ》の寂《じゃく》とした物静かな空気が、伽藍《がらん》の高い天井から圧《あっ》しるように下りてきて、若僧が内陣の釣燈籠《つりどうろう》に灯《ひ》をくばりかけたころであった。まだほの白い方丈の庭面《にわも》にあたって、何か、大きな物音がしたのである。つづいて、性善坊《しょうぜんぼう》の名を呼ぶ声がする、幾度もつづけざまにする、紛《まぎ》れもなく師の房《ぼう》の声だった。

「はいっ、はいっ」性善坊《しょうぜんぼう》は何ごとかと思いつつ駈《か》けていた。一室の戸はあいているが範宴《はんえん》の姿は見えない。ふと見るとその範宴《はんえん》は庭に立っていた、足もとにはちょうど今日あたりがいっぱいに開いていたと見える白磁《はくじ》の壺《つぼ》の牡丹《ぼたん》が、その壺《つぼ》ぐるみ庭石に抛《なげう》たれて微《み》塵《じん》に砕けているのだった。

「あっ……どうなされました」

「性善坊《しょうぜんぼう》か」範宴《はんえん》の声は静かだった、壺《つぼ》と牡丹《ぼたん》を微塵《みじん》に砕いた人とはみえない、夕明《ゆうあか》りの下に立って、凄《すご》いほど蒼白くその顔は見えたけれど、雲の切れ間を見つけて一縷《いちる》の光を投げかけているような眉にも見える。

「わしの部屋の隅に竹の杖《つえ》があろう」

「杖《つえ》ですか」

「そうだ、苦行の旅に、この身と共に、幾年《いくとせ》も歩いたあの竹杖。それを持って庭へ下りてくれ」

「どうなさるのですか」いわるるまま、杖《つえ》を持ってくると、範宴《はんえん》は大地に坐《すわ》っていた。ひざまずいてさし出すと、範宴《はんえん》はその杖《つえ》を性善坊《しょうぜんぼう》に持たせて、首を垂れていった。

「性善坊《しょうぜんぼう》、おん身を仏陀《ぶっだ》と思い参らすゆえ、おん身はかりに仏陀《ぶっだ》となれ。わしは仏子《ぶっし》にあるまじい心病にとりつかれ恥《はず》かしい迷路を幾日も踏み迷うていた、犯さねどすでに心は汚罪を冒《おか》したに等しい。――打ってくれい。その竹杖で打たれたら、過去の苦行が甦《よみが》えってこよう。皮肉の破れるまで打て、わしを師と思わず打て、仏陀《ぶっだ》のお怒りをその杖《つえ》にこめて――」

霧の扉《と》

一

あらゆるものを断《た》ちきってまっしぐらに歩み出した闇であった。範宴《はんえん》は四、五町ほど駈《か》けてから聖光院《しょうこういん》の方を振りかえった。

門の潜《くぐ》り戸《ど》を開けて、その前に立って見送っていた性善坊《しょうぜんぼう》の姿もすでに見えない、しきりと天地の寂寞《せきばく》を翔《か》り立《た》てる暗い風があるばかりだった。白い小糠星《こぬかぼし》は有明《ありあ》けに近い空をいちめんに占《し》めていた。

「ゆるせ、おまえにも苦労ばかりかける……」

詫《わ》びないでいられないものが、範宴《はんえん》の胸を突きあげてくる。まだ僧門に入らない幼少のころから起居を共にしてきた性善坊《しょうぜんぼう》には、骨肉以上な恩愛をさえ抱いているのにその性《しょう》善坊《ぜんぼう》に対しては、省《かえり》みてみると、ほとんど、安心というものを与えた遑《いとま》がなかった。彼はなにか、自分のこういう不羈《ふき》な性格の人間に常識的な支えをしてくれるために生《うま》れてきたような男に思われる、自分のために彼を犠牲にしてきたことが実に多かったことを範宴《はんえん》はしみじみと今ここで感じる。

「しかし決して、わしはそれを無駄にはしないぞ」掌《て》を合《あわ》せていう心持《こころもち》になるのであった。

——同時に、青蓮院《しょうれんいん》の僧正に対しても、そこにいる弟の尋有《じんゆう》にも、また、世を遁《のが》れて竹林の奥深くに一切を断《た》っている養父《ちち》の観真《かんしん》に対しても、ひとしく心からな謝罪の念が湧いてこずにはいない。

「後ではさだめし、不浄者とお思いになりましょうが、範宴《はんえん》はもいちど自分を鍛《う》ち直《なお》して参ります。決して、敗れて遁《のが》れるのではありません、世評を怖れて隠れるのでもございません、また、罪の発覚を知って姿を消す次第でもないのです、ただ、この一身一命を奉じて、もいちど大蔵《だいぞう》の闇へ閉じこもって、御仏《みほとけ》の膝下《ひざもと》へ確乎《しっか》とすがりつきたいのです、おゆるしください、しばらくのあいだ」この夜半《よなか》すぎに聖光院《しょうこういん》を捨ててそもいずこへ走ろうとするのか、範宴《はんえん》の身にはすでに聖光院門跡《しょうこういんもんぜき》の纏《まと》う綾の法衣《ころも》や金襴《きんらん》は一切着いていなかった、一笠一杖《いちりゅういちじょう》の寒々とした雲水《うんすい》のすがたであった。

そうして聖光院《しょうこういん》を捨てて出た彼の心は、性善坊《しょうぜんぼう》だけには、いい残してきた。彼にはすべての秘密もうちあけて——また後々のこともたのんで。

木幡民部《こばたみんぶ》と覚明《かくみょう》には、遺書を認《したた》めておいて来たのである、どんなに彼らは後で驚くだろう、悲しむだろう、しかしそういう目前の感情は、範宴《はんえん》の今の大きな覚悟のまえにはあまりに小さい問題だ、もっともっと大きなものすら踏み越えてゆく決心なのだ、女々《めめ》しくてはこれからの万難の一つも越えられまいと、自身を叱って自身の心をかたく鎧《よろ》う。

「そうだ、夜の明けない間に——」歩み出そうとすると、彼の法衣《ころも》のすそを引くものがあった、大きな黒い犬である。

「しっ」範宴《はんえん》は追い払って駈《か》けた。

犬は、寝しずまっている世間へ告げるように吠《ほ》えたてる。彼は、犬の声にすら趁《お》われるような気持《きもち》がした。

まだ暗い加茂《かも》の瀬にそって、彼は足のつづくかぎり急いだ。幸いにも、京の町では誰にも咎《とが》められなかった。そしてやがて、息を喘《せ》いて上ってゆくのは叡山《えいざん》の麓《ふもと》だった。彼の心には常にこの山があった。この山は範宴《はんえん》にとって、心の故郷《ふるさと》なのである。

二

鷺《さぎ》のように風に吹かれて佇《たたず》んでいる二人の女性《にょしょう》があった。雲母坂《きららざか》の登り口なのである。

ここから先は女人《にょにん》の足を一歩もゆるさない浄地の結界《けっかい》とされているのだ。

千年杉の鬱蒼《うっそう》とつつんでいる登岳道《とうがくどう》も、白々と夜明けの光に濡《ぬ》れていた。

「姫《ひい》さま、お寒くはございませぬか」

自分のかぶっている被衣《かずき》を一方の女性《にょしょう》へ羽織ってやろうとする。これを拒《こば》んでいるのは上臈笠《じょうろうがさ》に顔をかくしている姫と呼ばれた人であった。年ばえもうら若いし、足もとや体つきまでがいかにもこんな所のあらい風には馴《な》れぬらしい嫋《なよや》かな姿なのである。

「いいえ」と、微かにいう。

「そなたも、寒かろうに」

「なんの私などは」どこの女性《にょしょう》でどういう身分の者なのであろうか。今ごろ、まだ夜も白みかけたばかりなのに、里から登ってきたとは思われぬし、なおのこと、上から降りてきたのではあるまい。思うにこの若い二人はゆうべすぐそこの赤山明神《せきざんみょうじん》の拝殿にでも一夜の雨露をしのいだに相違ない。四明《しめい》ケ岳《だけ》の壁にはまだ残雪の襞《ひだ》が白く描かれているが、この辺りではもう寒いというには足らない春のことである、その証拠にはあちらこちらの沢や谷で鶯《うぐいす》の啼声《なきごえ》がしぬいている。二人の肌に限ってそう寒いのは夜もすがら戸も立てぬ拝殿の縁の端で山風にさらされていたためにちがいない。

それにしても誰を待つのか、麓からここへかかる人を待ちうけているものらしく、一方の召使らしい女は絶えず眼をくばったり、うち悄《しお》れた姫を励ましたり、その気づかいというものは並たいていな侍女《こしもと》のよくすることではなかった。

「あっ……姫《ひい》さま」麓の方を眺めていたその女が、突然、こう大袈裟《おおげさ》なくらいにいったのは、待ちかねていたその人の影がやがて認められてきたのであろう、ばたばたと姫のそばへ走り戻って、

「ごらんあそばせ、たしかに、あのお方でございまする」袂《たもと》をひいて、指さすのであったが、そう聞くと姫はにわかに自分を省《かえり》みて、無表情なうちにもありありと狼狽《ろうばい》のいろを示して、

「人違いではありませんか」というと一方の女は、

「いいえ、なんでこの私が」と、自信をこめていう。

間もなく低いうねり道を回《めぐ》って来るその人なる者の姿が見えた。なにか一念に誦経《ずきょう》の低声を口に含《ふく》んでわき眼もふらずに登ってくるのだった。近づいてみれば風雨によごれた古笠に古法衣《ふるごろも》を身に纏《まと》ったきりの範宴少僧都《はんえんしょうそうず》だった。聖光院門跡《しょうこういんもんぜき》の栄位と、あらゆる一身につきまとうものを、この暁方《あけがた》かぎり山下《さんか》に振りすてて、求法《ぐほう》の一道《いちどう》をまっしぐらに杖《つえ》ついて、心の故郷《ふるさと》である叡山《えいざん》に登ってきた彼なのである。

そこに二人の女性《にょしょう》が自分を待っていることすら眼に映らなかった。すたすたと前を通りかけたのである。姫は、その姿を見るとはっと胸を打たれてしまった。胸につまるいっぱいの涙と羞恥《はにか》ましさに樹蔭《こかげ》へかくれてしまうのである。侍女《こしもと》はそれを歯がゆがるように、

自分だけ走り出して、

「範宴《はんえん》さま」と、彼の前に立った。

「あっ……」杖《つえ》をすくめて立ちどまった網代《あじろ》の笠は、微かに打ちふるえた。

三

「あなたは万野《までの》どのですな」しばらくしてから範宴《はんえん》の低く洩《も》らした声であった。

「びっくりなさいましたでしょう」

「驚きました……」ありのままに範宴《はんえん》はいった。樹蔭《こかげ》には姫のすがたまで見えるのである。どうして自分の登岳《とうがく》を知ったのであろうか。笠に潜《ひそ》めていた彼の面《おもて》は、それをとれば狼狽《ろうばい》にかき乱されていたに違いなかった。

「きのう、さるお人から、ふと大乗院へお籠りの由《よし》を、ちらとうかがいました」

「？……」そういう人があるはずはない。自分の心の裡《うち》で独りで決めたことだ。それを打ち明けた性善坊《しょうぜんぼう》にしても、つい昨日《きのう》話したことである。月輪《つきのわ》へまで、それが伝わるわけはなかった。

「ご不審でございましょう。実はそれを、教えてくれたのは、いつかの琵琶《びわ》法師でございます。――私と姫《ひい》さまとが、あまりに傷《いた》ましいといって、こう申しました。それほど、範《はん》宴御房《えんごぼう》に会いたいならば、これから、叡山《えいざん》の登り口の赤山明神《せきざんみょうじん》に参籠《さんろう》なされ、この二、三日のうちには、必ず範宴御房《はんえんごぼう》がそこを通るに相違ないと仰《お》っしゃいました」

「あの加古川《かこがわ》の沙弥《しゃみ》が、そう申しましたか。……あの法師は怖ろしい眼あきじゃ」

「その峰阿弥《みねあみ》のいうには、おそらく、範宴御房《はんえんごぼう》の行く道は一つしかあるまい。それは叡山《えいざん》だ。きっと叡山《えいざん》へ登ると信念をもっていいました……で、お姫様《ひいさま》と心を決めて、お待ち申していたのでございます。私たちも、ふたたびお館《やかた》へは帰れませぬ。また、世間のいずこへも戻る家はございませぬ。どうか、不愍《ふびん》と思し召すならばお姫さまを連れて御山《みやま》へ登ってくださいまし、お縋《すが》り申しまする」万野《までの》は、膝を折って泣き伏した。姫も、樹蔭《こかげ》で泣いているのである。女のつかんでいる強い力が範宴《はんえん》の足を大地へ釘で打ったようにしてしまった。昏惑《こんわく》と慚愧《ざんき》とが、いちどに駈《か》けあらした。ここまでは澄明《ちょうめい》を持ちこたえて聖域へ攀《よ》じのぼる一心に何ものの障碍《しょうげ》もあらじと思い固めて来た決心も、いったん心の底に響きをあげて埋地《うめち》のような陥没《かんぼつ》を見てしまうと、もうそこに藁《わら》一本の信念も見出せなかった。彼もゆるされるならば、万野《までの》と一緒に膝をついて泣いてしまいたい。いや、死ねるものなら死んだほうがはるかによいとすら思うのであった。

「もう、お館《やかた》にも、あのことが知れたのでございます。世間も薄々知ったかもわかりません。姫さまは髪を下ろしても、共にと、仰せられますし……」万野《までの》の立場は苦しいものに違いなかった。いずれやがてはと覚悟していたことが余りにはやく足もとへ迫ってきたのだ。自分の行為から起《おこ》ったこの問題のために苦しんでいる姫と万野《までの》とを残して、自分のみが、山へかくれて安心が得られるものだろうか。彼の道徳は自分に対して強く責めずにいられなかった。

と、いってこの聖域へ女人《にょにん》を連れて上るなどということは思いもよらない望みである。叡山《えいざん》の高嶺《たかね》はおろかなこと、この雲母坂《きららざか》から先は一歩でも女人《にょにん》の踏み入ることは許されない。帝王も犯し得ない千年来の掟《おきて》として厳然たる俗界との境がここに置かれてある。

四

「姫をつれて、どうか帰ってください」自分を石の如くして、範宴《はんえん》はそういうよりほかなかった。頼むよりほかになかった。充分に、自己の罪と責めは感じながらもである。

しかし万野《までの》は、姫をうしろに置いて、容易にそれに従おうとはしなかった。

「きっとそう仰《お》っしゃることと前から存じてはおりました。けれど、姫さまのお可憐《いじ》らしいお覚悟をどういたしましょう。姫さまはもう心の底に、黙って、死をも誓っていらっしゃいます、あなたのおことばは、そのお方に死ねと仰《お》っしゃるのも同じでございまする」

範宴《はんえん》には一語も返すことばがなかった。それまでに心がすわっているものかと今さら女《にょ》性《しょう》の一途な心の構えに驚きを覚えると共に、自分のなしたことに対する責めの重さを感じるばかりだった。

「この御山《みやま》が、伝教大師《でんぎょうだいし》のご開山以来、六里四方、女人禁制《にょにん》ということも、よう存じております る。けれど釈尊《しゃくそん》は、目連尊者《もくれん》の女弟子の蓮華色《ウッタラバルナ》と申す比丘尼《びくに》に、おまえこそ真の仏道を歩んだものだと仰《お》っしゃったという話があるではございませぬか、法華経《ほけきょう》には女人は非器なりとございますが、女には御仏《みほとけ》にすがる恵みはないのでしょうか。そんなことはあるまいと思います。女でも人であるからには」と、万野《までの》は情と理をもって迫るのだった。そして姫にもここへ来て頑《かたくな》な範宴《はんえん》の心をうごかせとすすめるように姫の方を見たが、姫は地へ泣き伏しているのみである。

「わかります、そのとおりに違いないのです。けれど——」範宴《はんえん》は膝を折って万野《までの》と姫の二人へいうのだった。いつの間にか全霊を打ちこめていた自分の声に気がつく。それは死ぬか生きるかのように必死なものであった。

「よく落着《おちつ》いて聞いてください、この御山《みやま》は仏法の道場なのです、一箇の解釈で法規をやぶることはできません、それを矛盾といいましょうが、伝教《でんぎょう》以来の先人が定めおかれた大法であって、この後、何人《なんぴと》かが、それは間違っているという真理をつかみ、その真理を大《だい》衆《しゅ》に認めさせせない限りはどうにもならない掟《おきて》です。それをも押して、姫と共に山へ上るとしましょうか、いたずらに一山を騒擾《そうじょう》に墜《おと》し、世の罵《ののし》りと物笑いをうけるに過ぎず、私はともあれ、姫のおん身は、ただ淫《みだ》らな一女性《にょしょう》のはしたない行為としかいわれますまい。さらに、お父君は元より、青蓮院《しょうれんいん》の僧正、一族の方々のお困りも必然です。それもこれも皆この範宴《はんえん》が罪とおもえばこそ、私は死以上の決意をもって罪の償いに、この山へ参ったのです、どうか私にそれをさせてください、無限の暗黒へ落ちてゆくか、大願を貫かれるか、この一身を人間億生《おくしょう》のために捧げてしまいたいのです。姫おひとりに捧げきれない私となっているのです。それを無情と呼ばば呼べです。玉日《たまひ》様、お帰りなさい、おさらばです」この人にこんな厳しいものがあったのか、こんな冷たい声も持っていたのか、霜のような、巌《いわ》のような、何という人間味のない宣告だろう、万野《までの》は泪《なみだ》も出なくなった。

あられ

一

この辺りは新しい仏都をなしかけていた。

仁和寺《にんなじ》の十四宇《う》の大厦《たいか》と、四十九院の堂塔《どうとう》伽藍《がらん》が御室《おむろ》から衣笠山《きぬがさやま》の峰や谷へかけて瑶珞《ようらく》や青丹《あおに》の建築美をつらね、時の文化の力は市塵《しじん》を離れてまたひとつの聚楽《じゅらく》をふやしてゆくのだった。

鏡《かがみ》ケ池《いけ》には夏は蛍《ほたる》がりに、宇多野《うたの》には秋を虫聴きに、洛中《らくちゅう》の人は自然を慕い、四季の花に月に枯野見《かれのみ》にかこつけてよく杖《つえ》をひく所であるが、わけても今年の秋から冬へ、また冬から年を越えての正月まで、仁和寺《にんなじ》をはじめ、化蔵院《けぞういん》や、円融寺《えんゆうじ》や、等持院《とうじいん》、この辺りの仏都市へ心から素直になって詣《もう》でる者が非常に多いといわれだしていた。

「おのずから世の推移が、人の心をこういう方へ向けてきたのじゃ」とここの人々は、それを仏教の繁栄といい、興隆といい、また復興といった。

そういえばそういわれないこともない。戦《いくさ》が生活であり、戦《いくさ》が社会の常態だった一時代はもう大きな波を通った船から振りかえるように後ろのものだった。鎌倉幕府というものの基礎や質のいかんにかかわらず人心はもう戦に倦《う》み、ここらで本然《ほんねん》の生活に回《かえ》って静かな生活をしてみたいことのほうに一致していた。すでに国政の司権が武門の手に左右されてからは、それが平家《へいけ》でなければ源氏《げんじ》であるし、両者を不可としたところで姑息《こそく》な院中政治がかえってそれを複雑にするぐらいなもので、どっちにしろ民衆の望みとは遠いものが形になるだけのことだった。民の心の底でほんとに渇《かわ》くように望んでいる真の王道というような明るい陽ざしはここしばらく現れそうもないと賢者は見ている。覇道《はどう》を倒して興《おこ》るものはまた覇道政治だ。それならば何を好んでか全国土を人間の修羅土《しゅらど》にして生きる心地もなく生きている要があろうか。そういう疑問が当然に疲れた人々の考えの中に芽《め》ざしている。武士階級ほどことにそれがつよい。公卿《くげ》はいつでもなるべくは現在のままで安易にありたいのだ。天皇の大民族《おおみたから》といわれる大本の農民はほとんどそういう興亡からは無視されているので、これは幕府が鎌倉に興《おこ》ろうがどうしようが今日の天気と明日《あした》の天気のように見ている――

建仁《けんにん》元年一月はめずらしい平和な正月だった。四民がみな王道楽土を謳歌《おうか》しての泰平ではなくて、疲れと昏迷から来たところの無風状態――無力状態なのである。

そうした庶民たちが、

「寺へでも詣《もう》でようか」とか、

「説教でも聴いたら」と、洛外《らくがい》へ出るのだった。

したがってこういう人々が仏法へ奉じる行作《ぎょうさ》は決まって形式的だった、遊山《ゆさん》気分だった、派手だった。

山内の修復を勧進《かんじん》しましょう、塔を寄進いたそう、丹《に》を塗ろう、瑶珞《ようらく》を飾ろう、法筵《ほうえん》には能《あた》うかぎり人をよび、後では世話人たちで田楽《でんがく》を舞おう。そういうふうに仏教を享楽するのでなければ、彼らの空虚は満たされなかった。求めて来る者に対して満たし与うものを、この十四宇と四十九院の堂塔伽藍《がらん》も実は何も持ちあわせていない。

しかし形の上では仏教復興は今や顕然《けんぜん》たる社会事実だった。

時代思潮は何ものかを確かに求めていた。

二

きょうも仁和寺《にんなじ》の附近は賑《にぎ》わっていた。一つの供養塔を建立《こんりゅう》した奇特《きとく》な長者が、一族の者や朝野《ちょうや》の貴顕を招いて、その棟上《むねあ》げの式を行い、それを見ようと集まった有縁《うえん》の人々やこの界隈《かいわい》に住む部落の貧民たちには、銭を撒《ま》いたり米を施《ほどこ》したりしたので、雪でも降りそうな一月の寒空だというのに、地上は時ならない慈雨《じう》のよろこびに混雑をみせているのだった。

「よいことをした。わしの家もこの功徳《くどく》で何代も栄えよう」

八十に近い長者はほくほくして自分の撒《ま》いた銭を拾う群れを見ていた。何でもこの長者は戦《いくさ》のためにわずか一代で莫大な富を得た商人《あきんど》であったが、仁和寺《にんなじ》の法筵《ほうえん》で説教を聞いてからにわかに何事か悟ったらしく、その富の大半を挙げて今日の慈善を思い立ったのだという噂《うわさ》であった。

自分で蓄えた黄金のために、自分の晩年に絶えず負担と警戒を感じていた長者は、肩がかるくなったように、

「ああ、これで助かった」といったそうである。そして長者の善行を賞《ほ》め称《たた》える僧や門族や知己《しるべ》たちに囲まれて、長者は脱殻《ぬけがら》のように老いた体を援《たす》けられつつ、仁和寺《にんなじ》の客間へ

請《しょう》ぜられて行った。

「ありがたいお人じゃ」

「大慈悲人じゃ」群衆はその姿へ感謝したが、救われたのは実は長者自身だった。かつてこの長者から酷《ひど》い利息をしぼられたり、この長者の爪に燈《ひ》をともすような強慾《ごうよく》ぶりを憎んで、鬼長者の何のと陰口をきいた人たちもまじっていたが、そういう過去はさておいて、人々はとにかく今の長者の行いにすっかり感激して、それも仏陀《ぶっだ》の教化《きょうげ》であるとして、等しく法悦につつまれていた。

そういう群れの中で、誰かがふいに、泥棒っと呶鳴《どな》った。泥棒という声をきくと傍《そば》の者はすぐ自分の懐中《ふところ》や袖へ手をやって検《あらた》めてみた。すると、せっかく骨を折って拾った銭が紛《な》くなっていた者だの、笄《こうがい》を抜かれている女だの、袂《たもと》を刃物で切られている者だのが数名あって、

「泥棒がいる。この中に泥棒がいる」と、あちらこちらから騒ぎ立てた。無数の眼はついに紛《まぎ》れこんでいる人間を調べ出して追いかけた。群れを離れて逃げてゆく風態《ふうてい》のわるい男が二人、鏡《かがみ》ケ池《いけ》のふちから山の中へ逃げこんでゆくのだった。兇器《きょうき》を持っていることは分《わか》りきったことなので、誰も山へまでは追っては行けなかった。

二人の悪者は山歩きには馴《な》れているらしく、衣笠《きぬがさ》の峰づたいに千本へ出て、やがて蓮台《れんだい》

野《の》の枯れた萱《かや》の中を半身も没しながらざわざわとどこかへ歩いてゆく。

「寒いっ」

「ウウ寒い」悪者はそんなことしかつぶやき合わなかった。毎日の平凡な仕事をして当《あた》り前《まえ》の稼《かせ》ぎから帰ってくるのと変《かわ》りがない。

やがて、土民の家らしい一軒の家の戸をたたいて、

「俺だ、開けてくれ」という。

野の上には雪にもならず低迷している冬雲が暮れかけていて、鳥が、風の中の木の葉みたいに飛ばされている。

「蜘蛛太《くもた》か」

酒を飲んでいる炉《ろ》べりの者たちが戸口へ振りかえった。

三

「蜘蛛太《くもた》じゃねえ、俺だよ」外で再びいうと、

「あ、平次《へいじ》か」起《た》ってきて一人が内から腐りかけている戸をがたぴしと開ける。家のうちに充満していた炉の煙は疾風《はやて》のようにむうっと軒から空へ逃げて行った。

「遅かったなあ兄弟」中でごろごろしている仲間の者たちが等《ひと》しくいうと、寒空に曝《さら》され

てきた赤ら鼻を煤《く》べるように炉へ向《むか》って屈《かが》みこんだ二人の手下は、

「あたりめえよ、汝《てめえ》たちみてえに、飲んじゃ怠けているのとは違わあ」誇るように、自分たち二人で盗んできた小銭や笄《こうがい》を出して、頭領の四郎《しろう》のまえへ並べてみせた。

賞《ほ》められるかと思って期待していると、天城四郎《あまぎのしろう》は眼もくれないで、

「これが仁和寺《にんなじ》へ行った稼ぎか」

「へい、昼間仕事で、案外うまいこともできませんでしたが、それでも、撒《ま》き銭を拾ったやつの袂《たもと》を切って、これだけ掻《か》っ攫《さら》ってきたんで」

「ばか野郎っ」

呆《あ》っ気《け》にとられた子分の顔を見すえて、四郎《しろう》は酒をつがせながら、

「誰が、こんな土のついた小銭などを拾ってこいといった、仁和寺《にんなじ》で働いてこいといったのは、今日、供養塔の棟上げをした長者が必ず寺へ大金を納めたにちがいないから、それを奪うか、または長者の親族たちが、それぞれ贅沢《ぜいたく》な持物や身装《みなり》をして来ているだろうと思って汝《てめえ》たちにいいつけたのだ。誰が、こんなはした金を持ってこいといったか」

眼の前の物をつかんでそれへ叩きつけた。そして、おそろしく不機嫌な顔に、酒乱のような青すじを走らせて、

「やい、酒を酌《つ》げ」

「頭領《かしら》、酒はもうそれだけです」

「酒もねえのか」いよいよ、苦りきって、

「なんてえ不景気なこった」と、つぶやいた。

戦《いくさ》がなくなってからは彼らには致命的な不況がやってきた。女をかどわかしたり民家を襲ったり、火を放けたりして、小さい仕事をしても、何十人もいる野盗の一族ではすぐ坐《ざ》食《しょく》してしまうのだった。それに都会の秩序がだんだんに整ってきて、六波羅《ろくはら》の捕吏《やくにん》たちの追うこともきびしくなった。一頃《ひところ》ならば市中《まちなか》の塔や空寺《あきでら》でも堂々と住んでいられたものが、次第に洛外《らくがい》に追われて、その洛外《らくがい》にも安心しては棲《す》めなかった。

「蜘蛛太《くもた》だよ、開けてくれ」その時また、戸をたたく者があった。子分のうちの侏儒《こびと》の蜘《く》蛛太《もた》がどこからか帰ってきたのである。四郎《しろう》は待ちかねていたように、

「はやく開けてやれ」といった。そして入って来た彼のすがたを見ると、

「蜘蛛《くも》か、どうだった？」

「親分、だめでした」蜘蛛太《くもた》は悄《しお》れたが、

「その代《かわ》りに、おもしろいことを聞き込んできましたぜ」と、怪異な顔をつき出した。

四

四郎《しろう》の数多い手下のうちでも、異彩のある男はこの蜘蛛太《くもた》だった。背は四尺に足らず、容貌は老人のようでもあり、子供のようにも見える。幼少から親兄弟というものの愛情をわきまえない孤児なので、生《うま》れながらの盲人が物の色を識《し》らないように人間社会に愛というものがあることを知らないのである。残忍酷薄、生きんがためにはどんなことをやってもかまわないものだとこの男は信じて生きている。

したがって蜘蛛太《くもた》でないとできない仕事があった。頭領《かしら》の四郎《しろう》でさえ手を下し得ない惨《さん》虐《ぎゃく》をこの男は平気でやる、また、どんな、警固《かため》のきびしい館《やかた》でもこの小男は忍び込むのに困難を知らなかった。今日もそうしたことで、どこかへ仕事に行ったらしいが、稼ぎはなかったらしかった。しかしなにか耳よりな噂《うわさ》を聞いてきたというのである。そこで天城《あまぎの》四郎《しろう》はすこし機嫌を直して、

「ふうむ……面白いこと？　……それは金儲《かねもう》けになりそうな話か」

「なりますとも、金にならない話を頭領《かしら》に聞かせてもつまらねえでしょう」

「その通りだ。何しろこの霜枯れだ。一仕事当てなくっちゃ息がつけぬ」

「金になるばかりでなく、復讐《しかえし》にもなる、いわば一挙両得なんで」

「能書《のうがき》はさしおいて、早くいえ」

「ほかじゃありませんが、いつか、六条の遊女町に火事のあった晩、頭領《かしら》が目をつけてうまく手に入れかかった堂上の姫君があったでしょう」

「ウム、あの時の忌々《いまいま》しさは忘れねえ、あれは月輪《つきのわ》の前関白《さきのかんぱく》の娘だった」

「こっちの仕事の邪魔をした奴は誰でしたっけ」

「聖光院範宴《しょうこういんはんえん》の弟子どもだ」

「頭領《かしら》」蜘蛛太《くもた》は、膝をにじり出して、

「その範宴《はんえん》のことですが」

「ふウム、範宴《はんえん》が、どうしたのか」四郎《しろう》はあの時以来、彼に対する呪詛《じゅそ》を忘れていなかった。利得の有無にかかわらず、折があったら返報してやるとは常に手下の者に洩《も》らしていたことである。

ところが今――蜘蛛太《くもた》のいうところによると、その範宴《はんえん》の身辺には昨年の夏ごろから大きな問題が起《おこ》っている。それは月輪《つきのわ》家の息女と彼との恋愛問題だというのである。範宴《はんえん》はごうごうたる世間の攻撃に怖れをなして叡山《えいざん》へ閉じこもり、一切世間人との交渉を断《た》って、彼の師や彼の弟子や、また女の側《がわ》の月輪《つきのわ》家などが、必死になって、その問題の揉《も》み消し運動やら善後の処置に狂奔しているらしいというのであった。

「どうです」蜘蛛太《くもた》は鼻をうごめかして、

「こんなおもしろい聞き込みは近ごろありますまい。ひとつその破戒坊主の範宴《はんえん》をさがし出して、うんと強請《ゆす》ってやったらどうでしょう」

「ほんとか、その話は」

「懸値《かけね》はありません」

「こいつは金になる。ならなかったら範宴《はんえん》のやつを素裸にして、都大路《みやこおおじ》へ曝《さら》し物にして曳き出し、いつぞやの腹癒《はらい》せをしてやろう」

それから数日の間、ここに巣くう悪の一群《ひとむれ》は、毎日、範宴《はんえん》の居所と、噂《うわさ》の実相をさぐることに交《かわ》る交《がわ》る出あるいていた。

五

「おウい、一休みやろうじゃないか」谷へ向《むか》って一人が呼ぶ。

「おウいっ」そこから声が湧《わ》いた。
四、五人の若い学僧だ。雪が解けたので、この冬籠りのうちに焚《た》き尽《つ》くして乏しくなった薪《まき》を採りに出てきたのである。雪に折れた枯れ枝や四明颪《しめいおろ》しに吹かれた松葉が沢にも崖にも埋《うず》まっていた。その谷間はようやく浅い春が訪れてきて、谷川の裾《すそ》の方には鶯子《ささ》啼《な》きが聞《きこ》え、樹々はほの紅《あか》い芽を点じてはいるが、ふり仰ぐと、鞍馬《くらま》の奥の峰の肩にも、四明《しめい》ケ岳《だけ》のふかい襞《ひだ》にも、まだ残雪が白かった。

「やあ、ここは暖かい」南向きの谷崖へ、学僧たちは薪《まき》の束を担《にな》いあげて車座になった。太陽の温《ぬく》みを持っている山芝が人々の腰を暖かに囲んだ。

「長い冬だったなあ」

「やっと、俺たちに春が来た」

「春は来たが……。山は依然として山だ、谷は依然として谷だ。明けても暮れても霧が住《すま》居《い》じゃ」

「味気ないと思うのか」

「人間だからな」

「それに克《か》つのが修行だ」

「時々、自信が崩れかかるんだ。修行修行といっても、俺たちはどうしても、抜け道を作らずにいられない。そっと山を下りて人間の空気を吸いに出ることだ。そんなことをしていたって、克《か》つことにはならないじゃないか、ただ、矛盾《むじゅん》の中に生きているだけだ」

「そう、むきになって考えたら、僧院の中に住めるものか、よろしく中庸《ちゅうよう》を得てゆくことだ、たとえば、大乗院へ籠《こも》り込んだ範宴少僧都《はんえんしょうそうず》などをみるがよい」

「いろいろな噂《うわさ》があるが、あれは一体、どうしたことだ」

「おい」と、一人の背中をのぞいて、

「貴公は今朝、ここへ来る前に、横川《よかわ》の飯室谷《いいむろだに》へ、何か使いをたのまれて行ってきたのじゃないか」

「うむ、四王院《しのういん》の阿闍梨《あじゃり》から、書面をたのまれて置いてきた」

「範宴《はんえん》はいたか」

「わからん」

「誰がいるのだ、今あの寺には」

「党衆《どうしゅう》らしいのが庫裡《くり》にいた。がらんとして、空寺《あきでら》のように奥は冷たくて暗かった。たしか、去年の初夏のころから、東山聖光院《しょうこういん》の門跡範宴《もんぜきはんえん》が上《のぼ》ってきて、あれに閉じこもっているわけだが、彼の姿など見たこともない。坊官も弟子もいるのかいないのかわからん。おかしなことだ」

「それやいない理《わけ》だ」と一人が唇でうすく笑って、

「範宴《はんえん》は、聖光院《しょうこういん》の方には勿論《もちろん》いないし、大乗院にも、いると見せても、実はそこにもいないのだから……眉唾《まゆつば》ものだよ」

何か火のような光が近くの灌木《かんぼく》の中から谷間の空を斜めに切って行った。人々の眼は、そこへ流れて行った雉子《きじ》の雌《めす》をじっと見ながらなにやら考えこんでいた。

六

やがて、一人が沈黙を破って、

「じゃあいったい少僧都《しょうそうず》は、どこに体を置いているのか、怪《け》しからぬ行状ではないか」

と口吻《こうふん》に学僧らしい興奮をもらしていった。

「さあ、それが分《わか》らぬて」するとまたほかの一名が、

「なあに、大乗院にいることはいるのさ。姿を見せないだけだ。なにかよほどな悶《もだ》えがあって閉じ籠ったまま密行《みつぎょう》しているという」

「やがて、僧正の位階にも上《のぼ》れる資格ができているのじゃないか、なにを不足に」

「いや、その栄位も捨てて、遷化《せんげ》する心だという者がある。四王院《しのういん》の阿闍梨《あじゃり》や、青蓮院《しょうれんいん》の僧正などは、それでひそかに、心配しているらしい」

「あの若さで遷化《せんげ》するなどと……。それは一体ほんとうか」

「青年時代には、お互いに、一度はわずらう病気だよ。あまりに学問へ深入りして、学問の病《やみ》に捕われると、結局、死が光明になってしまうのだ」

「範宴《はんえん》は、そんな厭世家《えんせいか》だったかなあ」

「仁和寺《にんなじ》の法橋《ほっきょう》や、南都の覚運僧都《かくうんそうず》などへも、遺物《かたみ》を贈ったというくらいだから嘘《うそ》ではあるまい」

「では密行《みつぎょう》に入ったまま、ずっと、絶食でもしているのか」

「噂《うわさ》を聞いて、幼少から彼を育てた慈円《じえん》僧正が、たびたび使いをのぼせて思いとまるように苦言しているというが、どうしても、死ぬ決意らしい」

「そうか……」と、人々は太い息をもらし合って、

「それや、姿の見えない理《わけ》が解《と》けた。おたがいに学問もよいほどにしておくんだなあ」

と——薪《まき》を枕にして寝そべっていた一人の僧が、

「あははは」手を打って哄笑した。

「お人良し！　お馬鹿さん！　君たちはおめでたい人間たちだ。もっとも、これだから僧侶は飯が食えるのだがね」

「誰だ、そんな悪魔の口真似《くちまね》をする奴は」振向《ふりむ》いてみると、この山の学僧のあいだで提婆《だいば》達多《だった》と綽名《あだな》をして呼んでいる乱暴者であった。

「提婆《だいば》、何を笑うんだ」

「これが笑わずにいられるか。範宴《はんえん》が遷化《せんげ》するって。……ははは、臍《へそ》がよれる。なるほど、密行《みつぎょう》はしているだろう、しかし、その密行《みつぎょう》がちがっているんだ」

「ひどく悪口をいうではないか」人々は提婆《だいば》に対してむしろ反感をもった。そんな顔つきに関《かま》わず提婆《だいば》は笑いやまず厚い唇をひるがえしていった。

「でも、あまりに諸賢が、愚かしき噂《うわさ》を信じているから、その幼稚なのに憫笑《びんしょう》をもらしたのだ」

「では、範宴《はんえん》は一体、なにを大願として、そんな必死の行《ぎょう》に籠っているのか」

「知れているじゃないか。恋だ！　範宴《はんえん》だって人間だよ、隠し女があるのだ！」

「えッ、女があるって」人々は大胆な放言に眼をみはった。

七

意外そうな顔をする人々の迂遠《うえん》さを提婆《だいば》はあわれむように薄く笑って、

「眼を、君たちは、持っているのかいないのか。お互いに人間だ、叡山《えいざん》だって、人間の住んでいる社会だ。してみれば、若いくせに、聖《ひじり》めかしている奴が、実はいちばん食わせ者だということが分《わか》るはずだ。自体、範宴《はんえん》という人物を、俺は元からそう高く買っていない――」人々は、提婆《だいば》の鋭い観察に黙って聞き入っていた。提婆《だいば》は自分の才舌に酔っているように喋《しゃべ》舌りつづけた。

「考えてみろ。まだ彼奴《きやつ》は今年でやっと二十九歳の青沙弥《あおしゃみ》じゃないか。その青二才で、一院の門跡《もんぜき》となり、少僧都《しょうそうず》となり、やれ秀才の駿馬《しゅんめ》の、はなはだしきは菩薩《ぼさつ》の再来だとかいって、ちやほやいう奴があるが、それが皆、あの男のためには毒になっているのだ。世間は少し、彼を買いかぶり過ぎているし、君たちもまた、それに附随《ふずい》して認識を誤《あやま》っているんだ」

「提婆《だいば》、貴様はまた、何を証拠に、そんな大胆なことがいい断《き》れる？」

「大乗院の出入りを監視しているのは俺だけだろう。なぜ俺が、彼の行動に監視の眼を向けているかといえば、それにも理由がある。……たしか去年の初夏のころだった。俺は範《はん》宴《えん》の隠し女をこの眼で見たのだ」

「ふウム……どこで」

「麓《ふもと》の赤山明神《せきざんみょうじん》の前で」

「…………」提婆《だいば》のことばには曖昧《あいまい》らしさがなかった。信じることをいっている眼であった。人々も彼の態度にその真剣さを見てから狐疑《こぎ》を離れて熱心な耳を傾けだした。

「……範宴《はんえん》は誰も見ていまいと思っているだろうが、それが仏罰だ。ちょうど俺はその前の晩、学寮の連中と謀《たく》らんで、例の坂本《さかもと》の町へ飲みに降りたのだ。つい飲み過ぎて眼をさますと、もう夜が白みかけている、朝の勤行《ごんぎょう》におくれては露顕ものだと、大慌《おおあわ》てに飛び出して、今いった赤山明神《せきざんみょうじん》の近くまで来ると、どうだおい、美しい女が、範宴《はんえん》の袖にすがって泣いているのだ、範宴《はんえん》の当惑そうな顔ったらなかった」

「八瀬《やせ》の遊女《うかれめ》か、それとも京の白拍子《しらびょうし》か」

「ちがう、そんな女とは断然ちがう。どう見ても貴族の娘だ、臈《ろう》たけた五《いつ》つ衣《ぎぬ》の裾《すそ》を端折《はしょ》って、侍女《こしもと》もついていた。二人して泣いてなにかせがんでいるらしい。俺は、樹蔭《こかげ》にかくれて、罪なことだが、そっと見ていた。男女《ふたり》の話こそ聞《きこ》えなかったが、それだけの事実でも、範宴《はんえん》がいかに巧みな偽瞞者《ぎまんしゃ》であるかは分《わか》るじゃないか。あいつに騙《だま》されてはいかん」

「そうか。さすれば、遷化《せんげ》するとか、京の六角堂《ろっかくどう》へ参籠《さんろう》するため、夜ごとに通っているなどということも」

「嘘《うそ》の皮さ。通っているとすれば、それは今いった女の所へだろう」

「なんのこった」

「この社会に生きた聖《ひじり》などはない」

「範宴《はんえん》でさえそうとすれば、吾々《われわれ》が、坂本《さかもと》へ忍んで、女や酒を求めるのは、まだまだ罪の軽いほうだな」

「なんだか、社会がばからしくなってきた。この叡山《えいざん》までが嘘《うそ》でつつまれていると思うと――」

「今ごろそんなことに気がついたのか。どれ、行こうぜ……」

「晩にはまた、坂本《さかもと》へ抜け出して、鬱憤《うっぷん》を晴らせ」薪《まき》を担《かつ》いで、人々は立ち上がった。いつもの薪よりは重い気がするのだった。

八

峰づたいに、十町ほど歩いてゆくと、薪《まき》を担《かつ》いでいるその群れへ、谷の方から呼ぶ者があった。

提婆《だいば》が、耳にとめて、

「待て待て、誰か呼んでいるぞ」若い旅僧の姿が下の方に見えた。笠に手をかけながらその若い僧は喘《あえ》いで上《のぼ》ってきた。

「もしっ、お山の衆」

「おう、なんだ」

「おうかがいいたしますが、大乗院はまだ峰の方でしょうか」

「大乗院なら横川《よかわ》の飯室谷《いいむろだに》だ。この渓流にそうて、もっと下る、そして対《むこ》う岸へ渡る。こんな方へ来ては来過ぎているのだ」若僧はそう教えられて深い渓谷《けいこく》の道をかなしそうに振《ふり》向《む》いた。雪解《ゆきど》けの赤い濁流が、樹々の間に奔濤《ほんとう》をあげて鳴っていた。

「ありがとうございました」やむなく若僧は岩にすがってまた谷の方へ降りて行くのであ

る。綿のように疲れているらしいその足どりを見送って、提婆《だいば》は、

「あぶないぞッ……」と注意していた。

まったくこの谷に馴《な》れない者には危険な瀬や崖ばかりであった。対岸へ越えるにしても、橋もなし、岩伝いに行く頼りもない。若僧は、怖ろしい激流の形相《ぎょうそう》をながめたまま、嘆《ため》息《いき》をついていた。そして、休んでは下流《しも》へ辿《たど》ってゆく。雪で折れた朽《く》ち木《き》に道を塞《ふさ》がれ、そこでも、茫然《ぼうぜん》と、気がくじけてしまう。

心細さはそればかりではなかった。沢の樹々の間はもうほのぐらく暮色《ぼしょく》が迫っている。そして、四明《しめい》の山ふところから飛んでくる氷《こお》った雪か、また灰色の雲がこぼしてゆく霰《あられ》か、白いものが、小紋のように、一《ひと》しきり音をさせて沢へ落ちてきた。

「寒い」若僧は意気地なく木の葉の蔭《かげ》へ兎《うさぎ》のように丸まっていた。笠の下に竦《すく》んでいる眼は、この山の荒法師などとちがって気の小さい善良な眸《ひとみ》をしていた。それに、色の白い皮膚や、腺病質《せんびょうしつ》な弱々しい骨ぐみからして、こういう旅をする雲水《うんすい》の資格はない若者なのである。

「会いたい。ここで凍《こご》え死《じ》にたくない。死んでも兄に会わなければ……」彼は、つぶやいて、凍えた両手を息で暖めた。必死になって身を起《おこ》した、そして、沢の湿地を歩みだしたが、腐った落葉に足を辷《すべ》らせて、渓流の縁《ふち》まで辷《すべ》り落《お》ちた。

「………」腰でも打ったのか、痛そうな眉をしかめていた。笠はもう、濁流に奪われて下流《しも》へながされていた。いつまでも起き上がり得ないのである。その肩へ、その顔へ、痛い痛い霰《あられ》は打つように降っている。

その高貴性のある上品な面《おも》ざしは、どこか、範宴《はんえん》に似ていた。似ているはず――範宴《はんえん》の弟、今は青蓮院《しょうれんいん》にいる尋有《じんゆう》なのであった。

手長猿

一

むささびでも逃げるように、木の葉を騒《ざわ》めかせて崖を辷《すべ》ってきた者がある。灌木《かんぼく》の枝と枝とを掻《か》き分《わ》けて、ひょいと首を出したのを見ると、それは四郎《しろう》の手下の蜘蛛太《くもた》であった。

もうほの暗い谷間をのぞいて、

「だめだ、ここも」と、舌打ちした。

断崖の上にはまだ大勢の人声が残っていた。降りやんだ霰《あられ》の空は星になって青く冴え返っている。そのかわりに刃《は》ものを渡るような風が出て、断崖の際《きわ》にうごいている黒々とした一群の影を吹きなぐっていた。

「蜘蛛《くも》っ」とその群れが上から呼ぶと、

「おウい……」彼は首を仰向《あおむ》けて呶鳴《どな》った。

「降りてきたって駄目だ。ここの淵《ふち》も、越えられそうな道はねえぞっ」蜘蛛《くも》の足もとへ、ざらざらと土が鳴って崩れてきた。彼が止めているにもかかわらず、上の者どもは藤蔓《ふじづる》にすがったり、根笹を頼りにして道もない傾斜を手長猿のように繋《つな》がって降りてくる。そして、一応渓流のあたりを俯瞰《みお》ろしてから、

「こう、雪解《ゆきど》けで水嵩《みずかさ》が増していちゃあ、どこまで行っても、やすやす、越えられる瀬はあるものか。この辺は、川幅のせまいほうだ。なんとかして渡ってしまえ」

「そうだとも、まさか、俺たちが、溺《おぼ》れもしまい」蜘蛛《くも》が、先を歩いていて、

「あぶないっ！」と、また止めた。

「なんだ」

「この下は、洞窟《ほらあな》だ」

「ひさしを這《は》って歩け」

「松明《たいまつ》を点《とも》そうか」

「火はよせ」天城《あまぎの》四郎《しろう》だということが声がらではっきりと分《わか》る。

暗いのでおのおのの眼ばかりが光る。手に持っている斧《おの》だの長刀《なぎなた》の刃が時々青い光を闇で放つのだった。

「松明《たいまつ》など点《とも》して歩いてみろ、すぐ山の者が眼を瞠《みは》って、怪しむに違いねえ、どんな武家の館《やかた》でも、禁裡《きんり》のうちでも、怖いと思って忍びこむ所はねえが、この叡山《えいざん》だけは気をつけないと少し怖い。なぜなれば、ここの山法師ときては、俺たち野伏《のぶせり》以上に殺伐で刃ものいじりが好きときている。のみならず、一山諸房には鐘があって、すわといえば、九十九鐘の梵音《ぼんおん》が一時に急を告げて坂本口《さかもとぐち》を包んでしまう。まだ峰には雪があるから四明《しめい》へ逃げのびるにはやっかい。八瀬《やせ》へ降りては追いこまれる。めッたに大きな声も出すなよ」

盗賊でも将帥《しょうすい》たる者は一歩一歩兵法に等しい細心な思慮を費やして行かなければならない。そうして、忍びやかな自重を持つと、四郎《しろう》の分別に率《ひき》いられた十四、五人の群れは、やがて断崖を下り切って、激流の白い泡が岩を噛《か》んでいる淵《ふち》に立った。

二

渦、飛沫《しぶき》、狂激する水の相《すがた》。

ごうっ――と鳴って闇の中をすごい水の描線《びょうせん》が走っている。手下たちは、そこの淵《ふち》まで降りたもののちょっと顔白んで腕ぐみをしてしまった。

「どうして渡るのだ、この濁流《ながれ》を」すると四郎《しろう》がいった。

「樹《き》を伐れ」斧《おの》を持っていた手下の者が、

「へい」と飛びだしたが、渓谷《けいこく》である、樹は多い、どれを伐《き》るのかと見まわしていた。

瀬にのぞんだ岩と岩とのあいだに柏樹《かしわのき》の喬木《きょうぼく》が根を張っていた。四郎《しろう》は指さして、

「そいつを河の方へ、ぶっ倒せ」と命じる。

「そうだ、なるほど」斧《おの》をひっさげた二人の者が、根方へ寄って、がつんと刃《やいば》を入れた。

斧《おの》の光が丁々《ちょうちょう》と大樹の白い肉片を削って飛ばした。空にそびえている梢《こずえ》と葉が、この兇《きょう》猛《もう》な人間の息にかかって、星のような涙をちらして戦慄する。みりっと、ややそれが、傾《かし》ぎかけると、大勢の手が幹の背を押して、

「もう一丁、もう一丁」と斧《おの》の努力を鞭撻《べんたつ》した。

ぐわあん――と地盤の壊《こわ》れるような音がして、白い水のはねあがった光が闇をまっ二つに割った。

「しめた」と黒い群れは叫ぶ。

仆《たお》れた大樹の梢《こずえ》の先が、ちょうど対岸の岩磐《いわ》にまでとどいている。四郎《しろう》のわらう声が高

らかに動く影の間を流れた。もう先走った者どもは、架けられた喬木の梢《こずえ》のうえを、四つ這《ば》いになって猿《ましら》のように渡っているのだった。

「あぶねえ、静かに来い」

「ひとつ廻《まわ》ると、みんな振落《ふりおと》されるぞ」

「おッと、どっこい」ひらり、ひらりと十幾つの人影は難なく跳び移った。そして戯《ざ》れ言《ごと》をかわしながらどっとそこで一つ笑うと、声もすがたも、たちまち四明颪《しめいおろし》につつまれて暗い沢の果てへ去ってしまった。

夢の中の人影を見るように尋有《じんゆう》はさっきからそれをやや離れた所からじっと見ていた。所詮《しょせん》、この激流を越える術《すべ》はなし、夜にはなったし、こよいはこの沢で落葉を衾《ふすま》にして眠るよりほかないものと霰《あられ》の白くこぼれてきた黄昏《たそが》れから木蔭《こかげ》におとなしい兎《うさぎ》のような形になってうずくまっていたのである。

「おお……」思わず彼は立って巨木の架けられた淵《ふち》まで歩んできた。

「この身の心をあわれみ給うて、弥陀《みだ》が架けて下された橋ではないか」彼は先に越えて行った人々の態《さま》をまねて、手と膝とでその上を這《は》った。先の者は苦もなく一跳《ひと》びにして行ったように見えたが、尋有《じんゆう》にとっては、怖ろしい難路であった。樹はまだ息があるように動くし、水はすごい形相《ぎょうそう》をもって呑《の》もうとするような飛沫《ひまつ》を浴びせる。

尋有《じんゆう》は眼をつむって、

「御仏《みほとけ》」と硬くなって念じた。

三

仰ぐと、高い所に、ぽちとたった一つの燈《ひ》が見える。

宙《ちゅう》は、無数の星だったが、人間の手に点《とも》された光といえばそれ一点しか見あたらない。右を見ても山、左を振返《ふりかえ》っても山、ただ真っ黒な闇の屛風《びょうぶ》だった。

「こよいのうちに、会えればよいが――」

尋有《じんゆう》はやっとそこの谷間を出てから心を希望へ結びなおした。なつかしい兄はもうここからほど近い飯室谷《いいむろだに》の大乗院にいる。骨肉のみが感じるひしとしたものが思慕の胸を嚙《か》んでくる。

「はやくお目にかかりたい」足はおのずからつかれを忘れていた。彼の心は真向《ひたむ》きだった、一心であった。一刻もはやく会わねばならない。会ってそして自分の誠意をもって兄の心を打たなければならない。

兄は知っているのか知らずにいるのか、今、世上の兄に対する非難というものは耳をおおうてもなお防ぐことができない。兄範宴《はんえん》は今や由々《ゆゆ》しい問題の人となっているのである。

囂々《ごうごう》として社会は兄を論難し、嘲殺《ちょうさつ》し、排撃しつつあるのだ。

兄の恩師でありまた自分の師でもある青蓮院《しょうれんいん》の僧正も、玉日姫《たまひひめ》の父である月輪《つきのわ》の前関白《さきのかんぱく》も、夜の眠りすら欠くばかりに、心を傷《いた》めていることを、よもや兄も知らぬわけではあるまいに。——また、その問題も問題である。あろうことかあるまいことか、貴族の姫君と、法俗の信望を担《にな》う一院の門跡《もんぜき》とが、恋をしたというのだ、密会をしたというのだ、しかも六波羅《ろくはら》の夜の警吏《やくにん》に、その証拠すらつかまれているという。

尋有《じんゆう》はじっとしていられなかった。老いたる師の体が毎夜、鉋《かんな》に削《か》けてゆくように痩せてゆくのを側目《はため》に見ても。

（こういう問題を残したまま、聖光院《しょうこういん》を捨てて、ただ御山《みやま》の奥へ、逃避されている兄がわからぬ。ご卑怯だ、いや、兄君のお為にもならぬ。このまま抛《ほう》っておいたら、世論はなお悪化するばかりではないか。玉日《たまひ》様を愛するならば、玉日《たまひ》様の立場も考えてみるがよい。師の君のお心のうちはどんなか、姫の父君の身になってみらるるがよい。どうなりと、この際、善処のお考えをなさらぬ法はあるまい。その兄が救われるならば、この自分などの一命はどうなろうがかまわぬ。どういう御相談《おはからい》でもうけてこよう、兄の胸をたたいて聞いてこよう）こう決心して、彼は、師の慈円《じえん》にも黙って山へさして登ってきたのである。山へ登るについても、世人の眼にふれてはと思い、はるか鞍馬口《くらまぐち》の方から峰づたいに、山の者にも遠くから来た雲水《うんすい》のように見せかけつつやっと辿《たど》り着《つ》いたのだった。

だが——尋有《じんゆう》は世上で論議しているような不徳な兄とは信じていない。兄の本質は誰よりも自分が知っている。兄は決して多情な人ではない、溺《おぼ》れる人ではない、そういう情《じょう》涙《るい》も脆《もろ》さも多分にある人には違いないが、一面に剛毅と熱血を持っていることでは誰にも劣らない生《うま》れつきである。これと心をすえたことには断じて退《しりぞ》かない性格の人でもある。それは源家の血を多分にうけた母の子である兄の長所でもあり、またみずから苦しむところの欠点でもあって、それが兄をしていつも安穏な境遇から求めて苦難の巷《ちまた》へ追い立てる何よりの素因であると、彼は今も歩みつつしみじみ考えてみるのだった。

四

この世のあらゆる音響から隔離《かくり》している伽藍《がらん》の冷たい闇の中から突然起《おこ》った物音なのである。

すさまじい狼藉《ろうぜき》ぶりで、それは次から次へと、仏具や什器《じゅうき》を崩したり、家鳴りをさすような跫音《あしおと》をさせて、広い真っ暗な本堂を中心として、悪魔の業《ごう》が動き出している。

勿論《もちろん》、凡者《ただもの》の所業《しわざ》ではない、夕方、横川《よかわ》を渉《わた》って飯室谷《いいむろだに》へかかった天城四郎《あまぎのしろう》とその手下どもの襲ったことから始《はじま》った事件であった。

洛外《らくがい》の蓮台野《れんだいの》の巣を立ってきた時から彼らはすでにあらかじめ大乗院を目的として来たに相違なく、四郎《しろう》がまず先に立って、妻扉《つまど》をやぶって歩き、つづいて十数名の者が内陣へ入って、まず厨子《ずし》の本尊仏をかつぎだし、燭台《しょくだい》経机《きょうづくえ》の類をはじめ、唐織《からおり》の帳《とばり》、螺鈿《らでん》の卓、瑩《えい》の香炉、経櫃《きょうびつ》など、床《ゆか》の一所《ひとところ》に運び集める。

それを頭領の四郎《しろう》がいちいち眼をとおして、

「こんな安物は捨ててゆけ」とか、これは値《ね》になるとか、道具市のがらくたでも選《え》り分《わ》けるように分けているうちに、慾《よく》に止まりのない手下どもは、土足の痕《あと》をみだして方丈の奥にまで踏み入り、なおどこかに、黄金でもないかと探《さが》し廻《まわ》って行く。

すると、ようやくこの物音を知った庫裡《くり》の堂衆《どうしゅう》が二人ほど、紙燈心を持って駈《か》けてきたが、賊の影を出合いがしらに見て、

「わっ！」と腰をついて転んだ。

「騒ぐと、ぶった斬るぞっ」刃を突きつけると、堂衆《どうしゅう》の一人は盲目的に賊へ武者ぶりついた。他の賊があわててその堂衆《どうしゅう》の脾腹《ひばら》へ横から刃を突っこんだので、異様な呻《うめ》きをあげて床へ仆《たお》れた。

「畜生っ」と血刀をさげて、賊は逃げてゆくもう一人の堂衆《どうしゅう》を追い込んで行った。堂衆《どうしゅう》は驚きのあまり、何か意味のわからない絶叫を口つづけに喚《わめ》きながら暗い一室へ転げ込ん

だ。

「野郎っ」と賊はすぐ追いつめて、隅へ屈《かが》まった堂衆《どうしゅう》の襟がみをつかんだが、その時、漆《うるし》のような室内のどこかで、

「誰だ——」といった者がある。

おや？　と振りかえって闇を透《す》かすように眼をかがやかせたのである。見ると、床の上に円座を敷いて、あたかも一体の坐像《ざぞう》でもすえてあるかのように一人の僧が坐《すわ》っていた。

「うぬは何だ」賊がいうと、僧は静かに、

「範宴《はんえん》である」と答えた。

「えっ」思わずたじろいで、

「範宴《はんえん》？　聖光院《しょうこういん》の範宴《はんえん》か」

「さよう」低い声のうちに澄みきったものがある。その澄みきった耳は最前からの物音を知らぬはずはないが、その態度には小波《さざなみ》ほどの愕《おどろ》きも出ていなかった。

五

「お身たちは何者か」範宴《はんえん》の問いに対して賊たちは賊であることを誇るように答えた。

「盗人《ぬすびと》よ」

「ほ」半眼《はんがん》を閉じていた眼をみひらいて範宴《はんえん》はまたいった。

「盗賊なれば、欲しい物さえ持って行けば、人を殺《あや》めるには及ぶまいが」

「元より、殺生《せっしょう》はしたくないが、この堂衆《どうしゅう》めが騒ぐからよ」

「騒がぬように、わしがいい聞かせておくほどに、そちたちは、安心して、仕事をしてゆくがよい」

「こいつが、うまいことをいう。そんな古策《ふるて》に誰が乗るか。油断をさせて、鐘を撞《つ》くか、山法師どもを呼び集めてこようという肚《はら》だろう」

彼らは当然に信じなかった。そこの様子を聞いて頭領の四郎《しろう》は、範宴《はんえん》を本堂へ連れてこいと伝えてきた。手下どもは彼の両手を捻《ね》じあげて立てと促《うなが》した。悪びれた様子もなく範《はん》宴《えん》は引ッ立てられてそこを出て行くのである。天城四郎《あまぎのしろう》はといえば、本堂にあって、経《きょう》櫃《びつ》の上に傲然《ごうぜん》と腰をおろし、彼の姿を見ると突っ立って、頭から一喝《いっかつ》をくらわした。

「いたか！　なまくら坊主」そして、さらに声高《こわだか》に、

「そこへ、坐《すわ》らせろ」いわるるまでもなく範宴《はんえん》はすでに坐《すわ》っているのである。頭領と仰ぐ四郎《しろう》の身に万一があってはと警戒するように手下どもはいったん物々しく取り囲んだが、その必要がないと見るとおのおの掻き集めた盗品を持ちやすいように包んだり束《たば》に括《から》げたりし始めた。

四郎《しろう》は、範宴《はんえん》の眼をじっと睨《にら》まえていた。範宴《はんえん》もまた四郎《しろう》の顔から眼をそらさなかった。大和《やまと》の法隆寺《ほうりゅうじ》に近い町の旅籠《はたご》で会った時からすでに七、八年の星霜を経ているが、その折の野武士的な精悍《せいかん》さと鋭い熊鷹眼《くまたかまなこ》とは今も四郎《しろう》の容貌にすこしの変《かわ》りもなかった。それと、ふしぎにもこの男は、弟の尋有《じんゆう》の場合でも、自分の所へ襲ってきた今夜でも、何か女性《にょしょう》にからむ問題があるたびに現れてきて迫害を加えることが、あたかも約束事のようになっている。――範宴《はんえん》はその宿縁を思いながら四郎《しろう》の影に対していた。われの懶惰《らんだ》と罪に鞭《むち》を享《う》けて弥陀《みだ》が遣《つか》わさるるところの使者であると思った。

「やいっ、範宴《はんえん》」四郎《しろう》はまずいうのである。

「俺のつらを忘れはしまいな。きょうは返報に来たのだ。ちょうど一年目になるが、よくもいつかの夜には、俺が月輪《つきのわ》の姫を奪ってゆく途中、邪魔させたな。手を下したのは汝《おのれ》じゃないと吐《ぬか》すだろうが、汝《うぬ》の意志をもって弟子どもがやったことである以上、その返報は当然てめえにかかってくるのが物の順序だ。そこで今夜は、この大乗院の什器《じゅうき》と在金《ありがね》を残らず貰《もら》ってゆくつもりだが、何か、いいたい苦情があるか。あるならば聞いてやろう、範《はん》宴《えん》、吐《ぬ》かしてみろ」野太刀の大きな業物《わざもの》はここにあるのだといわないばかりに、左腰へ拳《こぶし》をあてて少し身を捻《ねじ》りながら睥睨《へいげい》した。

範宴《はんえん》の眸《ひとみ》はまだ四郎《しろう》の面《おもて》を正視したきりであった。そして静かにいった。

「欲しいものは、それだけか」

六

「まだある！」押しかぶせるように四郎《しろう》は右の肩を上げていった。

「おれは天下の大盗だ。盗賊の慾《よく》には限りというものがない。汝《うぬ》の生涯につきまとうて、汝《うぬ》を囮《おとり》に財宝を集めさせてはせびりに来る。今夜は初手の手付《てつけ》というものだ」

「生涯、この範宴《はんえん》から財をしぼるというか」

「おれは、貴様の弱点を握っているからな。——いやともいえまい」

「さように財物を集めておもとはいったい何を築きたいのか」

「死ねば、おさらばを告げるこの世に、物を築いて置く気などはさらさらない。みな、飲む、買う、耽《ふ》ける、あらゆる享楽にして、この一身を歓《よろこ》ばせるのだ」

「歓ばせて、どうなるか」

「満足する」

「それは、肉体がそう感じるだけのもので、心は、その幾倍もの苦しみや、空虚を抱きはせぬか。人間は、霊と肉体とのふたつの具現じゃ。肉のみに生きている身ではない」

「小理窟《こりくつ》は嫌いだ、理窟《りくつ》をいってるやつに一人でも幸福そうに生きている者はない。とにかく俺はその日その日が面白くあればいい、したいことをやって行く」

「あわれな男のう」

「誰が」

「お汝《こと》じゃ」

「わはッははは」四郎《しろう》は高い天井の闇へ洞然《どうぜん》と一笑をあげて、

「こいつが、てめえ自身の不倖《ふしあわ》せも知らずに、俺を不愍《ふびん》だといやがる」かた腹が痛そうにしていったが、ふと、範宴《はんえん》の一語が頭の隅で気になるらしく、

「おれのどこが、あわれなのか、あわれらしいのか、いってみろ」

「おもとのような善人が、会うべき御法《みのり》の光にも浴さず、闇から闇を拾うて生きていることの、何《なん》ぼう不愍《ふびん》にも思われるのじゃ」

「やいっ、待て」四郎《しろう》は大床を一つ踏み鳴らして、

「おれを善人だと」

「されば、そういった」

「すこし気をつけてものを吐《ぬ》かせ。この天城四郎《あまぎのしろう》を善人だといった奴は、天下に汝《うぬ》をもって嚆矢《こうし》とする。第一、俺にとって大なる侮辱だ。おれは悪人だ、大盗だ」威丈《いたけ》だかに彼がいうのを冷寂《れいじゃく》そのもののような容姿《かたち》でながめ上げながら、範宴《はんえん》は、片頬にうすい笑《え》くぼ

をたたえた。

「おもとは弱い人間じゃ。偽悪の仮面《めん》をつけておらねば、この世に生きていられないほどな――」

「偽悪だと。ふざけたことをいえ、俺の悪は、本心本性のものだ。人のうれいを見て欣《よろこ》び、人の悲しみや不運を作って自分の快楽とする。自分一つの生命《いのち》を保つためには、千人の人間の生命を殺《あや》めてもなお悔いを知らぬ。かくのごとく天城四郎《あまぎのしろう》は、無慈悲だ、強欲《ごうよく》だ、殺生《せっしょう》ずきだ！　そして、女を見れば淫《みだら》になり、他人の幸福を見れば呪詛《じゅそ》したくなる。――これでも俺を善人というか」

「まことに、近ごろめずらしい真実の声を聞いた。話せば話すほど、おもとはいつわらぬよいお人じゃ」

七

四郎《しろう》は自分が世に隠れなき大悪の張本人であることをもって誇りとしているのである。

しかるに、今夜の相手は、自分の兇悪《きょうあく》ぶりに対して、一向に驚かないのみか、自分を目《もく》して、素直だといい、正直者だといい、善人だという。

これでは、天城四郎《あまぎのしろう》たる者の沽券《こけん》はない。彼は足蹴《あしげ》にされたよりも大きな侮辱を感じて、

いちいち範宴《はんえん》のことばに腹が立った。ことばすずしく自分を揶揄《やゆ》するものであると取って、

「やかましいっ」と最後には大喝《だいかつ》を発して、顔にも、肩にも、腕にも、怒りの筋肉をもりあげ、全身をもって悪形《あくぎょう》の威厳を示した。

「おれを、賞《ほ》めそやしたら、おれが喜ぶとでも思っているのか。甘くみるな。そんな生やさしい人間とは人間のできがちがう。四の五はよいから、金を出せ」

「この無住にひとしい官院に、黄金《こがね》があろうわけはない」

「家探《やさが》しするぞ」

「心すむまでするがよい」

「それ、探してこい」手下どもへ顎《あご》を振って、四郎《しろう》は再び範宴《はんえん》を監視した。

終始、範宴《はんえん》の姿なり面《おもて》からはなんの表情もあらわれなかった。四郎《しろう》との一問一答がやむと、睫毛《まつげ》が半眼《はんがん》をふさぐだけのことだった。散らかって方丈へなだれ込んだ手下たちは、やがて戻ってきて、範宴《はんえん》の室《へや》から一箇の翡翠《ひすい》の硯屏《けんぺい》と堆朱《ついしゅ》の手筥《てばこ》とを見出してきただけであった。金はなかったけれど、その翡翠《ひすい》の硯屏《けんぺい》は、四郎《しろう》の慾心《よくしん》をかなり満足させたらしい。

「寺には、こういう代物《しろもの》があるからな」と見恍《みと》れていた。そしてすぐ、

「引き揚げよう。そこいらの物を引《ひ》っ担《かつ》いで先へ出ろ」と命じた。

手下たちは、めいめい盗品を体につけて本堂の外へ出た。四郎《しろう》は、動かしかけた足を回《かえ》

し、最後の毒口をたたいた。

「範宴《はんえん》、また来るぞ」鏃《やじり》のような鋭い彼の眸に対して、範宴《はんえん》の向けた眼《まな》ざしは春の星のように笑っていた。

「オオ、また参るがよい」

「ふふん……負惜《まけお》しみのつよい男だ。人もあろうに、俺のような人間に、女犯《にょぼん》の証拠をにぎられたのが汝《てめえ》の災難。一生末生、つきまとって金をせびるものと観念しておけよ」

「ふかいご縁じゃ。いつかはこの浅からぬ宿縁に、法《のり》の華《はな》が咲くであろうよ」

「まだ囈言《たわごと》を吐いていやがる。おれの悪を偽面とぬかしたが、汝《てめえ》も、聖《ひじり》めかしたその偽面を、ぬぎ捨てて、凡下《ぼんげ》は凡下《ぼんげ》なりに世を送ったほうが、ずんと気が楽だろうぜ。ははは、坊主に説教は逆さまだが、俺の経文《きょうもん》は生きた人間へのあらたかな極楽の近道なのだ。……どれ、だいぶ寒い思いをしたから、今夜は八瀬《やせ》の傾城《けいせい》に会ってその極楽の衾《ふすま》に、迦《か》陵頻伽《りょうびんが》の声でも聞こう。おさらば」

盗賊の習性として、現場を退《ひ》く時の身ごなしは眼にもとまらないほど敏捷《びんしょう》であった。廻廊《かいろう》へ出たと思うと、四郎《しろう》の影も、手下どもの影も、谷間を風に捲かれて落ちる枯葉のように、たちまち、その行方を掻消《かきけ》してしまう。

さっきから歯の根もあわず、縁の柱の蔭《かげ》にすくんでいた尋有《じんゆう》は、悪夢をみているような眼でそれを見送っていた。

九十九夜

一

魔の荒《あら》して行った伽藍《がらん》のひろい闇を、その後の惨たる泥足の跡を、冷たい風がふきぬけていた。

尋有《じんゆう》はいつまでもからだの顫《ふる》えがとまらなかった。脚ぶしをがくがくさせて、廻廊《かいろう》の扉《と》口《ぐち》から大床のうちを覗《のぞ》いた。

一点の灯《あか》しもない。いるのかいないのか範宴《はんえん》のすがたも見えない暗さである。尋有《じんゆう》は這《は》うように進んで行った。——と、賊が捨てて行った経巻《きょうかん》が白蛇のように解けて風にうごいている。その側に、坐《すわ》っている者の影が見えた。

「兄君ッ……」つき上げて出た声だった。範宴《はんえん》のほのかに白い面《おもて》がじっと自分のほうへ向いたことがわかると、尋有《じんゆう》は跳びついて兄の膝にしがみついてしまった。

「おっ！　……」愕《がく》とした兄の手が尋有《じんゆう》の背をつよくかかえた。かかえる手もかかえられる手も氷のようだった。ただ、範宴《はんえん》の膝をとおす弟の涙ばかりが熱湯のようにあつい。そして、範宴《はんえん》は弟が何のために山へ来たかを、また尋有《じんゆう》は兄が自分の姿をどう心の裡《うち》で見ているかを、何もいわないうちに分《わか》ってしまったような気がするのであった。兄を責めるとか諫《いさ》めるとかいうようなことはみじんも忘れ果てて、ただ、肉親の情涙《じょうるい》の中に泣《な》き濡《ぬ》れていることだけで満足を感じてしまった。

「よう来たのう、道にでも迷うてか、この夜更《よふ》けに入って――」

「兄君……」とだけで、尋有《じんゆう》は舌がつってしまう。何もいえないのだ。ただなつかしいのだった。

「寒かろう、それに飢《ひも》じいであろう。はての……なんぞ温い食べ物でもあればよいが」

「いいえ、私は、飢《ひも》じいことはありません。何もいりません。……それよりは、どこもお怪我《けが》なさいませんか」

「なんで？」

「天城四郎《あまぎのしろう》のために」

「………」黙って、微笑して、範宴《はんえん》は顔を横に振って見せる。まるで他人事《ひとごと》のようにである。

尋有《じんゆう》は、兄の膝から顔を離し、兄の手をつよくつかんだ。

「ご存じですか。世間の声を、都の者の喧《やかま》しい非難や論議を」

「うむ……」

「師の君の御苦境やら、また、姫のお父君でおわす月輪《つきのわ》様の御心痛も」

「……知っておる」

「すべてをご存じですか」

「この山にいても、眼にみえる、心に聞《きこ》える、身はふかく霧の扉《と》にかくれても、心は俗界の迷路からまだ離れきらぬためにの。――そんなことではならないのだ、今のわしは、今の範宴《はんえん》は」

つよい語尾であった。尋有《じんゆう》はこの期《ご》になっても屈しない兄の厳《おごそ》かな眉にむしろ驚くのだった。会うごとに兄の性格が高い山へ接してゆくように、深く嶮《けわ》しく、そして登れば登るほど高さが仰がれてくる心地がするのである。

「心配すな、それよりは寝《やす》め。――わしの室《へや》へきて」静かに立った時、堂衆《どうしゅう》の紙燭《しそく》が、奥のほうでうごいていた。

二

眼をとじてもいつまでも眠りに入れない尋有《じんゆう》であった。

兄は自分を寝《やす》ませておいてどこかへ出て行った。廊下で堂衆《どうしゅう》の寒さにふるえているような声がきこえる。堂衆《どうしゅう》のうちで賊に斬られた者があるというから、その男の手当やら後の始末をしているのであろう、微かな物音が更《ふ》けるまで庫裡《くり》に聞《きこ》えた。

それが止《や》むと、やがて範宴《はんえん》はそっと室へ帰ってきた。尋有《じんゆう》は自分の寝顔をさしのぞいている兄の容子《ようす》を感じながら眠ったままに装っていた。兄もすぐ側に眠るであろうと考えていたのである。ところが範宴《はんえん》は法衣《ころも》の紐《ひも》をしめ直したり、脚絆《きゃはん》を当てたりして、これから外へでも出るような身仕度《みじたく》をしているのだった。

（今ごろ？）と尋有《じんゆう》は怪しんで冴えた心になっていた。ふっと、息《いき》の音《ね》がしたと思うと、短檠《たんけい》の燈《ひ》は消えていた。寝ている者の眼をさまさせまいとするように、しのびやかな跫音《あしおと》が室を出て、後を閉めた。

「はて……？　いずこへ」尋有《じんゆう》は起き直った。

しばらくためらっていたがどうしても不安になった。あわてて、枕の下へ手を入れる、そこらに脱いでおいた法衣《ころも》を体に着ける。

外へ出た。彼方《あなた》を見、此方《こなた》を見廻《みまわ》したが、もう兄のすがたは見えない。山門の方まで駈《か》けてみる。そこにも見えないのである。

峰と峰とのあいだの空が研《と》がれた鏡のように明るかった。寒さは宵とは比較にならない、この寒気《かんき》を冒《おか》して、この深夜をこえて、兄は一体どこへ出て行ったのか。

翌《あく》る朝になってみると、兄は、自分のそばに法衣《ころも》も解かずに寝ていた。眠る間があったのだろうか、さりげなく朝の食事はひとつ座に着いて喫している。

「兄君、ゆうべあれから、どこかへお出になりましたな」

「うむ、行った」それきりしか問わなかったし、それきりしか答えもしない。範宴《はんえん》はすぐ斎堂《さいどう》を立って、

「わしは、ずっと、黙想を日課にしておる。行室《ぎょうしつ》におるあいだは、入ってくれるな」といった。

昼間は、顔をあわす折もないし、夜はまた、ただ一人でどこかへ範宴《はんえん》が出て行ってしまう。一夜も、欠かした様子がない。

山へかくれた去年から今年への間に、範宴《はんえん》の心境は幾たびとなく苦悶のうちに転変していた。死を決して、食を断《た》ったという噂《うわさ》も事実であろう。この寂土《じゃくど》から現実の社会を思って、種々《さまざま》な自分を中心として渦まくものの声や相《すがた》を、眼に見、耳に聞き、生きながら業火《ごうか》

の中にあるような幾月の日も送っていたに違いない。そうして今は何か一《ひと》すじに求めんとするものへ向《む》って、夜ごとにこの大乗院を出ては、朝になると帰ってくる彼であった。

「今夜こそ、そっと、お後を尾《つ》けて行ってみよう」尋有《じんゆう》は、兄の行動を、半ばは信じ、半ばは世間のいう悪評にもひかれて、もしやという疑いをふと抱いた。

三

その晩、尋有《じんゆう》は先に臥床《ふしど》を出て、大乗院の外に忍んでいた。

ぽつ――と冷たいものが頬にあたった。雨である。しかし、雲が明るい、綿のような雲が翔《か》けている。

「降らねばよいが」夜ごとにこの闇を歩む兄の身を思いやって祈るのだった。

静かな跫音《あしおと》が今山門を出て行った。範宴《はんえん》である。勿論《もちろん》気づいているはずはない、尋有《じんゆう》はその後から見え隠れに兄の影を追って行くのだった。

昼ですら危険の多い横川《よかわ》の谷間を、範宴《はんえん》は、闇を衝いて下って行く。なにか、赫々《かっかく》とした目的でもあるような足だ。むしろ尋有《じんゆう》のほうが遅れがちなのである。

渓流にそって、道は白川へ展《ひら》けている。そのころから風が変《かわ》って、耳を奪うような北山颪《おろし》に、大粒な雨がまじって、顔を打つ、衣を打つ。

すさまじい空になった。黒い雨雲がちぎれて飛ぶ間に、月の端が、不意に顔を出すかと思うと、一瞬にまたまっ暗になった。がらっと鳴る水音は、絶えず足もとを脅《おびや》かすのである。尋有《じんゆう》はともすると見失いそうな先の影に、喘《あえ》ぎをつづけていた。

草鞋《わらじ》の緒《お》でも切れたのではないか。範宴《はんえん》は浄土寺の聚落《むら》あたりで、辻堂《つじどう》の縁にしばらく休んでいた。禅林寺の鐘の音が、吠《ほ》える風の中で二更《にこう》を告げた。

「この道を？……いったいどこへ行こうとなさるのか」いよいよ、兄の心が尋有《じんゆう》には謎だった。粟田山《あわたやま》の麓《ふもと》から、長い雑木林の道がつづく。水をもった落葉を踏んで飽かずに歩むと、やがて、黒い町の屋根が見え、三条磧《さんじょうがわら》の水明《みずあか》りが眼の前にあった。

河はもうこの一降《ひとふ》りで水量《みずかさ》を増していた。濁流が瀬の石に白い泡を嚙《か》んでいる。五条まで下がれば橋はあるが、範宴《はんえん》は浅瀬を見まわしてそこを渡渉《こえ》て行こうとする。

「あ、あぶない」尋有《じんゆう》は、自分の危険をわすれて、河の中ほどまで進んだ兄の姿に気をとられていた。法衣《ころも》のすそを高くからげても、飛沫《しぶき》は腰までかかるのだった。それに、この水の冷たさはどうだろう。尋有《じんゆう》は歯をかみしばって、一歩一歩、河底の石を足の爪先で探りながら歩いた。

と――砂利でも掘ったような深い底へ、尋有《じんゆう》は足を踏み入れた。あっ――と思った時はもう迅《はや》い水が喉首《のどくび》を切って流れていた。

「兄君――」思わず尋有《じんゆう》は叫んでしまった。そして、四、五間ほど流されて、水面に手をあげた時、範宴《はんえん》は水煙《みずけむ》りを上げて、彼の方へ駈《か》け戻《もど》ってきた。

四

「兄君」

「尋有《じんゆう》っ」眼の前に伸ばしてきた範宴《はんえん》の手へ、尋有《じんゆう》は、両手ですがりついた。

「よかった。怪我《けが》はせぬか」

「い、いいえ」唇は紫いろになっていた。声もふるえて出ないのである。

「手を離すな」範宴《はんえん》は、濡《ぬ》れ鼠《ねずみ》になった弟を抱えて、河原へ上がった。

「寒かろうが、行く先まで怺《こら》えておれ」すぐ堤を越えて、また歩いた。三条の大路《おおじ》をまっ直ぐ西へ。

一叢《ひとむら》の森がある。頂法寺《ちょうほうじ》の境内だった。そこの六角堂《ろっかくどう》へ来ると、範宴《はんえん》は、堂の一隅に置いた櫃《ひつ》の中から、肌着と法衣《ころも》を出して、弟に着かえさせた。

尋有《じんゆう》は、縁の床《ゆか》に手をついたまま、いつまでも面《おもて》を伏せていた。

「おもと、なにを泣いているか」

「自分が恥《はず》かしいのです」

「なぜ」

「私までが、世評に耳を惑わされて、実は、兄君をお疑い申しておりました。それで、今夜は、お行き先を見届けようと、お後を尾《つ》けて来ましたところ、兄君の夜ごとのお忍びは、この六角堂《ろっかくどう》にご参籠《さんろう》のためと分《わか》りました」

「叡山《えいざん》から三里十六町、この正月の十日から発願《ほつがん》して、ちょうど今宵で九十九夜になるのじゃ、お汝《こと》の案じてくれるのもわかっておる、また、師の僧正を初め、月輪《つきのわ》殿の御心痛のほども、よう汲《く》んではおるが、範宴《はんえん》が今の無明海《むみょうかい》をこえて彼岸《ひがん》に到るまでは、いかなる障碍《しょうげ》、いかなる情実にも邪《さまた》げられぬと武士が阿修羅に向《むか》うような猛々《たけだけ》しい心を鎧《よろ》うて参ったのだ。そのために、この六角堂《ろっかくどう》へ参籠《さんろう》のことも、誰にも告げず、ただ、深夜の天地のみが知っていた。お汝《こと》が、大乗院からわが身の後に慕《しと》うて来たことも、知らぬではなかったが、すでに九十九夜になる今宵のことゆえ、打ち明けてよかろうと、また、師の僧正にも、範宴《はんえん》はかくのごとくまだ無明海《むみょうかい》にあることをお汝《こと》の口から告げてもらいたい。――しかし必ずとも、永劫《えいごう》の闇にやわかこのままに溺《おぼ》れ果《は》つべき。必ずやこの身が生涯のうちにはこの惑身《わくしん》に、玲瓏《れいろう》の仏光を体得して、改めて、今のお詫《わび》に参ずる日のあることを誓って申し添えておいてくれい、……よいか、わかったか尋有《じんゆう》」

「はい……。よく分《わか》りました」

「わかってくれたら、早う帰れ、青蓮院《しょうれんいん》の師のもとへ帰れ。それまでは、この兄もあると思うな。ただ、天地の大きな力と、御仏《みほとけ》の功力《くりき》を信じておれ。ことに、お汝《こと》は肉体が弱い、せめて、安らかな心のなかに住むことを心がけて下されい」範宴《はんえん》はひざまずいて、弟の胸へ向《むか》って掌《て》を合わせた。

五

ふかい樹立《こだち》が静寂《しじま》の闇と漆《うるし》を湛《たた》えたような泉の区域を囲んでいた。六角堂《ろっかくどう》のすぐ裏にあたる修学院《しゅがくいん》の池である。

そこに、この真夜中《まよなか》、水音がしていた。裸体になって水垢離《みずごり》をとっている者がある。白い肌がやがて寒烈な泉に身を浄《きよ》めて上がってきた。

範宴《はんえん》だった。寒いといっても、このごろはもう樹の梢《こずえ》にも霜がないが、彼がこの六角堂《ろっかくどう》の参籠《さんろう》を思い立った一月上旬のころには、この池には夜ごとに薄氷が張っていたものであった。その氷を破って全身を八寒《はちかん》のうちに没して、あらゆる妄念《もうねん》を洗って後、御堂《みどう》の床《ゆか》に着くのだった。

――それが今宵で九十九夜も続いた。よくこの肉体がつづいたと彼は今も思う。

しかし、行《ぎょう》は、行《ぎょう》のための行《ぎょう》ではない。出離生死《しゅっりしょうじ》の妄迷を出《いで》て彼岸《ひがん》の光明にふれたい大願に他《ほか》ならない。九十九夜の精進《しょうじん》が果たして仏の御心《みこころ》にかなったろうか。

凍《こご》える身を拭いて、範宴《はんえん》は白い浄衣を肌に着、少僧都《しょうそうず》の法衣《ほうえ》を上に纏《まと》った。そして、六角堂《ろっかくどう》の扉《と》を排《お》しながらはっと思った。

「百夜はおろか、二百夜、千夜、出離《しゅつり》の御功力《みくりき》をたまわるまでは、振り向いてはならぬ。まだ真向《まむき》にこの御扉《みとびら》のうちへこそ向《むか》え」

自分を叱咤して、精舎《しょうじゃ》の扉《と》を排《お》した。

床に坐《すわ》る。一点の御灯《みあかし》を霊壇《れいだん》の奥に仰ぐ。——範宴《はんえん》は、ここに趺坐《ふざ》すると、弱い心も、強い心も、すべての我《が》が溶けてくるのを感じる。そして肉体を忘れる。在るのは生《うま》れながらの魂のみであった。人間とよばるるあわれにも迷いの多い一箇のものだけであった。

「南無《なむ》、如意輪観世音菩薩《にょいりんかんぜおんぼさつ》」合掌をこらして、在るがままに在るうちに、我ともあらぬものが満身の毛穴から祈念のさけびをあげてくる。

「——仏子範宴《ぶっしはんえん》、人と生《うま》れてここに二十九春秋、いたずらに国土の恩に狎《な》れて長じ、今もって、迷悟を離れず悪濁《おだく》の無明《むみょう》にあえぎ、幾《いく》たびか籠り幾《いく》たびか彷徨《さすら》い、ひたすら行道のあゆみを念じやまぬ者にはござりまするが、愚かや、山を降りては世相の謎《なぞ》に当惑し、愚《ぐ》痴貪欲《ちどんよく》に心をいため、あまつさえ、仏陀《ぶっだ》の誡《いまし》めたもう女人に対しては、忘れんとしても、夢寐《むび》の間も忘れ得ず、仏戒の力も、おのれの力も、それを制圧するに足らず、日々夜々の妄魔《もうま》との戦いに、あわれ心身も蝕《むしば》まれて滅びんとしている愚か者がこの範宴《はんえん》であります。一度《ひとたび》は、死なんといたしましたが、死に赴くも難《かた》く、生《しょう》を願うては煩悩の濁海にもてあそばれているのみ。あわれ、救世菩薩《ぐぜぼさつ》、わが行く道はいずくに在るか。示したまえ！　出離《しゅつり》生死《しょうじ》の大事を！　これ、一人の範宴《はんえん》にとどまる悩みではありません。同生《どうしょう》の大衆《だいしゅ》のために、われら人間の子のために」

いつか涙の白いすじが、彼のすさまじい求法《ぐほう》の一心を焚《た》いている眸《ひとみ》から溢《あふ》れて、滂沱《ぼうだ》として頬にながれ落ちるのであった。

六

雨に洗われた路面は泥濘《でいねい》をながして白い小石が光っていた。樹々の芽がほの紅くふくれ、町の屋根にはうすい水蒸気があがっている。

範宴《はんえん》は、歩いていた。生々《せいせい》とした朝の町に、彼の顔だけが暗かった。力も、目標もない足つきだった。

「この大願が解決されねば、生きているかいはない」と思いつづけていた。

ゆうべは、宵の騒ぎで、すでに大乗院を出る時刻が遅かったので、けさは、六角堂《ろっかくどう》で夜が明けてしまったのである。もうこうして、ひたむきに山から通うことも昨夜で九十九夜になる。
「何を得たか？」範宴《はんえん》は、依然として、十万暗黒のうちに自分の衰えつかれた姿を見出すだけだった。往来の人とぶつかっても気がつかない、輿《こし》を荷担《にな》ってくる舎人《とねり》に呶鳴《どな》られても気がつかない、物売りの女が怪しんで、気狂《きちが》いらしいと指さして笑っているのも気がつかない……。

今朝の彼は、気狂《きちが》い僧と見られても無理がなかった。法衣《ころも》は、ゆうべの雨で河水に濡《ぬ》れてまだよく乾いてもいないのをそのまま着ていた。その裾《すそ》も破れているし、足はどこで傷ついたのか血を滲《にじ》ませているのである。時々、辻《つじ》へ来て、はっと上げる眼《まな》ざしは、うつつで、底光りがして、飛び出しそうな熱をもって、無心な者はぎょっとする。

だが、彼の姿を、往来の誰もが、そこらにうろついている物乞い僧と同一視していたのは、むしろ幸いといわなければならない。なぜなら、もし、聖光院《しょうこういん》の門跡範宴少僧都《もんぜきはんえんしょうそうず》が、そんな身装《みなり》をして、この朝まだきに町の中を通っているのを見つける者があったら、さなきだに今、彼の行方は社会の問題になっているし、月輪《つきのわ》の姫との恋愛沙汰《ざた》なども、喧《やか》ましくいわれているところなので、たちまち、

（破戒僧がいた）

（範宴少僧都《はんえんしょうそうず》があるいている）と、興味や蔑《いや》しみの眼《まなこ》があつまってきて、彼の姿を見世

物のように人が見に集まってきたかも知れないのである。

そういう実は危険な往来であったが、範宴《はんえん》その人は、少しも、それには意《こころ》をつかっていない。——ただ、求法《ぐほう》のもがきだけだった。今の闇を脱する光明をつかみたい。出離生死《しゅつりしょうじ》の大事——それにのみ全能はかかっている。

「ああ」四条の仮橋の欄《らん》を見ると、綿のようにつかれた体は、無意識にそれへ縋《すが》った。夜来の雨で、加茂川《かもがわ》は赤くにごっていた。

濁流の瀬は逆《さか》まいて白い飛沫《しぶき》をあげていた。折角《せっかく》、萌《も》えかけた河原の若草も、可憐な花も、すべてその底に没している。ちょうど、彼自身の青春のように。

「もし……。あなたは、範宴少僧都《はんえんしょうそうず》ではありませんか」ふいに誰か、彼の肩をうしろから叩く者があった。人の多い京の往来である。ついに、彼の顔を見知っている者に出会ってしまった。

七

「これは、おめずらしい」と、その人はいった。

範宴《はんえん》は、橋の欄《らん》から振向《ふりむ》いて、

「お、あなたは」

「ご記憶ですか、安居院《あごい》の法印《ほういん》聖覚《しょうかく》です」

「覚えております」

「意外なところで……」と法印《ほういん》はなつかしそうに眼を細めた。

磯長《しなが》の聖徳太子《しょうとくたいし》の廟《びょう》に籠って厳寒の一夜を明かした折に、そこの叡福寺《えいふくじ》に泊《とま》っていた一人の法印《ほういん》と出会って、互いに、求法《ぐほう》の迷悟と蟬脱《せんだつ》の悩みを話しあって別れたのは、もう十年も前のことである。その折の旅の法印《ほういん》が、今も相変《あいかわ》らず、一杖一笠《いちじょういちりゅう》の姿で洒脱《しゃだつ》に眼の前で笑っている。安居院《あごい》の聖覚《しょうかく》なのである。

「しばらくでしたなあ。——いろいろご消息は聞いているが」と、法印《ほういん》は範宴《はんえん》の眉を見つめていった。

「お恥《はず》かしい次第です」範宴《はんえん》はさし俯《う》つ向《む》いて、

「磯長《しなが》の太子廟《たいしびょう》で、あなたに会った年は、私の十九の冬でした。以来十年、私はなにをしてきたか。あの折も、仏学に対する懐疑で真っ暗でした。今も真っ暗なのです。——いやむしろ、あのころのほうがまだ、実社会にも、人生の体験も浅いものであっただけに、苦悶も、暗い感じも、薄かったくらいです。自分ながら時には暗澹《あんたん》として、今も、加茂《かも》の濁流を見ていたところなのです。私のような愚鈍は、所詮《しょせん》、死が最善の解決だなどと思って
……」

そういう淋《さび》しげな、そして、蒼白い彼の作り笑顔《つくえがお》を見て、法印《ほういん》は礼拝するような敬虔《けいけん》な面持ちをもって、

「それが範宴《はんえん》どのの尊いところだと私は思う。余人ならば、それまでの苦闘を決してつづけてはいないでしょう。たいがいそれまでの間に、都合のよい妥協《だきょう》を見つけて安息してしまうものです。あなたが他人《ひと》とちがう点は実にそこにあるのだ」

「そういわれては、穴へも入りたい心地がします。すでに、世評にもお聞き及びでしょうが、私という人間は、実に、矛盾《むじゅん》だらけな、そして、自分でも持てあます困り者です。その結果、がらにもない求法《ぐほう》の願行《がんぎょう》と、実質にある自分の弱点が呼んだ社会的な葛藤《かっとう》とが、ついに、二進《にっち》も三進《さっち》もゆかない窮地へ自分を追い込んでしまい、今ではまったく、御仏《みほとけ》からは見離され、社会からは完全に葬りかけられている範宴《はんえん》なのです。まったく、自業自得と申すほかはありません」

夜来一椀《いちわん》の水も喉へとおしていない彼の声は、乾《から》びていて、聞きとれないくらいに低い。しかしその音声《おんじょう》のうちには烈々と燃ゆる生命の火が感じられ、そして、みずからを笑うがごとく、嘲《あざけ》るがごとく、またなおこのまま斃《たお》れてしまうことを無念とするような青年らしい覇気と涙がその面《おもて》をおおっていた。

「お察しする」と、法印《ほういん》は呻《うめ》くようにいって、同情に満ちた眼で、範宴《はんえん》の痩せて尖《とが》った肩

に手をのせていった。

「立ちどまっていては、人目につく。歩きながら話しましょう」

八

肩を並べて、二人は歩みだした。四条の橋を東へ渡りかけて、

「法印《ほういん》、あなたは、西の方へお渡りのところではありませんか。こう行っては、後へ戻ることになりましょう」範宴《はんえん》が、ためらうと、安居院《あごいん》の聖覚《しょうかく》は、首を振って、

「何、かまいません。友が生涯の彼岸《ひがん》に迷っていることを思えば、一日の道をもどるくらい、何のことでもありません」そういいつつ、歩む足も言葉もつづけて、

「今、あなたの真摯《しんし》な述懐を聞く途端に、私の頭へ閃《ひら》めいたものがあります。それは、きっとあなたに何らかの光明を与えると思う」

「は、……何ですか」

「範宴《はんえん》どのは、黒谷の吉水禅房《よしみずぜんぼう》に在《お》わす法然上人《ほうねんしょうにん》にお会いになったことがありますか」

言下に範宴《はんえん》は答えた。

「かねて、お噂《うわさ》は承っていますが、まだ機縁がなく、謁《えっ》したことはございません」

「大きな不幸ですな」と法印《ほういん》はいった。

「ぜひ、一度、あの上人《しょうにん》にお会いになってごらんなさい。私がここで、その功力《くりき》を百言で呶々《どど》するよりは、一度の御見《ぎょけん》がすべてを、明らかにするでしょう。私も初めのほどは、ただ奇説を唱える辻《つじ》の俗僧とぐらいにしか思わないで、訪れを怠っていましたが、一度、法然御房《ほうねんごぼう》の眉を仰いでからというものは、従来の考えが一転して、非常に明るく、心づよく、しかも気楽になりました。なぜもっと早くにこの人に会わなかったのかと機縁の遅かったことを恨みに思ったほどでした。ぜひあなたも行ってごらんなさい」熱心にすすめるのだった。

黒谷の念仏門で、法然房《ほうねんぼう》の唱道している新宗教の教義や、またそこに夥《おびただ》しい僧俗の信徒が吸引されているという噂《うわさ》は、もうよほど以前から範宴《はんえん》も耳にしていることであって、決して、安居院《あごい》の聖覚《しょうかく》の言葉が初耳ではなかった。

けれど、法印《ほういん》も今告白したとおり、在家往生《おうじょう》とか、一向念仏とか、易行《いぎょう》の道とか、聞く原理はいわゆる仏教学徒の学問の塔にこもって高く矜持《きょうじ》している者から見ると、いかにも、通俗的であり、民衆へ諂《おもね》る売教僧の看板のように見えて、そこの門を訪ねるということは、なにか、自己の威権にかかわるような気のしていたものである。

ことに、凡《ただ》の学徒や究法の行者とちがって、生きるか死ぬかの覚悟で、まっしぐらに大《だい》蔵《ぞう》の仏典と人生の深奥に迷い入って、無明《むみょう》孤独な暗黒を十年の余も心の道場として、今もなお血みどろな模索《もさく》を続けている範宴《はんえん》にとっては、そういう市塵《しじん》や人混みの中に、自分の探し求めているものがあろうなどとは絶対に思えなかったのである。吉水《よしみず》の禅房《ぜんぼう》と聞き、黒谷の念仏門と聞き、法然房源空《ほうねんぼうげんくう》と聞き、幾《いく》たびその噂《うわさ》が耳にふれることがあっても、まるで他山の石のような気がしていたのであった。それが今――今朝ばかりは――

「お！　黒谷の上人《しょうにん》」何か、胸の扉をたたかれたような気がした。

「ぜひ、行ってご覧なさい」法印《ほういん》は、重ねてすすめた。そして、別れて立ち去った。

「黒谷の上人《しょうにん》」範宴《はんえん》はつぶやきつつ、後を見た。もう法印《ほういん》の姿は往来に見えない。頂法寺《ちょうほうじ》の塔の水煙《すいえん》に、朝の陽《ひ》がちかと光っていた。

「法然《ほうねん》――。そうだ法然御房《ほうねんごぼう》がいる」九十九日目の明けた朝であったのも不思議といえば不思議である。如意輪観世音《にょいりんかんぜおん》の指さし給《たま》うところか、範宴《はんえん》はすぐ心のうちで、

（行こう！）と決心した。

離山

一

どこに臥《ふ》し、どこに食を得ていたか、ここ数日の範宴《はんえん》の所在はわからなかったが、あれから叡山《えいざん》へは帰っていないことと、洛内《らくない》にいたことだけは確実である。

粟田山《あわたやま》の樹々は、うっすらと日ごとに春色を加えてきた。黒谷の吉水《よしみず》には、夜さえ明ければ、念仏のこえが聞《きこ》えやまなかった。信徒の人々の訪れては帰る頻繁な足に、草原でしかなかった野中はいつのまにか繁昌な往来に変《かわ》っていた。

その人通りの中に範宴《はんえん》のすがたが見出された。

勿論《もちろん》、彼を範宴《はんえん》と知る者はなかった。安居院《あごい》の法印《ほういん》のように、よほど記憶のよい人か、親しい者でなければ、その笠のうちをのぞいても気がつくまい。

（どこの雲水《うんすい》か）と、振りかえる者もない。

女も老人《としより》も、子供も、青年《わかもの》も通る。その階級の多くは元より中流以下の庶民たちであるが、まれには、被衣《かずき》をした麗人もあり、市女笠《いちめがさ》の娘を連れた武人らしい人もあった。また、吉水禅房《よしみずぜんぼう》の門前の近くには、待たせてある輦《くるま》だの輿《こし》だのもすえてあった。

範宴《はんえん》は、やがて、大勢の俗衆と共に、そこの聴聞《ちょうもん》の門をくぐってゆく。法筵《ほうえん》へあがる段廊下の下には、たくさんな草履だの、木履《ぼくり》だの、草鞋《わらじ》だのが、かたまっている。彼もそこへ穿物《はきもの》を解き、子の手をひいて通る町の女房だの、汗くさい労働者だの、およそ知識程度のひくい人々のあいだに伍して、彼もまた、一箇の俗衆となって聴法の床に坐《すわ》っていた。

こうして、範宴《はんえん》がここへ来る願いは、まだ法然上人《ほうねんしょうにん》に会って、心をうち割ってみるとか、自分の大事についてただしてみるとかいうのではなくて、自分もまず一箇の俗衆となって、これだけの民衆をすがらせている専修念仏門の教義を、学問や小智からでなく、凡《ぼん》下《げ》の心になって、素直に知ってみたいと思うのであった。

四条の畔《ほとり》で、安居院《あごい》の法印《ほういん》からいわれた示唆《しさ》は、今もまだ耳にあって、天来の声ともかたく信じているのであるが、範宴《はんえん》には、いきなり法然《ほうねん》の門へ駈《か》けこんで、唐突に上人《しょうにん》に会ってみるより、上人《しょうにん》の唱える念仏門が何であるか、それを知ってから改めて訪れるべきだと考えられた。また、従来の自分というものを深く反省《かえりみ》てみると、学問に没しすぎてきたため、学的にばかり物を解得《げとく》しようとし、どんな教義も、自分の学問の小智に得心がゆかなければうけ取ることができない固執をもっていた。理論に偏しすぎて、実は、理論を遊戯していることになったり、真理を目がけて突きすすんでいると思っていたのが、実は、真理の外を駈《か》けているのであったりしてきたように思われていたのであった。——で、この期《ご》にこそ、まず自分の小智や小学やよけいな知識ぶったものを一切かなぐり捨てて、自分も世間の一凡下《いちぼんげ》でしかないとみずから謙虚な心に返って、この説教の席にまじって、耳をすましているのであった。

二

十日ほど、範宴《はんえん》は通った。

そのあいだに、一般の聴法者のあつまりには、法然上人《ほうねんしょうにん》のすがたは、いちども、説教の座に見られなかった。

「お風邪《かぜ》をひいて、臥《ふ》せっていらっしゃるのだそうだ」信徒の人々のうわさだった。で、教壇には、法然直門《ほうねんじきもん》の人々がこもごもにあらわれて、念仏の要義を、極《きわ》めてわかりやすく、しかも熱心に説くのだった。

その中には、他宗にあって相当に名のあった学徒たちが、顕密《けんみつ》諸教の古い殻《から》から出て、この新しい宗祖の下《もと》に集まって来ている者も尠《すく》なからずあった。

西仙房《さいせんぼう》の心寂《しんじゃく》、聖光房《しゃっこうぼう》の弁長《べんちょう》、また空源《くうげん》とか、念阿《ねんあ》とか、湛空《たんくう》などの人たちは、範宴《はんえん》も以前から知っている顔であった。

また、鎌倉殿の幕府うちでも、武名の高い坂東武者《ばんどうむしゃ》の熊谷直実《くまがいなおざね》、名も、蓮生房《れんしょうぼう》とあらためて、あの人がと思われるような柔和な相をして、円頂黒衣《えんちょうこくえ》のすがたを、信徒のあいだに見せているのも眼についた。

「ここの壇《だん》こそは、生きている声がする」

範宴《はんえん》は、一日来ると、必ず一つ感銘を抱いて帰った。世間そのものの浄土を見て帰った。

「もし！……」ぞろぞろと禅門から人々の帰って行く折であった。老婆と幼子《おさなご》とを門前にのこして、範宴《はんえん》の後をついてきた商人《あきゅうど》の妻らしい女が、

「もしや、範宴《はんえん》さまではございませんか」と後ろから呼んだ。

「どなたです」

「お見わすれでしょう」と女はわらう。範宴《はんえん》は、女の笑顔《えがお》に、

「おお、梢《こずえ》どのか」と驚いていった。

弟の尋有《じんゆう》の今の姿が、すぐ梢《こずえ》の変《かわ》りきった眼の前の姿と心のうちで比べられた。二人の恋ももう遠い過去のものであった。天城四郎《あまぎのしろう》にかどわかされて後のこの女の運命を思わないこともなかったが、こんなに幸福な陽《ひ》の下で見られようとは想像もしていなかったことである。

「あのせつは、ご心配をおかけいたしましたが、今では、小《ささ》やかですが、穀商人《こくあきゅうど》の内儀《ないぎ》になり、子どもまでもうけて、親どもと一緒に暮らしております。よそながら、お噂《うわさ》もうかがって、いつも蔭《かげ》ながらご無事をおいのりしておりましたが、ここでお目にかかれましたのも、ありがたいお上人様《しょうにん》のおひきあわせでございましょう」と、ことばの下から念仏をとなえて、吉水《よしみず》の門を拝むのだった。

あの盗賊の四郎《しろう》の手にかけられた上は、当然、遠国《えんごく》の港へ売られたか、浮《うか》れ女《め》の群れに入って東国《あずま》まで漂泊したか、いずれ泥水の中に暗い月日も送ったことであろうに、梢《こずえ》の顔にはそうした過去の陰影はすこしも見られない。母としてのつつましさと、妻としての落《お》ち着《つ》きをたたえている顔に、明るい笑靨《えくぼ》がうごいているだけだった。

「そうか」範宴《はんえん》はうれしいことに会ったと思った。そして、彼女の今の幸福はなにかと問うと、梢《こずえ》は、ためらいなくいった。

「お念仏でございます。良人《おっと》のそばでも、子供に乳をやりながらでも、お念仏を申している日がつづいてから、不幸と思った日は一日もございません」

三

梢《こずえ》のそういう恵まれた姿を見たばかりではない。範宴《はんえん》は彼女とわかれて歩みだしながら考えた。ふしぎな事のように思うのだ。この黒谷の上人《しょうにん》の門へ群れあつまる人々の姿にはみなその恵みがかかっている。どの顔にも歓びと生活の幸《さち》が輝いている。自分のごとく懊悩《おうのう》の陰影をひきずっている者はない。心の見窶《みすぼ》らしさがあの群れの中では目立つ。

しかし、その時にはもう深い決意が範宴《はんえん》の肚《はら》にはすわっていた。彼の姿はやがて叡山《えいざん》の森々《しんしん》と冷たい緑の気をたたえている道をのぼっている。大きな決意を抱いて一歩一歩に運ぶ足だった。

「や、範宴《はんえん》じゃないか」杉林の小道から出て来た四、五名の学僧たちが、眼まぜで、囁《ささや》き合いながら摺《す》れちがって、

「うふふ……」手で口を抑え、次にすぐ、

「あははははは」と大きく笑った。

範宴《はんえん》はふり向きもしない。ただこの山の人間と黒谷の人々との持っている心の平常にいちじるしい差をすぐに感じただけであった。かほど森厳《しんげん》な自然と、千年の伝統をもっている壇《だん》には、なんらの仏光を今日の民衆にもたらさなくて、市井の中のささやかな草庵の主《あるじ》から、あのような大道が示されているのは、何という皮肉であろうと思った。

(奇蹟《きせき》が事実にある)範宴《はんえん》はやはり今の世に生《うま》れてよかったと思う。今の世に生《うま》れなければ、あの奇蹟《きせき》は見られないのである、法然御房《ほうねんごぼう》にも会えないのである。安居院《あごい》の聖覚法《しょうかくほう》

印《いん》は、やはり嘘《うそ》をいわなかった。

彼の心は急いできた。といっても、先ごろのような焦躁《しょうそう》では決してない。いそいそと明るいほうへ心は向いている。

大乗院へもどると、彼はすぐ麓《ふもと》へ向けて使いをやった。使いは、青蓮院《しょうれんいん》と、聖光院《しょうこういん》へまわった。

この一年ほど、まるでたましいのない廃寺のように、寂《じゃく》として、憂暗のうちにあった聖光院《しょうこういん》と、そこに留守をしていた人々は、思いがけない師の書状を手にすると、

「お帰りになるそうだ」といって狂喜した。

小幡民部《こばたみんぶ》から性善坊《しょうぜんぼう》につたえられ、性善坊《しょうぜんぼう》はその報を持って、

「覚明《かくみょう》」と、友の室《へや》へ駈《か》けこんだ。そして、

「師の房《ぼう》が、おもどりになるゆえ、迎えにこいというおてがみだ」と告げると、覚明《かくみょう》は、

「ほんとか」と、眼をみはった。

よほどうれしかったのであろう、またそれほどに今日までの一日一日が憂惧《ゆうぐ》の底であったにちがいない。

「よかった」と抱き合って、ふたりは泣いた。

四

山南天《やまなんてん》の実が赤い。

藪蔭《やぶかげ》の陽《ひ》はもう暖かな草萌《くさも》えのにおいに蒸《む》れていた。

「ここじゃ」大乗院の山門の額《がく》を仰いで、人々はほっと汗ばんだ息をやすめた。

「ようこんな廃《や》れ寺《でら》で、一年もご辛抱なされたものだ」と、覚明《かくみょう》がうめいていう。

坊官の木幡民部《こばたみんぶ》を初め性善坊《しょうぜんぼう》やその他十名ほどの弟子たちは、そこを入る時から胸が高鳴っていた。玄関へ向《むか》って、

「聖光院《しょうこういん》のお留守居の者ども、お迎えに参じました。師の御房《ごぼう》へおつたえして給われ」

堂衆《どうしゅう》が、奥へ入って行く。やがて、

「御本堂へ」と、一同を通した。

明けひろげた伽藍《がらん》の大床には、久しぶりで四面からいっぱいな春光がながれこんでいた。

だが、ふと内陣の壇《だん》を仰ぐと、御厨子《みずし》のうちには本尊仏もなかった、香華《こうげ》の瓶《びん》もない、経机《きょうづくえ》もない、龕《がん》もない、垂帳《とばり》もないのである。吹きとおる風だけが爽《さわ》やかであった。

(はてな?)不審ないろが誰の面《おもて》にもあった。しかしことばを洩《も》らす者はなかった。より以上に、師のすがたが胸につまるほどな感謝で待たれていたからである。民部《みんぶ》、性善坊《しょうぜんぼう》、

覚明《かくみょう》、その以下の順で膝ぶしを固めてじっと控えていた。

（どんなに窶《やつ》れておいで遊ばすことか）と、その衰え方を誰もが眸《ひとみ》にいたましく描いてみるのであった。

奥まった所で扉《と》のあく音が聞《きこ》え、やがて静かな跫音《あしおと》が近づいてくる、廻廊《かいろう》の蔭《かげ》にあたって人の来る気配なのであった。——と、そこに、うぐいす色の袈裟《けさ》をかけて、念珠を携《たずさ》えた背のすぐれた人が立っていた。

「あ。……師の御房《ごぼう》」いうまでもなく範宴《はんえん》なのである。ひれ伏した人々はふたたび顔を上げ直して、自分の眼を疑った。なぜならば、骨と皮とのようになっていられるだろうとすら想像していた彼の面《おもて》は、多少やつれてこそいるが、若い血色に盈《み》ちていたし、何よりは、熒々《けいけい》として見える双眸《そうぼう》の裡《うち》に、驚くべき意志の力が、かつて誰も見なかったような希望をかがやかせていたからだった。

円座も敷かずに、範宴《はんえん》は床へじかに坐《すわ》った。彼もまた、一年ぶりに会った愛弟子《まなでし》たちに対して、なんともいい得ない感情につつまれているらしいのであった。ただ一言《ひとこと》、

「皆に、心労をかけましたのう」といった。

「……何の、お健やかなご様子さえ拝せば、私たちの苦労はすぐ解けてしまうものでございまする」性善坊《しょうぜんぼう》は、はらり落つる涙を掌《て》にうけて、答えた。剛毅な覚明《かくみょう》すら、久しく

離れていた嬰児《あかご》が母のすがたを見たように羞《は》にかんでいるのであった。

五

麓《ふもと》の白川口《しらかわぐち》には、一輛《りょう》の輦《くるま》が待っていた。二人の稚子《ちご》と牛飼の男が、そばの草叢《くさむら》に腰をすえて、さびしげに雲を見ている。

そこは、志賀《しが》山越えと大原道《おはらみち》との岐《わか》れ目《め》であった。一面の琵琶《びわ》を背に負い、杖《つえ》をついてとぼとぼと志賀《しが》の峠から下りてくる法師があった。足もとの様子で盲人と見たので、草の中から稚子《ちご》が、

「琵琶《びわ》法師さん、輦《くるま》があるよ」と、気をつけてやる。

盲の法師は杖《つえ》をとめて、

「ありがとう」背を伸ばし、空を仰いで、

「どなたのお輦《くるま》ですか」

「聖光院《しょうこういん》の御門跡《ごもんぜき》さまが、山をお下りになるんです」

「あ！　……。範宴《はんえん》どのが、山を離れられるとか」

「御門跡《ごもんぜき》さまをご存じですか」

「月輪《つきのわ》公の夜宴でお目にかかったことがあります。そうですか、やはり、離山《りざん》なされるこ

とになったか。そうなくてはならないことでしょう。……範宴少僧都《はんえんしょうそうず》の君をことほぐために、一曲奏《かな》でたい気持《きもち》さえ起《おこ》るが、ここは路傍、やがての事にいたしましょう。私は、峰阿弥《みねあみ》と申すものです。どうぞ、よそながらこうとお伝え置きねがいまする」

独りで喋《しゃべ》って、独りでうなずきながら、旅の琵琶《びわ》法師は、落陽《おちび》のさしている風の中を、大原道《おはらみち》のほうへとぼとぼと歩み去った。

「なんじゃ、あの法師めは、盲というものは口賢《くちがしこ》いことをいうから嫌いだ」牛飼の男が、つぶやいた時、戯《たわむ》れ合《あ》っていた稚子《ちご》たちが、

「あ、お見えじゃ」と立《た》ち上《あが》った。

雲母坂《きららざか》を越えて斜めに降りてくる範宴《はんえん》の姿や、その他の迎えの人々が見え初めたのである。輦《くるま》の簾《れん》をあげて、牛飼は軌《わだち》の位置を向きかえた。

（範宴離山《はんえんりざん》）の噂《うわさ》は、半日の間に、叡山《えいざん》にひろがっていた。ひそかに、彼へ私淑している人々だの、彼の身を気づかっていた先輩だの、また、一部の学徒の人々だのが、真っ黒なほど範宴《はんえん》のうしろに列を作っていた。

その人々へ対《むか》って、慇懃《いんぎん》に、別辞の礼を施《ほどこ》してから、範宴《はんえん》は、輦《くるま》の中へ移った。彼の胸には、この時すでに、十歳の春から二十九歳のきょうまで、生《うま》れながらの家のように、また、血みどろな修行の壇《だん》としてきた、叡山《えいざん》に対して、永遠の訣別《けつべつ》を告げていたのであった

が、送る人々は、なにも気づかなかった。

「範宴御房《はんえんごぼう》、おすこやかに」

「またのお移りを待つぞ」などといった。

輦《くるま》がゆるぎだすと、白河《しらかわ》の上にも、如意《にょい》ケ岳《たけ》のすそにも、白い霧のながれは厚ぼったく揺らいでいた。そして、どこからともなく、淙々《そうそう》と四絃《しげん》を打つ撥《ばち》の音《ね》がきこえてきた。

「お、琵琶《びわ》の音がする。……加古川《かこがわ》の法師は？　……」輦《くるま》のうちで眼をふさぎながら、範《はん》宴《えん》は、玉日姫《たまひひめ》のすがたを、おぼろ夜の白い桜《はな》を思いうかべていた。

解説　親鸞聖人を学ぶ

「人間親鸞」といわれるように、親鸞には、大衆を引きつける魅力があります。また、潔癖で妥協のない生き方は、多くの文化人を引きつけてきました。

親鸞はなぜ、そんなにも多くの人々を魅了してやまないのか。世にいう「高僧・名僧」と、どこが違うのか？

その謎を解くには、親鸞の教えの理解が不可欠です。このコーナーでは、伊藤健太郎・仙波芳一両氏の著書『親鸞聖人を学ぶ』より、小説に描かれた舞台の背景を、「解説」として転載します。

❶ 求道に行き詰まった時、聖徳太子が夢に現れて告げた「謎の言葉」とは

親鸞聖人《しんらんしょうにん》が比叡山《ひえいざん》に登られて、十年が過ぎた。しかし、今死んだらどうなるかと考えると、不安な心しか出てこない。求道《きゅうどう》に行《ゆ》き詰《づ》まられた親鸞聖人《しんらんしょうにん》は、かねて崇敬《すうけい》していた聖徳太子《しょうとくたいし》に魂《たましい》の解決を尋《たず》ねようと、太子の御廟《ごびょう》（墓所）に参詣《さんけい》された。建久二年（一一九一）九月、十九歳の時のことだった。

そこで三日間、親鸞聖人《しんらんしょうにん》は一心不乱に祈《いの》り続《つづ》けられたのである。

「聖徳太子《しょうとくたいし》さま。煩悩《ぼんのう》に汚《けが》れ、悪に染まったこの親鸞《しんらん》、救われる道がありましょうか。どうか、お教えください。太子さま！」

不眠不休《ふみんふきゅう》の祈願《きがん》に精も根も尽《つ》き果《は》て、二日めの真夜中、親鸞聖人《しんらんしょうにん》はついに失神された。

すると前方の石戸がゆっくり開き、そこから漏《も》れる光で、廟窟《びょうくつ》の中はあかあかと輝《かがや》いた。

光の中から聖徳太子《しょうとくたいし》が現れ、こう告げられる。

「我が三尊《さんぞん》は、塵沙《じんじゃ》の界《かい》を化《け》す。

日域《じちいき》は大乗相応《だいじょうそうおう》の地なり。
諦《あきらか》に聴《き》け、諦《あきらか》に聴《き》け、我が教令《きょうれい》を。
汝《なんじ》が命根《みょうこん》は、応《まさ》に十余歳なるべし。
命終《おわ》りて速やかに清浄土《しょうじょうど》に入らん。
善《よ》く信ぜよ、善《よ》く信ぜよ、真《まこと》の菩薩《ぼさつ》を」

（意訳）
「阿弥陀仏《あみだぶつ》は、全《すべ》ての者を救わんと、力尽《ちからつ》くされている。
日本は、真実の仏法が花開く、ふさわしい所である。
よく聴《き》きなさい、よく聴《き》きなさい、私の言うことを。
そなたの命は、あと、十年なるぞ。
命終わると同時に、清らかな世界に入るであろう。
よく信じなさい、深く信じなさい、真の菩薩《ぼさつ》を」

ここまで聞いたところで夢から覚めた親鸞聖人《しんらんしょうにん》は、直ちに太子の言葉を書き記されたのである。

樹木のおいしげった山が御廟（叡福寺）

聖徳太子《しょうとくたいし》の御廟《ごびょう》は磯長《しなが》（大阪府太子町）にあるので、親鸞聖人《しんらんしょうにん》のこの夢は「磯長《しなが》の夢告《むこく》」といわれている。

十九歳の親鸞聖人《しんらんしょうにん》が、ここで最も深刻に受け止められたのは、「おまえの命は、あと十年」という予告であったことは、想像に難くない。

そして「命終わると同時に、清らかな世界に入るであろう」という夢告《むこく》は全く不可解であり、「だからおまえは、今こそ本当の菩薩《ぼさつ》を心から信じなさい」と言われても、まことの菩薩《ぼさつ》とは誰《だれ》なのか、どこにましますのか、謎《なぞ》は深まる一方だった。

「私の命はあと十年……。あと十年……」

激しい無常にせきたてられ、親鸞聖人《しんらんしょうにん》はまたしても法華経《ほけきょう》の難行苦行《なんぎょうくぎょう》に打《う》ち込《こ》まれた。

❷「この親鸞こそ、偽善者だ」誰よりも戒律を守りながら激しく嘆かれたのは、なぜか

親鸞聖人《しんらんしょうにん》が出家された頃《ころ》、幾人《いくにん》もの平家の落ち武者が、源氏の追及《ついきゅう》を逃《のが》れるために、治外法権の比叡山《ひえいざん》に潜《ひそ》んでいた。彼らは〝にわか坊主《ぼうず》〟となって、昼間こそ殊勝《しゅしょう》そうにしていたが、かつての酒池肉林が忘れられず、夜な夜な山を抜《ぬ》け出《だ》して遊女と戯《たわむ》れては、朝帰りをしていた。彼らのあさましい姿を見るにつけ、親鸞聖人《しんらんしょうにん》は自分だけでも戒律《かいりつ》を守《まも》り抜《ぬ》こうと、なお厳しい修行に打《う》ち込《こ》まれた。

だがその親鸞聖人《しんらんしょうにん》も、赤山禅院《せきざんぜんいん》の女性を忘れることはできなかった。一心に仏を思《おも》い浮《う》かべる修行中も、ふと女の姿が現れる。邪念《じゃねん》を振《ふ》り払《はら》い、乱れた心を静めようとしても、「親鸞《しんらん》さま、親鸞《しんらん》さま」と、忘れえぬ玉の声が聞こえてくる。

〝こんなことではだめだ〟と真剣《しんけん》に経典を読み始めると、今度は行間に女の顔が浮《う》かぶ。

修行に打ち込まれた比叡山から琵琶湖を望む

「思ってはならない」と、抑《おさ》えれば抑《おさ》えるほど、ますます強い圧で噴《ふ》き上《あ》がる煩悩《ぼんのう》に、親鸞聖《しんらんしょう》人《にん》は泣かれた。

確かに親鸞聖人《しんらんしょうにん》は、異性に触《ふ》れることはなかったから、悪を「見ざる、聞かざる、言わざる」は完遂《かんすい》されていた。だが「思わざる」だけは、どうすることもできなかったのである。

仏教では、人間を心と口と体の三方面から評価するが、「体で何をしているか」「口で何を言っているか」よりも、「心で何を思っているか」を最も重視する。それは、体や口の行いは、全《すべ》て心の命令によるからである。心で思わないことを、体や口が勝手にするはずがない。

判断力のない少年が、狡猾《こうかつ》な大人にそそのかされたり、脅迫《きょうはく》されたりして殺人を犯したと

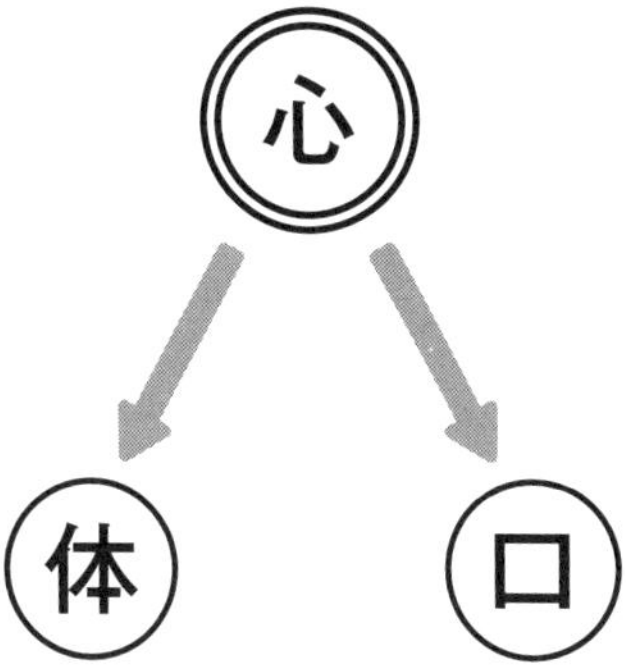

口や体の行いは、全て心の命令による

すれば、いちばん罪が重いのは、操《あやつ》った者だ。体が悪いことをしたならば、その責任は命じた心にある。だから仏教では、「殺《や》るよりも　劣《おと》らぬものは　思う罪」といわれて、実際に体で殺すより、「あいつ死んでくれたら」と心で殺す罪のほうが、もっと重いと教えられる。

体や口の言動を慎《つつし》み、善人を装っていても、最も大事な「心」では、とても他人に言えない、恐《おそ》ろしいことを考えてはいないだろうか。心の動きを見つめた親鸞聖人《しんらんしょうにん》は、「ああ、何たることか。俺《おれ》は、体でこそ抱《だ》いてはいないが、心では抱《だ》き続《つづ》けているではないか。それなのに、俺《おれ》ほど戒律《かいりつ》を守っている者はないとうぬぼれて、彼らを見下している。醜《みにく》い心を抱《かか》えながら、うわべだけを取《と》り繕《つくろ》っているこの親《しん》鸞《らん》こそ、偽善者《ぎぜんしゃ》ではないか」と、悲泣なされたのである。

③「このままでは地獄だ」と、二十年間の修行を捨てて、下山されたのは、なぜか

比叡山から琵琶湖を見下ろされる親鸞聖人
（アニメ映画『世界の光・親鸞聖人』より）

九歳で仏門に入ってより二十年間、親鸞聖人《しんらんしょうにん》は血を吐《は》く難行苦行《なんぎょうくぎょう》に専心されたが、後生《ごしょう》暗い心の解決はできなかった。天台宗の教えに絶望し、山を下りる決意をされた時の苦悩《くのう》が、『歎徳文《たんどくもん》』という書に、こう記されている。

「定水《じょうすい》を凝《こ》らすと雖《いえど》も識浪《しきろう》頻《しき》りに動《うご》き、心月《しんげつ》を観《かん》ずと雖《いえど》も妄雲《もううん》猶《なお》覆《おお》う、而《しか》るに一息《いっそく》追《つ》がざれば千載《せんざい》に長《なが》く往《ゆ》く、何《なん》ぞ浮生《ふしょう》の交衆《こうしゅ》を貪《むさぼ》って徒《いたずら》に仮名《けみょう》の修学《しゅがく》に疲《つか》れん、須《すべか》らく勢利《せいり》を抛《なげう》って直《ただち》に出離《しゅつり》をねがうべし」

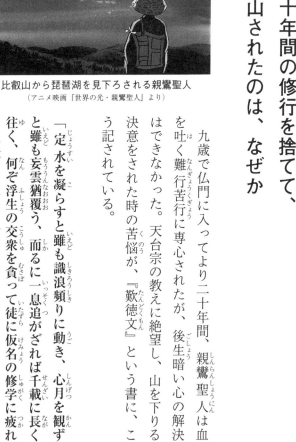

比叡山の大乗院から根本中堂への坂道。
親鸞聖人は、この道を歩んで修行に励まれたに違いない

静寂《せいじゃく》な夜、修行に励《はげ》まれる親鸞聖人《しんらんしょうにん》が、比叡《ひえい》の山上から見下ろす琵琶湖《びわこ》は、鏡のようだった。

「ああ、あの湖水のように、私の心はなぜ静まらないのか。静めようとすればするほど散り乱れる」

思ってはならないことが、ふーっと思えてくる。考えてはならないことが、次から次と浮《う》かんでくる。どうしてこんなに、欲や怒《いか》りが逆巻くのか。自分の心でありながら、どうにもならない心に、親鸞聖人《しんらんしょうにん》は苦しまれた。涙《なみだ》に曇《くも》った眼《まなこ》を天上に移すと、月はこうこうと冴《さ》えている。

「どうして、あの月のようにさとりの月が

「親鸞聖人御修行旧跡」の石柱が建つ比叡山の大乗院

拝めないのか。次々と煩悩《ぼんのう》の群雲《むらくも》で、さとりの月を隠《かく》してしまう。こんな暗い心のままで、死んでいかねばならぬのか。このままでは地獄《じごく》だ。この一大事、どうしたら解決できるのか……」

親鸞聖人《しんらんしょうにん》は、居ても立ってもおれぬ不安に襲《おそ》われた。もはや一刻の猶予《ゆうよ》もない。

「どこかに、煩悩《ぼんのう》に汚《けが》れ、悪に染まった親鸞《しんらん》を、導《みちび》きたもう大徳《たいとく》はましまさぬか……」

泣き泣き比叡山《ひえいざん》を後にされたのは親鸞聖人《しんらんしょうにん》、二十九歳の春だった。

4 六角堂での百日の祈願

救世観音から授かった「女犯の夢告」とは

比叡《ひえい》を後にした親鸞聖人《しんらんしょうにん》は、京都の六角堂へ向かわれた。六角堂は聖徳太子《しょうとくたいし》の建立《こんりゅう》した寺である。その本尊の救世観音《ぐぜかんのん》に、親鸞聖人《しんらんしょうにん》は後生《ごしょう》の救われる道を必死に尋《たず》ねられた。

磯長《しなが》の夢告《むこく》で聖徳太子《しょうとくたいし》から、「おまえの命はあと十年」と告げられてより、ちょうど十年。決死の祈願《きがん》は百日間、続いた。その九十五日めの夜明け、救世観音《ぐぜかんのん》が立派な僧《そう》の姿で現れると、親鸞聖人《しんらんしょうにん》に、こう告げた。

「そなたがこれまでの因縁《いんねん》によって、たとえ女犯《にょぼん》があっても、私（観音《かんのん》）が玉女《ぎょくにょ》という女の姿となって、肉体の交わりを受けよう。そしておまえの一生を立派に飾《かざ》り、臨終には引き導いて、極楽《ごくらく》に生まれさせよう。これは私の誓願《せいがん》である。全《すべ》ての人に説き聞かせなさい」

その時、親鸞聖人《しんらんしょうにん》が東方に目を向けると、険しい山々に数千万の人々が集まっていた。それらの人に救世観音《ぐぜかんのん》の言葉を話したところで夢から覚めたと、親鸞聖人《しんらんしょうにん》は書き残され

現在の六角堂。本堂の屋根が六角形になっているのが特徴（京都市中京区）

ている。これを世に「女犯《にょぼん》の夢告《むこく》」とか、「救世《ぐぜ》観音《かんのん》の夢告《むこく》」という。

当時の仏教には、僧侶《そうりょ》は一切、女性に近づいてはならないという、厳しい戒律《かいりつ》があった。しかし、色と欲から生まれた人間が、色と欲から離《はな》れ切《き》れるだろうか。この矛盾《むじゅん》に悶《もだ》え苦《くる》しんでいた親鸞聖人《しんらんしょうにん》が、「もしおまえが女性と交わる時は、私（観音《かんのん》）が女となってあげましょう」と告げられたのだ。

これは男も女も、全《すべ》ての人間がありのままの姿で救われる、阿弥陀仏《あみだぶつ》の平等の救いのあることを教えた夢といえよう。赤山禅院《せきざんぜんいん》で美しい女性に会ってからの煩悶《はんもん》と、この夢告《むこく》がきっかけとなり、親鸞聖人《しんらんしょうにん》は後に肉食妻帯《にくじきさいたい》を決意される。

5 親鸞聖人は、なぜ、法然上人の弟子になられたのか。「後生暗い心」は解決したのか

百日の祈願《きがん》でも、後生《ごしょう》暗い心の解決はできなかった。重い足取りで京都の街をさまよわれた親鸞聖人《しんらんしょうにん》は、四条大橋に差しかかる。そこで比叡山《ひえいざん》での旧友、聖覚法印とばったり出会われたのである。

親鸞聖人《しんらんしょうにん》より前に下山した聖覚法印は、浄土宗《じょうどしゅう》の開祖・法然上人《ほうねんしょうにん》のお弟子になっていた。浄土宗《じょうどしゅう》とは、阿弥陀仏《あみだぶつ》の救いを説く宗派である。弥陀《みだ》（阿弥陀仏《あみだぶつ》のこと）は、「どんな人も必ず絶対の幸福に救う」という誓《ちか》いを建てられている。この誓願《せいがん》（約束）を、「阿《あ》弥陀仏《みだぶつ》の本願」という。

法然上人《ほうねんしょうにん》は、十三歳で比叡山《ひえいざん》に登られて約三十年、学問修行に励《はげ》まれた。さらに奈良の寺院で、法相宗《ほっそうしゅう》や華厳宗《けごんしゅう》など、他宗の学問も修められたが、後生《ごしょう》の解決はできなかっ

た。どこかに助かる道はないかと探し求め、七千余巻の経典をひもとくこと、五回に及《およ》んだという。そして、ついに阿弥陀仏《あみだぶつ》の本願に救《すく》い摂《と》られた法然上人《ほうねんしょうにん》は、即座《そくざ》に旧仏教と決別し、浄土宗《じょうどしゅう》を開立されたのである。

日本の仏教は、奈良・平安時代を通じて、政治体制の安泰《あんたい》を祈《いの》るのが役目だった。それは、あくまで支配階級である貴族のための教えであり、庶民《しょみん》は救済の対象から外れていた。

吉水の草庵で、大衆に説法される法然上人
（アニメ映画『世界の光・親鸞聖人』より）

だから極楽浄土《ごくらくじょうど》へ往《ゆ》けるのも、戒律《かいりつ》（「生き物を殺さない」とか「女性と交わらない」など、仏教で定められた規則）を守る修行僧《しゅぎょうそう》か、寺に財物を寄進する貴族だけとされ、肉を食べ結婚生活《けっこんせいかつ》を送る平民は、戒律《かいりつ》を守ることもできなければ、貧しくて寺に納める物もないから、最初から切り捨てられていたのである。

だがそれは決して、真実の仏法ではない。出家も在家《ざいけ》も、老若男女、貧富の差別なく、全《すべ》ての人が救われるのが、阿弥陀仏《あみだぶつ》の本願である。その平等の救いを明らかにされた法然上人《ほうねんしょうにん》は、日本一の仏教学者と尊崇《そんすう》され、京都吉水《よしみず》に開かれた草庵《そうあん》には、庶民《しょみん》だけでなく、武士や貴族も集まり、参詣者《さんけいしゃ》であふれていた。

聖覚法印に誘《さそ》われ、法然上人《ほうねんしょうにん》のもとに参じた親鸞聖人《しんらんしょうにん》は、雨の日も風の日も百日間、真剣《しんけん》に仏法を聞かれた。そして阿弥陀仏《あみだぶつ》の本願によって、絶対の幸福に救《すく》い摂《と》られたのである。

「ああ、不思議なるかな……、親鸞《しんらん》は、果てしない過去からあえなかった弥陀《みだ》の救いに、今あうことができた。億劫《おっこう》の間求めても得られなかった絶対の幸福を、今得ることができた。これは全《すべ》て、阿弥陀仏《あみだぶつ》の本願の強いお力によってであった。喜ばずにおれない、感謝せずにおれない。弥陀《みだ》の本願まことだった、本当だった……。早く皆《みな》に伝えなければならない、こんな広大無辺な世界のあることを」

これは建仁元年、親鸞聖人《しんらんしょうにん》二十九歳の時のことだった。

直ちに法然上人《ほうねんしょうにん》の弟子になられた親鸞聖人《しんらんしょうにん》は、「こんな極悪な親鸞《しんらん》を、無上の幸福に救ってくださった阿弥陀仏《あみだぶつ》の大恩は、身を粉《こ》にしても骨を砕《くだ》いても返さずにおれない」と、弥陀《みだ》の本願ただ一つ、九十歳の臨終まで叫《さけ》び続《つづ》けられたのである。

参考資料

親鸞聖人の生涯を、アニメ映画で

アニメ映画『世界の光・親鸞聖人』（全6巻）

本書の「解説」欄に掲載したアニメの場面は『世界の光・親鸞聖人』シリーズの一シーンです。

このアニメはＤＶＤ全六巻からなり、親鸞聖人の生涯を約九時間かけて描いた大作です。

豪華な声優陣も話題になっています。第四巻では、親鸞聖人を高橋幸治、山伏弁円《べんねん》を中尾彬、日野左衛門《ひのざえもん》の妻を日色ともゑ、村人を山村聰……。

誕生から臨終まで、親鸞聖人の全生涯を、教えに忠実に描いた映画は、他にはありません。もっと深く親鸞聖人を学びたい、という方に最適なアニメ映画です。

参考資料

アニメ映画『世界の光・親鸞聖人』シリーズ

第3巻

35歳〜40歳頃

（1時間30分）

第2巻

29歳〜34歳

（1時間20分）

第1巻

誕生〜29歳

（1時間10分）

第6巻〈完結編〉

80歳頃〜90歳

（1時間45分）

第5巻

60歳〜80歳頃

（1時間35分）

第4巻

40歳〜60歳頃

（1時間50分）

◆アニメ映画のお問い合わせは

（株）チューリップ企画　〒939-0351　富山県射水市戸破8-14（針原テクノパーク内）

フリーコール　**0120－97－5551**（通話無料）　平日 午前9時〜午後6時　土曜 午前9時〜12時

全国各地で、アニメ映画『世界の光・親鸞聖人』の上映会が開催されています。鑑賞をご希望の方は上記の電話番号までお問い合わせください。

本文組版・校正　大西寿男（ぽっと舎）　角谷 薫
装幀・デザイン　遠藤和美
地図製作　小川恵子（瀬戸内デザイン）
装幀写真提供　アマナイメージズ

本書は吉川英治歴史時代文庫（講談社）を底本としました。

本文中に、いわゆる差別表現が出てくることがありますが、文学作品であり、かつ著者が故人でもありますので、底本のままにしました。

ご了承くださいませ。

〈著者略歴〉

吉川 英治（よしかわ　えいじ）

明治25年（1892）〜昭和37年（1962）

神奈川県生まれ。本名、英次。

家運の傾きにより、11歳で小学校を中退。さまざまな職を転々とし、社会の辛酸を舐める。

18歳、苦学を覚悟して上京。

29歳、東京毎夕新聞社に入社。翌年、初の新聞小説『親鸞記』の連載を開始。

31歳、関東大震災に遭遇したことをきっかけに、作家活動に専念。『剣難女難』『鳴門秘帖』などで、たちまち人気作家へ。

43歳、朝日新聞に『宮本武蔵』の連載を開始。爆発的な人気を得て、国民文学作家の地位を不動にする。

『新書太閤記』『三国志』『新・平家物語』などの長編大作を次々に執筆し、幅広い読者を獲得。

69歳、『新・水滸伝』の連載中に健康悪化により中断、絶筆となる。

翌年、70歳で、この世を去る。

親鸞　第二巻

平成27年(2015) 11月4日　第1刷発行

著　者　吉川 英治
発行所　株式会社 1万年堂出版

〒101-0052　東京都千代田区神田小川町2-4-5F
電話　03-3518-2126
FAX　03-3518-2127
http://www.10000nen.com/

印刷所　凸版印刷株式会社

ISBN978-4-925253-92-5 C0093
乱丁、落丁本は、ご面倒ですが、小社宛にお送りください。送料小社負担にてお取り替えいたします。定価はカバーに表示してあります。

71の謎を解く、親鸞伝の決定版！

●「このままでは地獄だ」と、二十年間の修行を捨てて、下山されたのは、なぜか

●六角堂での百日の祈願救世観音から授かった「女犯の夢告」とは

第2章 法然上人の弟子としての活躍

●なぜ、激しい非難を覚悟してまで、公然と結婚されたのか

●なぜ、親鸞聖人は、三回も大論争をされたのか

①弥陀の救い（往生）は、「生きている時」か、「死んだ後」か

②他力の信心は、どんな人も皆、同じ信心になるのか、学問や経験によって一人一人異なるのか

③阿弥陀仏の本願には、「念仏」で救われるのか、「信心一つ」で救われるのか

第5章 関東から京都へ

●親鸞聖人は、なぜ、還暦過ぎに、京都へ帰られたのか

●親鸞聖人の長子・善鸞は、なぜ、教えを曲げて、「秘密の法文」を作ったのか

第6章 晩年の聖人、京都でのご苦労

●「念仏が、極楽往きの因か、地獄におつる業か、今更、この親鸞に言わせるおつもりか」と激怒されたのは、なぜか

●「親鸞は弟子など、一人も持っていない」裏切って去っていく男を、温かく見送られた真意は？

●なぜ、親鸞聖人は「私が死んだら、川へ捨てて、魚に与えよ」と常に言われていたのか

第7章 親鸞聖人は何を教えられたのか

●生老病死などの苦しみの根元を抜き、無上の楽しみを与えるのが仏教の目的、とはどういうことか